HOLZPERLENSPIEL

Leo Schwartz ...

... und der tote Mönch

IRENE DORFNER

Irene Dorfner

2. Auflage 2017 – © Irene Dorfner
All rights reserved
ISBN: 9783743191426
Herstellung und Verlag: BoD – Books on Demand, Norderstedt
Cover-Design: Vanja Zaric, D-84503 Altötting

HOLZPERLENSPIEL

„Wer Wind sät, wird Sturm ernten."

Altes Testament, Hosea, Kapitel 8, Vers 7

****

Irene Dorfner

Die Personen und Namen in diesem Buch sind frei erfunden. Ähnlichkeiten mit lebenden oder verstorbenen Personen sind rein zufällig. Auch der Inhalt des Buches ist reine Phantasie der Autorin, auch hier sind Ähnlichkeiten rein zufällig. Die Örtlichkeiten wurden den Handlungen angepasst.

Ich danke den „echten" Mitarbeitern der Kriminalpolizei Mühldorf am Inn für ihre freundliche Unterstützung. Und natürlich auch für ihre wertvolle Arbeit, mit der sie unser Leben hier sicherer machen. Danke!!

Viel Spaß beim Lesen!

Irene Dorfner

HOLZPERLENSPIEL

1.

„Der sieht aber gar nicht gut aus," sagte Hans Hiebler mit einem flauen Gefühl im Magen, als er auf den Toten vor sich blickte. Der Ordensbruder lag auf dem Boden der St. Anna-Basilika Altötting in einer Blutlache und schien ihn mit offenen Augen anzustarren.

„Stimmt," sagte Leo Schwartz. „Hast du auch das Gefühl, dass er dich mit diesen stahlblauen Augen beobachtet?" Ein Schauer lief dem Beamten der Kriminalpolizei Mühldorf über den Rücken. Für den 50-jährigen gebürtigen Schwaben, der vor über einem Jahr nach Mühldorf versetzt wurde und sich mittlerweile gut eingelebt hatte, war die Umgebung hier mitten in der Basilika, wo sich sonst jede Menge Wallfahrer tummelten, unheimlich. Außer der Tatsache, dass er nicht katholisch war und sich deshalb mit katholischen Kirchen und dem Drumherum nicht auskannte und ihn das alles auch herzlich wenig interessierte, passte die Leiche und das viele Blut des Ordensbruders überhaupt nicht in die glanzvolle, pompöse Umgebung – genauso wenig wie die vielen Polizisten, die Leute der Spurensicherung in ihren weißen Schutzanzügen, natürlich er selbst und die Absperrbänder, die von übereifrigen Polizisten zuhauf angebracht wurden und einen unpassenden farblichen Kontrast zu den stilvollen Gemälden und Kunstgegenständen abgaben. In den frühen Morgenstunden wurden sie von einer Reinigungskraft alarmiert, die den Toten gefunden hatte. Sie mussten bereits wenige Minuten nach ihrem Eintreffen in der Basilika wegen der vielen Wallfahrer zusätzliches Personal anfordern, denn immer wieder drangen von allen Seiten Fremde zu ihnen, die den Tatort und damit die Ermittlungen störten.

„Was können Sie uns sagen Fuchs?" fragte Viktoria Untermaier, die Leiterin der Mordkommission Mühldorf. Die 48-jährige, etwas pummelige Frau war mit ihren 1,65m zwar nicht sehr groß, fiel aber durch ihr attraktives Äußeres und ihr bestimmtes Auftreten sofort auf. Sie sprach laut und bestimmt, wobei sie so ganz nebenbei alle möglichen Leute delegierte und sie dabei ständig im Auge hatte. Viktoria hatte die völlig verstörte Reinigungskraft vernommen, was nicht einfach war. Die Frau sprach nur gebrochen Deutsch und Viktoria war beinahe drauf und dran gewesen, einen Dolmetscher zu rufen, denn die Frau fiel während der Vernehmung immer wieder in ihre Muttersprache, was sie als polnisch identifizierte. Aber schließlich hatte sie mit sehr viel Geduld und etlichen Rückfragen die Aussage der Frau verstanden, die den Mann nur gefunden und sonst niemanden bemerkt hatte.

Friedrich Fuchs, Leiter der Spurensicherung Mühldorf, konnte jetzt den Beamten der Mordkommission seinen momentanen Wissensstand mitteilen, denn Werner Grössert war nun endlich auch anwesend. Er war von Passanten aufgehalten worden, die scheinbar Wichtiges auszusagen hatten, was sich aber als unwichtiges Gequatsche und pure Neugier herausstellte.

Friedrich Fuchs war jetzt ganz in seinem Element, da die komplette Aufmerksamkeit nun auf seiner Person lag.

„Männliche Leiche, ca. 50 Jahre alt. Er trug keine persönlichen Dinge bei sich. Von dort oben ist er runtergestürzt und hier auf der Bank aufgeschlagen," schilderte er den Hergang, wobei er hektisch hin und her lief. „Dann wurde er hierher geschleift und abgelegt, die Spuren sind sehr deutlich zu erkennen – es steht außer Frage, dass er verblutet ist. Der Tote hat Hämatome an den Schultern und am Rücken, die ihm unmittelbar vor dem Mord zugefügt wurden. Auffällig ist diese Holzperle, die der Tote in der rechten Hand hielt. Sonst hatte er nichts bei sich."

„Sind Sie sicher, dass es sich um Mord handelt? Er könnte doch auch von dort heruntergefallen sein und das Ganze ist ein bedauerlicher Unfall."

„Bezweifeln Sie meine Ausführungen Frau Untermaier? Die Spuren sind eindeutig, sehen Sie selbst." Fuchs drehte die Leiche zur Seite und legte die Rückenpartie frei. „Die Stellen hier am Rücken zeigen deutlich, dass der Mann dort oben heftig gegen das Geländer gestoßen oder mit Gewalt dagegen gedrückt wurde. Und diese Spuren an den Schultern deuten darauf hin, dass er sehr fest gehalten wurde."

„Vielleicht ist er auch nur gestolpert?"

„Aber nein, dann würden die Spuren am Körper anders aussehen. Die Höhe des Geländers stimmt exakt mit diesen Stellen am Rücken überein. Er selbst hat keine Abwehrspuren, keine Anzeichen, dass er aktiv geworden wäre. Sehen Sie doch her," schrie er beinahe und zeigte auf die verschiedenen Verfärbungen an den Schultern und am Rücken.

„Ist ja schon gut, reagieren Sie doch nicht gleich so empfindlich, ich mache auch nur meine Arbeit. Müssen wir von einem Mann als Täter ausgehen?"

Fuchs schüttelte den Kopf, er war zwar schnell beleidigt und reagierte gereizt, war aber nicht nachtragend.

„Nicht unbedingt. Das Opfer war sehr schmächtig und Frauen sind bei Weitem nicht diese schwachen Wesen, als sie sich gerne selber sehen. Ich lege mich hier nicht fest, es könnte sich um einen Täter oder um eine Täterin handeln."

„Todeszeitpunkt?"

„Grob geschätzt ca. 5.00 Uhr heute Morgen."

„Jetzt ist es gerade mal halb 9.00 Uhr – was wollte der Mann um diese unchristliche Zeit hier?" murmelte Viktoria und erwartete keine Antwort. Wie dem auch sei: wenn Sie mit ihm fertig sind, lassen Sie ihn in die Gerichtsmedizin bringen."

„Das weiß ich selbst," schnauzte Fuchs, „ich mache meine Arbeit auch nicht erst seit heute."

Viktoria verdrehte die Augen – dieser Fuchs war heute mal wieder besonders gut gelaunt.

„Weiß irgendjemand, um wen es sich bei dem Toten handelt?"

Zaghaft meldete sich ein Mönch, der augenscheinlich dem selben Orden angehörte wie der Tote, beide trugen braune Kutten, die mit einem hellen Strickgürtel zusammengehalten wurden. Hatte der Mann dort in der Ecke schon lange gestanden? Viktoria Untermaier ging auf ihn zu.

„Wer sind Sie und wie kommen Sie eigentlich hier rein? Die Türen sind durch Polizisten abgeriegelt."

„Gott zum Gruße, mein Name ist Bruder Siegmund. Ich habe die heilige Messe im Bruder-Konrad-Kloster vorbereitet und natürlich war mir nicht entgangen, dass die Polizei in der Basilika ist. Ich habe sofort gespürt, dass etwas Schreckliches passiert sein muss. Da mir der Zugang durch das Haupt- und Seitenportal von den Polizisten verwehrt wurde, bin ich von der Bruder-Konrad-Kirche über den Klostergarten durch den normalerweise verschlossenen Seiteneingang hinein – ich habe den Schlüssel. Leider muss ich gestehen, dass ich sehr neugierig bin. Ich hoffe, Sie können mir verzeihen." Der kleine, dicke Mann mit den kurzen grauen Haaren und dem Rauschebart sah sie schuldbewusst an. Er musste fast 60 Jahre alt sein und hatte ganz bestimmt schon sehr viel mit den Händen gearbeitet, die schrundig und mit Narben übersät waren. Außerdem sprach er zwar hochdeutsch, hatte aber einen deutlich schweizerischen Akzent.

„Neugier kenne ich, ich bin selbst damit geplagt, aber für meinen Beruf ist dieses Laster sehr von Vorteil, Sie dürften in ihrem Job damit Probleme bekommen. Ist Neugier nicht eine der Todsünden?" Energisch schüttelte Bruder Siegmund den Kopf.

„Aber nein junge Frau, da irren Sie sich. Neugier gehört nicht dazu."

„Wie dem auch sei, wenn Sie nun schon mal hier sind: einer Ihrer Glaubensbrüder wurde tot aufgefunden, er wurde ermordet. Sehen Sie sich in der Lage, den Mann zu identifizieren?"

Als Bruder Siegmund diese Nachricht hörte, schlug er die Hände vors Gesicht, nickte und folgte Viktoria. Vor dem Toten blieben sie stehen. „Kennen Sie den Mann?"

„O mein Gott!" rief er laut aus und bekreuzigte sich mehrfach. „Das ist Bruder Benedikt."

„Er wurde ca. gegen 5.00 Uhr früh getötet."

„Das darf doch nicht wahr sein," rief er aus und bekreuzigte sich abermals. „Um diese Uhrzeit durfte Bruder Benedikt eigentlich nicht hier sein. Es ist mir unbegreiflich, warum er sich überhaupt hier in der Basilika aufgehalten hat."

„Was soll das heißen?"

„Zum einen ist der Tagesablauf in unserem Orden streng festgelegt. Wir beginnen unseren Tag erst um 6.30 Uhr mit dem stillen Gebet, 5.00 Uhr ist auch für uns eine sehr frühe Zeit. Und zum anderen wird von einem Mitbruder die Messe hier in der Basilika vorbereitet, Bruder Benedikt ist nicht Teil unserer Gemeinschaft in Altötting. Er ist zu Besuch bei uns, um unsere Arbeit näher kennenzulernen, wir sind weit über die Grenzen hinaus für unsere gute und erfolgreiche Arbeit bekannt. Was hatte er um diese frühe Uhrzeit in der Basilika zu suchen?"

„Woher kommt Bruder Benedikt?"

„Aus Österreich, genauer gesagt aus Wiener Neustadt. Das dortige Kapuziner-Kloster ist verhältnismäßig klein und möchte auch mit unserer Hilfe die Aufgaben und Arbeiten erweitern und neu strukturieren. Natürlich sind wir da gerne behilflich, wir helfen uns untereinander und stützen uns, wo wir nur können. Aber ich schweife ab, das interessiert Sie bestimmt alles nicht. Sie sind aus einem schrecklichen Grund hier und ich plappere einfach darauf los. Entschuldigen Sie bitte, aber wenn ich nervös bin, rede ich ohne Punkt und Komma. Sagen Sie mir bitte, was mit Bruder Benedikt geschehen ist. Sind Sie sicher, dass es sich nicht um einen Unfall handelt?"

„Leider ja, Bruder Benedikt wurde ermordet."

Wieder bekreuzigte sich Bruder Siegmund mehrfach, nicht bewusst, sondern nur um irgendetwas zu tun.

„Aber Näheres erfahren wir nach der Obduktion."

„Sie wollen ihn gerichtsmedizinisch untersuchen lassen?" rief Bruder Siegmund entsetzt. „Das dürfen Sie nicht und ich bezweifle, dass Ihnen der Orden eine Obduktion erlaubt."

„Ich fürchte, dass wir darauf keine Rücksicht nehmen können." Immer wieder wurden die Beamten mit Hinterbliebenen konfrontiert, die nicht wollten, dass die Verstorbenen obduziert werden – verständlicherweise. Trotzdem waren sie nicht in der Position, das zu verhindern, denn auch sie mussten sich an Gesetze halten. Viktoria hatte es sich schon lange abgewöhnt, mit den Hinterbliebenen deswegen zu diskutieren und dachte nicht daran, sich auch jetzt nicht mit diesem Orden und seinen Anhängern diesbezüglich auseinanderzusetzen. Sie hielt das Tütchen mit der Holzperle vor Bruder Siegmunds Gesicht. „Diese Holzperle haben wir bei dem Toten gefunden."

„Darf ich?" fragte Bruder Siegmund und Viktoria gab ihm das Tütchen. Er hielt sich die Holzperle vors Gesicht und gab sie wieder zurück.

„Ich würde sagen, dass das eine Perle ist, wie sie massenweise für die Herstellung von Rosenkränzen verwendet werden. Früher benutzte man dafür Nüsse und Obstkerne, dann ging man über zu Holzperlen, die man zum Glück auch heute noch hauptsächlich verwendet. Aber auch die Rosenkränze gehen mit der Zeit, werden zwischenzeitlich mit den verschiedensten Materialien gefertigt, z.B. Rosenquarz, was ich ja noch verstehen kann, Amethyst, bunte Glasperlen, sogar Gold und Silber – alles, was das Herz begehrt. Aber das gebräuchlichste Material sind diese Holzperlen, die mir persönlich immer noch am besten gefallen. Wir haben in unserem Bruder-Konrad-Kloster alte Rosenkränze ausgestellt, die Sie sich gerne ansehen können."

„Interessant, das werde ich vielleicht auch tun. Warum glauben Sie, hielt Bruder Benedikt diese Holzperle in der Hand?"

„Das weiß ich nicht, da kann ich Ihnen nicht helfen. Wir haben zumindest keine dieser losen Perlen in unserem Kloster. Früher, als ich noch jung war, haben wir Rosenkränze noch selbst hergestellt, verkauft und verschenkt – aber das ist lange her. Jeder von uns besitzt selbstverständlich einen schlichten Rosenkranz. Vielleicht ist Bruder Benedikts Rosenkranz kaputtgegangen? Haben Sie schon nachgesehen?"

„Aber sicher haben wir das, aber konnten nicht eine einzige Perle finden." Viktoria war sich sicher, dass Bruder Siegmund ein Krimifreund war. „Sie wissen doch sicher, wo der Tote während seines Aufenthalts in Altötting gewohnt hat?"

„Selbstverständlich bei uns im Kloster. Glaubensbrüder sind bei uns immer willkommen. Wenn Sie möchten, kann ich Ihnen seine Zelle zeigen." Viktoria nickte, natürlich wollte sie das Zimmer sehen. „Dann folgen Sie mir bitte, ich gehe voraus."

Leo Schwartz machte Anstalten, sie zu begleiten, obwohl ihr Hans Hiebler lieber gewesen wäre. Leo war zwar ein sehr netter und überaus kompetenter Polizist, aber er war gebürtiger Schwabe und sie vermutete starken, bayrischen Dialekt bei den Glaubensbrüdern, bei denen sie hauptsächlich alte Männer erwartete. Außerdem war Leo nicht katholisch und war obendrein durch sein heutiges T-Shirt, auf dem eine Rockband mit einem Totenkopf abgebildet war, in ihren Augen für ein Kloster nicht passend gekleidet. Es folgte eine Diskussion, die von den Umstehenden amüsiert verfolgt wurde: Viktoria brachte ihrem Kollegen und Lebensgefährten Leo Schwartz zuerst schonend und dann immer bestimmter ihre Argumente vor, während Leo dagegenhielt. Ihm waren ihre Einwände egal und er ließ sich nicht abwimmeln. Er fand seine Kleidung sehr, sehr schön und er interessierte sich nicht dafür, ob jemand an seiner Kleidung Anstoß nahm – ihm gefielen die für seine Begriffe veralteten, fast mittelalterlichen Gewänder dieser Kuttenträger ebenfalls nicht und musste sie trotzdem ansehen und hinnehmen. Viktoria Untermaier stöhnte auf, sie kannte Leo und seine Sturheit. Schließlich gab sie klein bei und willigte ein.

„Um welchen Orden handelt es sich eigentlich? Klär mich auf."

„Das sind Kapuziner. Sie sind schon sehr lange in Altötting, haben ein eigenes Kloster und leisten wertvolle Arbeit in der Seelsorge, aber auch in der Organisation der Gottesdienste und vor allem der vielen Wallfahrer, die täglich in Massen nach Altötting strömen."

Kapuziner also, davon hatte Leo zwar schon gehört, aber für ihn waren diese Kuttenträger alle gleich und er scherte sie über einen Kamm. War das nicht zu oberflächlich? Egal, ihm waren diese Klöster und deren Anhänger suspekt und er hatte vorher noch nie mit ihnen zu tun – das würde auf jeden Fall interessant werden, einmal hinter die Kulissen eines Klosters zu blicken.

Sie folgten dem kleinen, dicken Bruder Siegmund, der forschen Schrittes voranging.

Vor der Basilika hatte sich eine riesige Menschenmenge gebildet, die diese Kirche besichtigen wollte oder sich aus reiner Neugier hier versammelte. Dass hier ein Toter gefunden wurde, hatte sich wie ein Lauffeuer herumgesprochen. Und natürlich zogen auch die vielen Polizei- und Rettungsfahrzeuge die Menschen wie ein Magnet an, daran hatten sich die Beamten längst gewöhnt. Bruder Siegmund grüßte einige Passanten, ließ sich aber nicht aufhalten und ging zügig weiter. Überraschenderweise stoppte er nicht an dem angrenzenden Bruder-Konrad-Kloster, sondern lief daran vorbei. Es ging über den Kapellplatz, an der Gnadenkapelle vorbei, über die Straße – schließlich hielt Bruder Siegmund rechts neben der Magdalenenkirche direkt auf einen Eingang zu – jetzt sahen sie das Schild Kapuziner-Kloster. Gab es hier in

Altötting etwa zwei Klöster von diesem Orden? Viktoria stutzte einen Moment, denn diese Tatsache war ihr neu. Bruder Siegmund war für sein Alter absolut fit, während Leo und Viktoria schwer atmen mussten, der schnelle Marsch hatte beiden ganz ordentlich zugesetzt – Bruder Siegmund zeigte diesbezüglich keinerlei Anzeichen. Sie standen nun vor einer verschlossenen Tür, neben der sich ein kleines Fenster befand, über dem das Wort Pforte stand.

„Guten Morgen Bruder Andreas. Es ist etwas Schreckliches passiert, Bruder Benedikt wurde ermordet, mitten in der Basilika. Die beiden Herrschaften hier sind von der Kriminalpolizei und möchten seine Zelle sehen. Würdest du bitte öffnen?"

Viktoria war erstaunt, denn Bruder Andreas war bestimmt noch keine 30 Jahre alt – sie hatte sich offenbar in dem Alter der Glaubensbrüder mächtig getäuscht. Leo war genervt, denn es folgte nun ein Dialog zwischen den beiden Kapuzinern und er hatte keine Lust darauf, hier noch länger zu warten.

„Nun machen Sie schon auf," rief er deshalb ungeduldig und viel zu laut. Beide Glaubensbrüder erschraken, denn Leo war nicht nur wegen seiner dunklen Kleidung, sondern vor allem wegen seiner stattlichen Körpergröße von 1,90 m sehr beeindruckend und respekteinflößend. Bruder Andreas öffnete hastig die Tür und die Beamten konnten endlich eintreten.

„War das denn nötig?" flüsterte Viktoria verärgert.

„Auf jeden Fall. Ich möchte gleich von vornherein klarstellen, dass mich dieser ganze katholische Orden überhaupt nicht beeindruckt. Wir ermitteln in einem Mordfall in unserem Zuständigkeitsbereich und mich interessieren die Gepflogenheiten eines Klosters herzlich wenig – ich möchte nur meine Arbeit machen."

„Reiß dich gefälligst zusammen, die Kapuziner genießen in Altötting großes Ansehen und dir könnte etwas Respekt nicht schaden."

Leo interessierte sich nicht dafür, ob jemand angesehen war oder nicht, für ihn waren alle Menschen gleich. Er war nun mal kein unterwürfiger Mensch, der sich gerne anpasste oder auf irgendjemanden Rücksicht nahm. Er hatte seinen eigenen Kopf, seine eigene Meinung und das sollte auch hier in dieser für ihn unwirklichen Umgebung so bleiben.

Sie folgten Bruder Siegmund in den Anbau neben der Magdalenenkirche, der sich als riesiges Kloster herausstellte. Sie gingen über den dunklen, sauberen Gang die große Treppe nach oben und befanden sich schließlich in einem Flur, von dem mehrere Zimmer abgingen. Leo fand das alles äußerst interessant, niemals zuvor war er im Inneren eines Klosters gewesen. In seinen Vorstellungen war das viel spektakulärer, als er es nun in der Wirklichkeit vorfand – alles spärlich, ziemlich dunkel und sehr hellhörig – und außerdem roch es überall nach Geschichte und vor allem nach Putz- und Desinfektionsmittel.

„Dort hinten sind die Zellen der Altöttinger Brüder, das sind die Verwaltungs- und Wirtschaftsräume, und dort hinten sind die Besucherzellen," erklärte Bruder Siegmund, während er rasch voranging und immer wieder abwechselnd erklärend auf die verschiedenen Türen zeigte. „Bruder Benedikts Zelle ist diese hier."

Bruder Siegmund blieb stehen. Man konnte auch mit dem spärlichen Licht deutlich das rote, pausbackige Gesicht und die funkelnden Augen sehen – der Mann war sehr aufgeregt und fand das alles spannend.

„Haben Sie einen Schlüssel?"

„Den brauchen wir nicht, bei uns gibt es keine Schlüssel, alle Türen sind stets offen. Wir sind ein Bettelorden und haben keine privaten Besitz- oder gar Reichtümer. Was sollte man also stehlen?"

„So etwas wie Privatsphäre gibt es bei Ihnen nicht?"

„Selbstverständlich. Wir respektieren diese gegenseitig, dafür brauchen wir doch keine Schlüssel."

Die beiden Polizisten betraten das spärlich eingerichtete Zimmer und Leo rümpfte sofort die Nase – das hier war alles andere als einladend. In dem Raum befand sich ein Bett, über dem ein schlichtes Holzkreuz hing. Am Fenster stand ein kleiner Tisch mit einem Stuhl, an der Wand gegenüber befand sich ein schmaler Kleiderschrank, dessen Türen nur angelehnt waren, da sie so verzogen waren, dass sie sich nicht mehr schließen ließen. Das kleine Fenster brachte nur spärliches Licht und zeigte in den Garten des Innenhofes. Im Mittelpunkt des Raumes stand ein Gebetsstuhl aus Holz, der schon sehr abgenutzt war – Leo sah sich diesen genauer an; hier zu knien und zu beten musste mit der Zeit höllisch wehtun, denn es war kein Polster und weit und breit kein Kissen zum Schutz der Knie zu sehen – naja, jeder so, wie er will!

Die beiden zogen sich Handschuhe über und begannen mit ihrer Durchsuchung, die nach wenigen Minuten bereits beendet war – es gab hier schlichtweg nichts zu durchsuchen! Sie fanden von dem Toten nur wenige Kleidungsstücke, eine leere Reisetasche und eine schmale, alte Ledertasche, die über dem Stuhl hing. Leo zog ein altes, abgegriffenes Gotteslob und einen Rosenkranz hervor.

„Da haben wir ja den Rosenkranz von Bruder Benedikt. Wie viele Holzperlen hat so ein Rosenkranz?"

„59" riefen Viktoria und Bruder Siegmund im Chor.

Leo zählte nach – es waren 59 Holzperlen, der Rosenkranz war vollständig. Auch bei genauerem Hinsehen war keine Stelle sichtbar, an der der Rosenkranz geöffnet worden sein könnte – die Verschlussstelle war unberührt. Trotzdem steckte Leo den Rosenkranz in eine Tüte, um sie später der KTU, der kriminaltechnischen Untersuchung, zu übergeben.

„Keine Papiere und kein Geldbeutel," stellte Leo fest. „Seltsam, er hatte nichts bei sich, aber irgendwo müssen diese persönlichen Dinge doch sein. Vielleicht handelt es sich um einen Raubmord."

„Sie meinen, Bruder Benedikt wurde ausgeraubt? Das kann ich mir nicht vorstellen, denn wir haben selten irgendwelche Papiere oder eine Brieftasche bei uns, und wenn, dann ist nur wenig Bargeld drin – wie gesagt, wir sind ein Bettelorden. Unser Habit hat keine Taschen und wenn wir etwas vorhaben, nehmen wir eine Tasche mit: für das Gesangbuch, die Bibel, Taschentücher und ein paar Euro. Aber Bruder Benedikts Tasche ist hier, er hatte sie nicht bei sich." Bruder Siegmund stand in der offenen Tür und setzte keinen Fuß in das Zimmer, sondern beugte sich so weit wie möglich vor – er drohte, jeden Moment aus seinen Latschen zu kippen, während er auf die Ledertasche am Stuhl zeigte.

„Für mich persönlich sieht das nicht normal aus, denn auch als Geistlicher in einem Kloster besitzt man doch bestimmt irgendwelche persönlichen Dinge. Zumindest Bücher, vielleicht ein Adressbuch, Fotos, irgendwas, was einem lieb und teuer ist. Fuchs soll sich das genauer ansehen, wenn er in der Basilika fertig ist."

Leo nahm sein Handy und wählte die Nummer von Fuchs, was von Bruder Siegmund mit einem strengen Blick beobachtet wurde.

„Handys sind bei uns nicht erlaubt," bemerkte er und schüttelte den Kopf. Leo war das herzlich egal und telefonierte unbeeindruckt weiter. Er hatte hier seine Arbeit zu machen und dachte nicht daran, sich irgendwie einschränken zu lassen. Das hier war schließlich nicht der Vatikan, wo eigene Gesetze galten.

„Wer hat hier das Sagen? Gibt es bei Ihnen so etwas wie einen Abt?"

„Bei uns ist das der Guardian, er ist der Hüter der Gemeinschaft und achtet darauf, dass alles rund läuft, schließlich gibt es auch bei uns Probleme. Dem Guardian zur Seite steht der Vikar, er ist sein Stellvertreter."

Nach dieser Erklärung war Leo auch nicht wirklich schlauer, denn wie die hier alle betitelt wurden, war ihm ebenfalls egal.

„Kann ich mit dem Guardian oder dessen Stellvertreter sprechen?" sagte Leo daher etwas genervt.

„Selbstverständlich, wenn Sie mir folgen würden," sagte Bruder Siegmund und ging auch schon davon. Zaghaft klopfte er an eine schlichte Tür auf dem gleichen Flur, nur gefühlte tausend Meter entfernt. Diese Gänge hier waren sehr verwinkelt und sahen aufgrund ihrer Schlichtheit endlos lang aus. Bruder Siegmund öffnete die Tür und bat die Beamten, einen Moment zu warten – nach einigen Minuten erschien er wieder.

„Bitte, Bruder Paul erwartet Sie." Bruder Siegmund trat nicht mit ein, sondern schloss die Tür von außen.

Ein großer, schlanker Mann Ende fünfzig trat auf die beiden zu.

„Ich heiße Sie trotz der schrecklichen Umstände bei uns willkommen, mein Name ist Bruder Paul, ich bin hier der Guardian, nehmen Sie bitte Platz. Wie ich eben erst erfahren habe, wurde Bruder Benedikt tot in der Basilika aufgefunden?" Bruder Paul sprach sehr ruhig, aber man konnte ihm ansehen, dass er von dem Tod des Mitbruders sehr bestürzt war.

„Nach den ersten Erkenntnissen können wir davon ausgehen, dass es sich um Mord handelt, Einzelheiten erfahren wir nach der Obduktion." Viktoria machte eine kurze Pause, denn sie erwartete Einwände gegen die Vorgehensweise, aber Bruder Paul sagte nichts dazu. „Wir haben das Zimmer des Toten bereits in Augenschein genommen, die Spurensicherung wird es sich später genauer vornehmen."

„Ich kann Ihnen versichern, dass Sie keine Spuren finden werden, denn Fremde haben zu unserem Kloster keinen Zugang, ohne unser Wissen kommt hier niemand rein. Wir vermeiden es auch so gut wie möglich, Fremde einzulassen, das geschieht nur im äußersten Notfall – so wie heute." Er blätterte in einem dicken, schwarzen Terminkalender. „Seit 8 Wochen war kein Fremder mehr in unserem Kloster."

„Sie schreiben die Besuche tatsächlich auf?"

„Natürlich. Das sind die Eintragungen der Pforte, die ich wöchentlich aktualisiere. Auch wir müssen über alles Buch führen, was hier innerhalb der Klostermauern passiert."

„Also keine Fremden in den letzten 8 Wochen? Auch keine Bekannten? Freunde? Familie?"

„Nein, niemand. Diese Spur können Sie also streichen. Und dass irgendein Mitbruder mit diesem schrecklichen Verbrechen zu tun hat, schließe ich kategorisch aus. Sie sehen also, dass dieses schreckliche Verbrechen nichts mit unserem Kloster zu tun haben kann. Aber Sie müssen Ihre Arbeit machen, das verstehe ich. Ich werde der Pforte die Nachricht weitergeben, dass Ihren Kollegen Zugang gewährt wird."

„Das ist sehr freundlich von Ihnen. Wir vermissen persönliche Dinge des Toten. Papiere, Geldbeutel oder ähnliches."

„Das konnten Sie auch nicht finden, denn das befindet sich bei mir im Schrank. Bruder Benedikt hat mich nach seiner Ankunft gebeten, seine persönlichen Dinge aufzubewahren, da er befürchtete, beides zu verbummeln. Ja, Bruder Benedikt war in der Tat sehr schusselig." Bruder Paul stand auf, öffnete einen

Schrank und übergab den Beamten eine verschlissene Brieftasche, in der sich sein Personalausweis, eine Krankenversichertenkarte und ein Bahnticket befanden. Außerdem bekamen sie einen kleinen Lederbeutel überreicht, in dem vierzig Euro in Scheinen und etwas Kleingeld waren. Bruder Paul sah zu, wie Leo die wenigen Habseligkeiten auf den Tisch legte und bemerkte dessen Verwunderung.

„Wir Kapuziner haben uns der Armut verschrieben und leben und arbeiten nur zum Wohle unserer Mitmenschen. Das, was Bruder Benedikt besaß, reichte aus, um wieder nach Hause zu kommen, hier bei uns lebte er natürlich unentgeltlich."

„Es wurden schon Morde für weniger Euros begangen," sagte Leo. „Es gibt nichts, was es nicht gibt."

Bruder Paul sah Leo in die Augen.

„Ich beneide Sie nicht um Ihre Arbeit, die tagtäglich schreckliche Dinge mit sich bringt, für mich wäre das nichts."

„Mir geht es umgekehrt genauso, denn ich würde auch niemals ihren Job machen wollen. Um nichts in der Welt würde ich in einem Kloster leben wollen und mich dem Zölibat unterwerfen. Schon allein die Vorstellung ist für mich grausam. Und die Kirche und das Drumherum ist für mich ein rotes Tuch." Viktoria glaubte, ihren Ohren nicht zu trauen – hatte Leo das eben tatsächlich gesagt? Sie war es gewöhnt, dass Leo immer und überall ehrlich seine Meinung sagte, aber das war nun doch etwas zu viel. Noch bevor sie irgendwie reagieren konnte, fuhr Leo fort.

„Was können Sie uns über Bruder Benedikt sagen? Was war er für ein Mensch?"

„Bruder Benedikt war erst seit einer Woche bei uns und pflegte meinem Wissen nach keine tieferen persönlichen Kontakte hier in Altötting. Aber bitte, Genaueres weiß ich natürlich nicht. Er war ein sehr angenehmer, ruhiger und sehr loyaler Mensch mit den besten Referenzen."

Bruder Paul schien wegen Leos Offenheit keineswegs gekränkt. Er nahm einen Zettel aus der Schublade.

„Das ist die Adresse des Heimatklosters in Wiener Neustadt. Wenden Sie sich vertrauensvoll an Bruder Franz, er kann Ihnen sehr viel mehr über den Verstorbenen berichten, ich kannte ihn leider nur sehr flüchtig."

„Diese Holzperle haben wir in der Hand des Toten gefunden."

Bruder Paul nahm das Tütchen und sah sich den Inhalt sehr genau an.

„In seiner Hand? Das ist merkwürdig, vielleicht ist sein Rosenkranz kaputtgegangen, denn diese Holzperle sieht aus wie die eines Rosenkranzes."

„Nein, wir haben seinen eigenen Rosenkranz in seinem Zimmer gefunden und in der Basilika waren keine weiteren Holzperlen zu finden."

„Seltsam. Ich bin mir fast sicher, dass diese Holzperle zu einem Rosenkranz gehört. Auch wir hier im Kloster verwenden schlichte Rosenkränze aus Holz, ich persönlich halte nichts von dem neumodischen Schnickschnack, aus dem die Rosenkränze heute hergestellt werden. Aber das ist natürlich meine persönliche Meinung, das muss jeder für sich entscheiden.

Das hier ist mein Rosenkranz, und wie Sie sehen, gleichen sich die Holzperlen beinahe."

Bruder Paul hielt den Beamten beides hin und tatsächlich – die Perlen waren tatsächlich fast identisch.

„Und bevor Sie jetzt auf die wildesten Gedanken kommen: diese Holzperle weist nicht auf einen unserer Mitbrüder hin, denn diese Rosenkränze gibt es zu Abertausenden. Diese werden genau so schon seit vielen Jahren hergestellt, auch heute noch. Früher machte man das in Heimarbeit; auch wir in unserem Orden haben diese hergestellt und dann verkauft und verschenkt. Heute geht das natürlich alles maschinell. Wenn Sie über den Kapellplatz gehen, können Sie in jedem Devotionaliengeschäft solche Rosenkränze erwerben."

Viktoria war enttäuscht, das wäre auch zu einfach gewesen. Sie machte Anstalten zu gehen, aber Leo war noch nicht fertig.

„Wie kann ich mir dieses Kloster vorstellen? Was machen Sie eigentlich so den ganzen Tag?"

„Ich vermute, Sie sind nicht katholisch?" Leo nickte und schämte sich nicht für seine Frage, schließlich gab es keine dummen Fragen, sondern nur dumme Antworten.

„Den Kapuzinerorden gibt es schon viele Jahrhunderte. Durch die Abspaltung von den Franziskanern hat sich dieser Bettelorden seinerzeit gegründet. Auch in Altötting gibt es uns schon sehr lange. Leider leben heute nur noch 25 Glaubensbrüder hier im Kloster. Wir sind für die Organisation der Wallfahrer zuständig, für die Gottesdienste, die Beichte, für die allgemeine Seelsorge, und wofür man uns sonst noch brauchen kann. Und natürlich darf man unsere Schule nicht vergessen, die zu unserem Orden gehört und von uns geleitet wird." Bruder Paul sprach langsam und hielt sich mit genauen Fakten und Daten zurück, denn er hatte über die Jahre gelernt, dass sich nur die wenigsten für die genauen Hintergründe interessierten.

„Und was genau haben Sie jetzt mit dem Bruder-Konrad-Kloster neben der Basilika zu tun, an dem wir vorhin vorbeigelaufen sind? Soweit ich das gesehen habe, ist das ein riesiges Kloster und sieht dazu noch tiptop renoviert aus. Warum leben Sie hier und nicht dort?"

Die Frage war absolut berechtigt und Viktoria, die sich anfangs über die naive Frage ihres Kollegen und Lebensgefährten ärgerte, war nun auch sehr interessiert.

„Bis vor einigen Jahren lebten wir im besagten Bruder-Konrad-Kloster und wir sind hier hergezogen, da diese Räumlichkeiten damals leer standen und weitaus komfortabler waren. Das Bruder-Konrad-Kloster wurde zwischenzeitlich aufwändig renoviert und über die weitere Verwendung wurde noch nicht entschieden. Vorerst bleiben wir hier, denn ein erneuter Umzug wäre für uns sehr aufwändig und wir fühlen uns hier neben der Magdalenenkirche sehr wohl."

„Das heißt, das riesige, neu renovierte Bruder-Konrad-Kloster ist leer?"

Bruder Paul nickte nur. Er konnte den beiden Kriminalbeamten zwar antworten, musste sich aber vor ihnen nicht rechtfertigten – das Kloster war Eigentum der Kapuziner und was damit geschieht, liegt einzig und allein bei den Kapuzinern. Der Guardian stand auf, trat an den riesigen, aufwändig geschnitzten Schrank und gab Leo einige Broschüren.

„Hier sind Informationen über uns Kapuziner, das Kloster und unsere Arbeit. Wenn Sie keine weiteren Fragen haben, würde ich mich gerne wieder meiner Arbeit widmen. Bruder Siegmund steht Ihnen zur Verfügung, er hat mich eindringlich darum gebeten, Ihnen helfen zu dürfen und wartet draußen auf Sie. Sehen Sie ihm bitte seine Neugier nach, sie ist sein einziges Laster. Er ist zwar von einfachem Gemüt, aber grundehrlich und sehr anständig. Sie können sich auf ihn verlassen. Ich hätte noch eine Bitte an Sie: bearbeiten Sie diesen Fall mit äußerster Diskretion."

„Wir werden unser Möglichstes tun. Vielen Dank." Viktoria zog Leo mit sich, der gerade Luft holte und etwas darauf sagen wollte, mehr noch, Leo wollte sich mit Bruder Paul anlegen und sie fürchtete eine Grundsatzdiskussion, auf die sie keine Lust hatte.

Bevor sich Bruder Paul wieder an die Arbeit machte, musste er vorab einige wichtige Telefonate erledigen, die diesen bedauerlichen Mord betrafen. Er hatte einige Verbindungen, die er nun kontaktieren musste. Schließlich konnte und wollte er das Klosterleben durch die Ermittlungen nicht beeinträchtigen. Vor allem aber musste er schlechte Publicity von den Kapuzinern, vor allem aber von seinem Kloster, abwenden. Diese Polizistin war ja noch einsichtig, aber dieser Herr Schwartz war ein Rebell und hatte keine positive Einstellung zum Klosterleben – er musste unbedingt seine Kontakte nutzen und die Polizisten zumindest etwas einbremsen.

Vor der Tür wartete tatsächlich Bruder Siegmund mit einem breiten Lächeln. Er gab den Polizisten ein Zeichen, ihm zu folgen und nur wenig später fanden sie mit seiner Hilfe aus dem Labyrinth des Kapuzinerklosters wieder nach draußen. An der Pforte öffnete Bruder Andreas die gesicherte, schwere Tür.

„Ist Ihnen in letzter Zeit irgendetwas Merkwürdiges aufgefallen?" fragte Leo Bruder Andreas, während Viktoria nach draußen drängelte und so schnell wie möglich von hier weg wollte. Die muffigen Gänge und diese düstere Atmosphäre des Klosters gefielen ihr überhaupt nicht.

„Ich möchte niemandem Schaden zufügen oder Ärger bereiten," sagte Bruder Andreas schüchtern – und hatte sofort Leos Aufmerksamkeit, während Viktoria weiterging und sich eine Zigarette anzündete. Seit ihrer schweren Verletzung, die sie bei einem Fall mit geschminkten Leichen davongetragen hatte, rauchte sie wieder. Leo hielt sie nicht davon ab, sie war alt genug und wusste am besten, was gut für sie war – wenn das alles war, was von ihrer Verletzung mit der anschließenden Reha und den psychischen Problemen übrigblieb, war er mehr als zufrieden und konnte sehr gut damit leben.

Bruder Siegmund stand ganz dicht an Leos Seite, er wollte kein einziges Wort verpassen. Bruder Andreas trat aus seinem kleinen Zimmer heraus, denn durch das kleine Fenster zu sprechen war doch sehr mühsam. Die drei Männer standen nun in der Ecke beisammen und gaben ein komisches Bild ab: der kleine, dicke Bruder Siegmund mit dem runden Kopf und den wachen Augen, die hektisch hin und her wanderten. Der junge, schmächtige Bruder Andreas, der von der Körpergröße seinen Mitbruder nur unwesentlich überragte. Und dann noch der dunkel gekleidete, sehr große Leo Schwartz, dessen Totenkopf auf dem T-Shirt in dem düsteren Licht des Klostervorraumes geradezu zu leuchten schien.

„In den letzten Tagen war mehrfach eine Frau hier und hat nach Bruder Benedikt gefragt."

„Kennst du ihren Namen? Was wollte sie von ihm?"

„Ihren Namen hat sie mir nicht genannt. Und natürlich habe ich sie nicht nach ihrem Anliegen gefragt, das geht mich doch nichts an."

„Wie sah sie aus? Können Sie sie beschreiben?"

„Sie war vielleicht 50 Jahre alt, so groß wie ich und eine Sandlerin." Die letzten Worte flüsterte er verlegen.

„Eine was? Eine Sandlerin? Was soll das sein?" Leo hatte diesen Ausdruck noch nie gehört.

„Sie sind auch nicht aus Bayern, das habe ich sofort an ihrem Dialekt gehört. Ich tippe auf den schwäbischen Raum?" Leo nickte. „Eine Sandlerin ist in Bayern und auch in Österreich eine Obdachlose, eine Frau, die auf der Straße lebt. Entschuldigen Sie bitte, mein Mitbruder ist hier in Altötting geboren und aufgewachsen. Bitte Bruder Andreas, fahr fort, wir wollen schließlich erfahren, was es mit dieser Frau auf sich hat."

„Die Sandlerin wollte mit Bruder Benedikt sprechen. Es war beinahe unmöglich, mit der Frau ein vernünftiges Wort zu sprechen, sie sprach sehr wirr. Ich habe sie auf unsere Beichtzeiten hingewiesen, ihr etwas zu essen gegeben und sie wieder weggeschickt. Aber sie kam wieder, insgesamt drei Mal. Natürlich habe ich Bruder Benedikt von dieser Frau erzählt, aber er kannte sie offensichtlich nicht, schließlich war er nicht von hier. Er hat mich gebeten, sie an einen Mitbruder zu verweisen, was ich auch immer getan habe. Aber sie wollte nur zu Bruder Benedikt. Wie gesagt, die Frau schien mir geistig verwirrt. Außerdem umgab sie der Geruch von Alkohol."

„Wann war sie das letzte Mal hier?"

„Vor zwei Tagen."

„Wenn die Frau hier wieder auftaucht, rufen Sie mich umgehend an." Leo gab ihm seine Karte und ging zu Viktoria, die ungeduldig auf ihn wartete. Er erzählte ihr von der Frau, die mehrfach nach dem Toten gefragt hatte.

„Dann werden wir versuchen, die Frau ausfindig zu machen."

„Und wie willst du das anstellen?"

„Ich könnte darauf wetten, dass nicht nur der Kapellplatz, sondern auch andere Plätze in Altötting videoüberwacht sind. Die Aufzeichnungen werden wir uns besorgen und mit Hilfe des Pförtners und mit viel Glück werden wir die Frau vielleicht finden." Viktoria Untermaier war euphorisch, sie hatten eine Spur und sie konnte aktiv werden. Diese Befragungen und das Herumgeeier gingen ihr gehörig auf die Nerven. Sie mussten sich von dem enttäuschten Bruder

Siegmund verabschieden, der sie am liebsten begleitet hätte. Und natürlich hatten sie ihm versprechen müssen, ihn auf dem Laufenden zu halten.

Im Rückspiegel sah Leo den kleinen dicken Mönch traurig hinterherwinken. Der Mann tat ihm leid. Er konnte sich vorstellen, dass es für einen neugierigen Menschen im Kloster mitunter sehr langweilig werden konnte. Trotzdem benötigten sie seine Hilfe momentan nicht, außerdem hatte er bestimmt Wichtigeres zu tun.

„Weißt du, was mir keine Ruhe lässt?"

„Nein, weiß ich nicht."

„Dass das riesige Kloster dieses Ordens frisch renoviert vollkommen leer steht. Wieviel Menschen könnten da Unterschlupf finden? 20 oder 30? Oder mehr? Was meinst du?"

„Ich weiß es nicht und es geht mich auch nichts an. Das Kloster gehört den Kapuzinern und was die damit machen, ist deren Problem."

„Das finde ich nicht. In den Medien wird davon berichtet, dass es für Flüchtlinge aus Krisengebieten keine Unterkünfte gibt, die Menschen sind meist sehr traumatisiert und haben Schreckliches erlebt. Stell dir doch mal vor, du kommst aus einem Kriegsgebiet und wirst nach einer dramatischen Flucht in eine völlig fremde Kultur geworfen – und dann ist kein Platz für dich und deine Familie. Das muss doch schrecklich sein, wenn man von einer Tragödie in die nächste kommt."

„Sicher, aber eine Notunterkunft ist immer noch besser als das Leben in einem Kriegsgebiet."

„Da gebe ich dir ja Recht. Aber gestern kam in den Nachrichten, dass Flüchtlinge aus Platzmangel sogar in Sporthallen und leerstehenden Baumärkten untergebracht werden. Und wenn ich höre, dass hier mitten in Altötting ein Kloster komplett leer steht, dann stelle ich mir natürlich schon die Frage, ob man da nicht von Seiten des Ordens reagieren sollte."

„Natürlich hast du nicht ganz Unrecht. Und um das Ganze noch anzuheizen muss ich dir sagen, dass noch viel mehr Räumlichkeiten in Altötting leer stehen, die sehr gut für die Unterbringung von Flüchtlingen benutzt werden könnten. Aber diese Häuser sind nun mal Privatbesitz und es steht den Besitzern frei, über die Verwendung selbst zu entscheiden, ob uns das nun gefällt oder nicht. Außerdem ist das nicht nur ein Problem in Altötting, so geht es vielen Städten und Gemeinden. Wenn man wollte, könnte man die erbarmungswürdigen Flüchtlinge nicht nur mit offenen Armen empfangen, sondern sie auch noch anständig unterbringen. Aber wie gesagt, das müssen die Besitzer entscheiden und ist nicht unser Problem, leider."

Leo war wütend, denn Viktoria hatte Recht. Wenn alle zusammenarbeiten würden, dann wäre die Flüchtlingsunterbringung kein Problem, sondern eine Selbstverständlichkeit. Und es würde in den Medien nicht hochgeschaukelt und thematisiert werden, wodurch Gegnern der Flüchtlingspolitik nur unnötig Argumente zugespielt würden.

Rudolf Krohmer, Chef der Mühldorfer Polizei, wartete ungeduldig im Besprechungszimmer, denn er hatte bereits erfahren, dass es in der Basilika in Altötting einen Toten gab.

„Und? Was haben wir?"

„Das Opfer ist ein Kapuzinermönch. Sein Name ist Bruder Benedikt und stammt aus dem Kloster Wiener Neustadt. Er war nur zu Besuch in Altötting. Sein weltlicher Name ist Karl-Heinz Schuster, aber um es einfacher zu halten, schlage ich vor, dass wir bei Bruder Benedikt bleiben." Viktoria Untermaier reichte ihm die Fotos des Tatorts weiter und er verzog das Gesicht.

„Einverstanden. Irre ich mich, oder starrt mich der Tote an? Das ist ja unheimlich!"

„Das haben wir auch so empfunden, das liegt wahrscheinlich an den stahlblauen Augen. Der Kollege Grössert hat im Leben des Opfers recherchiert. Werner, bitte."

Der 39-jährige Werner Grössert war gebürtiger Mühldorfer und kam aus gutem Hause. Seine Eltern haben ein angesehenes Anwaltsbüro, das in ihrem letzten Fall einen satten Kratzer abbekommen hatte, aber mit Hilfe von Rudolf Krohmer konnte Schlimmeres für die Kanzlei und damit für seine Eltern verhindert werden. Werner Grössert war verheiratet und seine Frau war schwanger – niemand hatte jemals damit gerechnet, denn seine Frau, die von den Eltern erst seit kurzem einigermaßen akzeptiert und angenommen wurde, litt unter einer schlimmen Hautkrankheit, wegen der sie nicht nur arbeitsunfähig war, sondern sie zu vielen, wiederkehrenden Krankenhausaufenthalten zwang. Und plötzlich kam vor einigen Monaten die Nachricht wie aus heiterem

Himmel: seine Frau war tatsächlich schwanger! Sie hatte sofort alle Medikamente abgesetzt und hielt sich trotz der Schmerzen erstaunlich tapfer. Sie jammerte nie, schien trotz allem fröhlich und ausgelassen. Werner liebte sie auch für ihren Mut und ihre Stärke. Nur noch wenige Wochen und dann war es so weit und er sehnte den Geburtstermin herbei, denn es war höchste Zeit, dass seine Frau wieder Medikamente nehmen konnte. Ihre Haut hatte sich verschlimmert und sie quälte sich Tag und Nacht. Werner hatte ihr für die Zeit nach der Entbindung bereits einen Kuraufenthalt organisiert, den sie dann dringend brauchte. Der stets gepflegte und modisch gekleidete Werner Grössert hatte sich wegen der Schwangerschaft, aber auch wegen dem letzten Adlerholz-Fall verändert. Seine grundlegende Einstellung gegenüber seinen beinah heiligen Eltern hatte starke Risse bekommen und immer wieder widersprach er ihnen und setzte sich durch, was seine Eltern bis dato nicht von ihm kannten. Auch die Tatsache, dass er nun eine Schwester hatte, mit der er einen sehr engen Kontakt pflegte, hatte sehr viel verändert und sein Leben bereichert. Kurzum: das Verhältnis zwischen ihm und seinen Eltern hatte sich grundlegend gebessert, obwohl er keine Illusionen dahingehend hatte, dass irgendwann einmal ein herzliches, problemloses Verhältnis zwischen ihnen herrschen würde.

„Bruder Benedikt, wie gesagt, dessen weltlicher Name Karl-Heinz Schuster ist, gehört dem Kapuzinerkloster Wiener Neustadt seit über 30 Jahren an. Das Opfer ist 54 Jahre alt und hat noch einen leiblichen

Bruder, der in Amerika lebt und dort an der Columbia-Universität unterrichtet, sein Name ist Ferdinand Schuster. Ich habe mit ihm gesprochen und er ist auf dem Weg zu uns, um die Formalitäten zu regeln. Herr Schuster hatte nur losen Kontakt zu seinem Bruder, das letzte Mal vor über 5 Jahren, als die Mutter beerdigt wurde, der Vater ist seit über zwanzig Jahren tot. Bruder Benedikt galt als hilfsbereit, zielstrebig und war bei seinen Mitbrüdern offenbar beliebt, war aber grundsätzlich verschlossen und in sich gekehrt. Die Aufgabe hier in Altötting nahm er nur sehr zögerlich an, er mochte das Reisen nicht. Ansonsten gab es keine Auffälligkeiten und auch keine engen Kontakte außerhalb des Heimatklosters." Werner Grössert war erstaunt darüber, was er über Bruder Benedikt herausgefunden hatte, denn wenn man über dreißig Jahre in einem Kloster mit nur wenigen Brüdern lebt, muss man doch zumindest mit denen im engeren Kontakt stehen. Aber vielleicht erfuhren sie Näheres vom Bruder, der heute Abend in München landen und morgen Früh hier im Büro sein würde.

„Mit den Klosterbrüdern in Altötting hatte er nur sehr oberflächlichen Kontakt, von Kontakten außerhalb des Klosters ist nichts bekannt," fügte Hans Hiebler an. Der 53-jährige, gutaussehende, 1,80 m große und sportliche Mann war aufgrund seines letzten Aufenthalts während des letzten Wochenendes in der Toskana immer noch braun gebrannt und wirkte sehr erholt. Bei ihrem letzten Fall hatte er in Florenz bei einer dortigen Polizeibehörde eine Frau kennengelernt, Lucrezia Mandola, und mit ihr verbrachte er seine Freizeit. Die Distanz zwischen ihm und seiner

Freundin war für Hans kein Problem, schließlich war es mit dem Flugzeug von München nach Florenz nur ein Katzensprung. Entgegen seiner sonstigen Angewohnheit hielt er diese Information seinen Kollegen gegenüber geheim, die sich ja doch nur darüber lustig machen würden. Hans Hiebler war bekannt dafür, dass er alle Frauen liebte und immer und überall mit ihnen flirtete und versuchte, sich mit ihnen zu verabreden. Aber seit er Lucrezia kannte, war das anders, mit ihr war jeder Tag etwas ganz Besonderes. Das mit dieser vorlauten, frechen, selbstbewussten und sehr empfindsamen Lucrezia war noch ganz frisch und er wollte nichts kaputt machen. Vor beinahe einem Jahr war seine damalige große Liebe Doris getötet worden und er vermisste sie selbstverständlich auch heute noch, aber der Schmerz wurde leichter und er war nun vielleicht für eine neue, tiefere Beziehung wieder offen.

„Ich möchte noch anfügen, dass der Tote in der rechten Hand eine schlichte, kleine Holzperle hielt, sie ist in der KTU. Nach unseren Informationen handelt es sich um die Perle eines Rosenkranzes, den man überall kaufen kann."

„Das ist allerdings seltsam," murmelte Krohmer. „diese Holzperle deutet auf einen katholischen oder zumindest einen christlichen Hintergrund. Sein eigener Rosenkranz vielleicht, der kaputtgegangen ist?"

„Nein Chef, es wurden keine weiteren Holzperlen gefunden. Außerdem konnten wir den persönlichen Rosenkranz von Bruder Benedikt sicherstellen, bei dem keine Holzperle fehlt. Wie viele Holzperlen hat nochmal ein Rosenkranz?"

„59" kam es einstimmig im Chor – alle wussten das, nur Leo nicht.

„Wie dem auch sei," sagte Krohmer, „es handelt sich auch aufgrund der Holzperle um einen christlichen Hintergrund."

„Oder wir sollen genau das glauben," sagte Leo, der gegenüber solchen Spuren immer skeptisch war, denn das war zu offensichtlich.

„Wie auch immer. Warten wir ab, was die Spezialisten dazu sagen. Wann bekommen wir den Bericht der Gerichtsmedizin und der KTU?"

„Beide dürften heute Abend, spätestens morgen früh hier sein."

„Sehr gut, hoffentlich sehen wir dann klarer."

„Eine weitere kleine Spur haben wir allerdings noch. Eine Frau hat in letzter Zeit offenbar des Öfteren nach Bruder Benedikt verlangt. Die Überwachungsbilder aus der Klosterumgebung dürften schon hier sein, vielleicht haben wir Glück und wir finden diese Frau."

„Das hört sich doch gar nicht so schlecht an, wie ich ursprünglich angenommen hatte. Machen Sie sich an die Arbeit! Ich möchte Sie bitten, in dem Fall behutsam vorzugehen. Der Guardian Bruder Paul ist ein alter Schulfreund und ich habe ihm versprochen, dass wir diskret vorgehen. Das Ansehen eines Klosters ist in der heutigen Zeit nicht besonders hoch und die Klöster haben Nachwuchsprobleme. Wenn ein Kloster mit einem Mord in Verbindung gebracht wird, sind die Folgen jetzt überhaupt noch nicht abzusehen."

„Die sind doch selbst schuld mit ihren verstaubten Ansichten," rief Leo, der zwar von der Hingabe und der Arbeit der Klosterbrüder durchaus beeindruckt war, die Grundfeste der Klöster aber nicht verstand. „Damit meine ich nicht nur das Zölibat an sich, das meiner Meinung nach total veraltet ist und längst abgeschafft gehört. Für mich macht das ganze Klosterleben an sich keinen Sinn. Denn warum soll man sich diesen Regeln beugen und sich an einem veralteten Tagesablauf orientieren? Man kann doch auch ohne ein Kloster zusammenfinden, die Bibel lesen, beten und Gutes tun. Was mir auch stinkt ist vor allem die Rolle der Frauen in der katholischen Kirche, die meiner Meinung nach immer noch vollkommen am Rande mitlaufen und untergebuttert werden – das ist nicht richtig und absolut nicht zeitgemäß. Auch bei den Katholiken dürfte zwischenzeitlich angekommen sein, dass Männer und Frauen gleichbehandelt werden müssen. Aber was rege ich mich auf, das funktioniert doch nicht mal im normalen Leben. Immer noch werden Frauen ungleich behandelt und es ist immer noch die Rolle der Frau, zuhause das Haus zu hüten und sich um die Kinder zu kümmern, während der Mann Karriere macht, finanziell abgesichert ist und beides hat: Karriere und Familie. Und wenn der Mann dann Karriere gemacht hat, die Frau frustriert ist, wird sie einfach durch ein jüngeres Modell ausgetauscht, mit der der Mann dann angeben kann. Jetzt schaut mich nicht so an! Wie oft haben wir das Muster schon miterlebt?" Leo hatte sich völlig in Rage geredet, denn diese Ungleichbehandlung begegnete ihm immer wieder und regte ihn maßlos auf.

„Da bin ich ganz bei dir Leo. Und man sollte nicht vergessen, dass in den meisten Berufen Frauen immer noch weniger verdienen als Männer, obwohl sie die gleiche Arbeit machen oder sogar noch besser, qualifizierter sind." Auch Werner Grössert ärgerte sich über diese Tatsache und dachte eigentlich, dass die Menschen in der heutigen Zeit aufgeklärt und modern wären – ein Trugschluss, wenn es um solche grundsätzlichen Dinge ging.

„Aber wir sind doch jetzt nicht hier, um über Politik und Gesellschaftsprobleme zu sprechen," beschwichtigte Krohmer, der absolut der gleichen Meinung war. Er selbst würde eine Ungleichbehandlung auf seinem Polizeirevier niemals dulden und wurde seinen Vorgesetzten gegenüber immer ungemütlich, wenn so ein Fall in seiner Behörde vorkam – und er schaffte sie ab oder umging sie elegant.

Viktoria Untermaier hätte ihren Lebensgefährten Leo am liebsten umarmt, denn er sprach ihr aus der Seele. Trotzdem war hier nicht der richtige Ort für solch eine Diskussion, Krohmer hatte wie immer Recht.

„Machen wir uns an die Arbeit. Bruder Andreas kommt in zwei Stunden, bis dahin sollten wir die Überwachungsbilder gesichtet und sortiert haben."

Rudolf Krohmer ging wieder in sein Büro und dachte über das Gespräch mit Bruder Paul nach, den er aus der Schule kannte. Natürlich war Bruder Paul bemüht, Schaden von seinem Kloster abzuwenden und Krohmer musste ihn mit Engelszungen davon überzeugen, dass seine Beamten einen Mord aufzuklären hatten und ihre Arbeit machen mussten. Bruder Paul schien keineswegs beschwichtigt und Krohmer kannte ihn: er würde seine Kontakte spielen lassen und alle Hebel in Bewegung setzten, das gab ganz bestimmt noch Ärger. Krohmer stöhnte laut auf, dieser Fall gefiel ihm überhaupt nicht. Trotzdem vertraute er seinen Leuten, sie würden schon wissen, wie sie vorzugehen haben.

Es folgte eine für alle Beamten langweilige Aufgabe, denn es galt, alle Bilder von verschiedenen Überwachungskameras durchzusehen und zu ordnen, was sich nicht nur als langweilig, sondern als sehr anstrengend herausstellte. Bis Bruder Andreas eintraf, waren sie zum Glück fertig. Zu ihrem Erstaunen hatte Bruder Siegmund seinen Glaubensbruder begleitet. Es war schon ein ungewöhnliches Bild, wie die beiden Brüder in ihren Habits vor dem Bildschirm saßen und gebannt darauf starrten. Es dauerte eine gefühlte Ewigkeit, bis Bruder Andreas schließlich die Frau erkannte – die Beamten hatten bereits die Hoffnung aufgegeben.

„Das ist die Frau," rief er aufgeregt. „Ganz bestimmt, das ist die Frau."

Alle warfen einen Blick auf die betreffende Person und Werner Grössert ging sofort an seinen Computer. Er rief die Bilder der Frau auf, gab einige Informationen ein, markierte das Gesicht an einigen Punkten - und ließ sie über ein Gesichtserkennungsprogramm laufen. Werner hatte hart um dieses Programm gekämpft und vor einem Monat hatte sich Krohmer endlich dazu überreden lassen, dieses anzuschaffen. Werner hielt große Stücke darauf, ganz im Gegensatz zu seinen Kollegen, die sich nur lustig darüber machten. Jetzt hatte er die Möglichkeit zu beweisen, dass dieses Programm nicht nur hilfreich, sondern in Zukunft unverzichtbar sein würde.

„Jetzt brauchen wir nur noch warten, bis das Programm die Person gefunden und identifiziert hat," sagte er stolz.

„Aber auch nur, wenn die Frau bisher irgendwie polizeilich in Erscheinung getreten ist," sagte Hans Hiebler, der keinen engeren Bezug zu Computern hatte und froh war, wenn er die gängigsten Programme bedienen konnte.

Bruder Andreas wäre am liebsten wieder sofort gegangen, er fühlte sich hier sehr unwohl, aber Bruder Siegmund sah sich neugierig um und reagierte nicht auf dessen Drängen. Für ihn als Krimifreund und äußerst neugierigen Menschen war das eine einmalige Chance, hinter die Kulissen der Polizei zu blicken. Wann bekam man denn schon diese Möglichkeit? Außerdem war das hier eine willkommene Abwechslung zu seiner sonstigen Arbeit im Klostergarten und in der Klosterküche, die er zwar sehr gerne und mit Eifer ausführte, aber das hier war doch viel interessanter. Seine Bäckchen glühten geradezu und seine strahlenden Augen wanderten aufmerksam hin und her.

„Eigentlich sind wir fertig mit Ihnen. Ich möchte mich ganz herzlich für Ihre Mühe bedanken," sagte Viktoria. Leo konnte das Zögern von Bruder Siegmund förmlich spüren, der alles um sich herum geradezu aufzusaugen schien.

„Wie sind Sie beide eigentlich hergekommen? Hat Ihr Kloster ein Auto?" Leo hatte keine Ahnung vom Klosterleben und fragte daher einfach darauf los.

„Wir haben ein Auto, aber wir beide haben keinen Führerschein. Wir sind mit dem Zug gekommen, auf kurzen Strecken kostet uns das nichts, ein Entgegenkommen der Bahn."

„Ach was," bemerkte Leo erstaunt, der noch nie davon gehört hatte, dass Klosterbrüder umsonst im Zug mitfahren durften. Es war ihm auch neu, dass die Bahn so kulant war. „Dann warten Sie hier, ich organisiere, dass Sie zurückgefahren werden. Natürlich nur, wenn Sie damit einverstanden sind."

„Und ob wir damit einverstanden sind. Das ist sehr freundlich und aufmerksam von Ihnen, vielen Dank. Denken Sie, dass es eventuell möglich ist, mit einem richtigen Streifenwagen mitzufahren? Aber nur, wenn es keine Mühe macht." Bruder Siegmunds Gesicht strahlte, er sah aus wie ein kleiner Junge zu Weihnachten. Bruder Andreas hingegen starrte seinen Mitbruder erschrocken an – sie sollten mit einem Streifenwagen mitfahren? Was würden die anderen denken?

Leo sah das erschrockene Gesicht des Bruders Andreas, aber er wollte diesem fröhlichen Bruder Siegmund eine Freude machen. Ihm gefiel dieser Mann und er mochte ihn sehr, obwohl er sicher war, dass er einem auch auf die Nerven gehen konnte. Aber egal, sie hatten beide der Polizei sehr geholfen und das mit dem Streifenwagen war nun wirklich kein Problem. Er nahm den Telefonhörer und wählte.

„Frau Gutbrod? Würden Sie bitte eine Fahrt mit einem Streifenwagen nach Altötting organisieren? Ich habe hier zwei Herren, die eine Mitfahrgelegenheit suchen. Beide Herren sind übrigens unverheiratet." Leo konnte sich diese Zusatzbemerkung nicht verkneifen. Frau Gutbrod war die Sekretärin von Rudolf Krohmer und nicht nur neugierig, sondern sie nervte mit ihrer unverheirateten Nichte Karin, die sie unbedingt an den Mann bringen wollte. Frau Gutbrod war schon seit vielen Jahren hier bei der Polizei Mühldorf und mit ihren 62 Jahren stand sie kurz vor der Rente – was sie aber nicht wahrhaben wollte. Sie kleidete sich nicht nur viel zu jugendlich und aufreizend, sondern ließ sich regelmäßig die Falten auf- und unterspritzen, um einige Jahre jünger auszusehen. Aufgrund der letzten Bemerkung bezüglich zweier unverheirateter Männer reagierte sie hocherfreut.

„Das ist doch kein Problem Herr Schwartz, ich werde mich sofort darum kümmern."

Sie hatte aufgelegt und Leo, sowie die anderen Kollegen, die sich ein schallendes Lachen nicht verkneifen konnten, warteten jeden Moment darauf, dass Frau Gutbrod in ihr Büro kommen würde, um die beiden unverheirateten Männer persönlich in Augenschein zu nehmen. Tatsächlich dauerte es nur wenige Augenblicke, bis es klopfte und Frau Gutbrod freudestrahlend im Büro stand. Beim Anblick der beiden Kapuzinerbrüder verzog sie das Gesicht.

„Das sind die beiden?" rief sie enttäuscht und drohte Leo mit dem Finger. „Da haben Sie mich aber ganz schön auf die Schippe genommen, das war nicht nett von Ihnen." Die Klosterbrüder waren aufgestanden und musterten Frau Gutbrod neugierig. Bislang hatten sie so eine bunte Frau noch niemals leibhaftig vor sich gesehen. Bei den wenigen Frauen, mit denen sie es zu tun hatten, handelte es sich um normale Frauen – diese hier war außergewöhnlich: bunt, schrill und sie funkelte und glitzerte überall. Die Frau war stark geschminkt, beinahe zugekleistert. Sie hatte hochtoupierte, blonde Haare, die mit lilafarbenen Strähnen durchzogen waren. Dazu trug sie ein sehr kurzes Minikleid aus lila Spitze, unter dem ihre Unterwäsche zu sehen war. Mit ihren sehr hohen Stöckelschuhen war sie fast einen halben Meter größer als die beiden Mönche – sie waren beinahe eingeschüchtert und wussten nicht, wo sie hinsehen sollten.

„Na dann kommen Sie mal mit. Los, nicht so schüchtern, ich beiße nicht," sagte sie lachend und zog die beiden einfach mit sich.

„Was sagt dein Programm? Ist es schon fündig geworden?"

„Nur Geduld." Werner hatte die wenigste Geduld von allen, denn am liebsten hätte er sofort das passende Ergebnis präsentiert, nur so konnte er die hämischen Bemerkungen verstummen lassen.

Sie tranken Kaffee und machten sich dann wieder an die Arbeit. Außer Werner glaubte niemand daran, dass dieses Computerprogramm die Identität der Frau ausspucken würde und deshalb gaben sie das Foto der Unbekannten an die Presse weiter, vielleicht erkannte sie jemand.

Plötzlich stürmte Frau Gutbrod ohne zu Klopfen ins Büro, die beiden Klosterbrüder hatte sie im Schlepptau.

„Wissen Sie, was ich eben erfahren habe? Es gibt noch einen Bruder Benedikt bei den Kapuzinern in Altötting." Sie war völlig außer Atem, strahlte aber übers ganze Gesicht, als sie die Reaktionen der Kollegen bemerkte – sie wussten es tatsächlich nicht!

„Wie bitte?" rief Viktoria.

Frau Gutbrod schob die beiden Klosterbrüder ins Zimmer.

„Los, erzählen Sie das, was Sie mir eben erzählt haben." Natürlich war es klar, dass Frau Gutbrod die beiden zwischenzeitlich ausgequetscht hatte und somit ausführlich informiert war. Sie hatte bislang noch keine Möglichkeit gehabt, die Akten durchzulesen und sich auf den neuesten Stand zu bringen, deshalb waren die beiden naiven Klosterbrüder eine wunderbare Informationsquelle.

„Es gibt noch einen Bruder Benedikt bei uns, und zwar schon sehr viele Jahre lang. Er ist schon weit über 80 Jahre alt und genießt seinen wohlverdienten Ruhestand in unserem Kloster. Allerdings geht es ihm gesundheitlich immer schlechter, wir befürchten das Schlimmste." Bruder Siegmund war verunsichert, warum war dieser alte Glaubensbruder jetzt plötzlich interessant für die Polizei?

„Wo finden wir diesen Bruder Benedikt?"

„Natürlich bei uns im Kapuziner-Kloster, wir haben dort einen eigenen Bereich für unsere alten Mitbrüder, die selbstverständlich auch nach ihrer aktiven Zeit bis zu ihrem Tod bei uns und mit uns leben. Ein

Klosterleben endet nicht mit der aktiven Zeit, sondern wir sind bis zu unserem Tod mit unserem Glauben und somit mit dem Kloster verbunden. Entschuldigen Sie, aber ich weiß nicht..."

„Verstehen Sie denn nicht? Bei dem Mord könnte es sich um eine Verwechslung handeln."

Die beiden Kapuzinerbrüder traten erschrocken einige Schritte zurück. Daran hatten sie nicht gedacht. Wer sollte Interesse daran haben, einen alten, kranken Mann zu töten? Viktoria bereute ihre Aussage, sie wollte den beiden keine Angst machen. „Das ist nur eine Vermutung, mehr nicht. Aber wir sollten uns mit Bruder Benedikt unterhalten, um diese Möglichkeit aus der Welt zu schaffen. Dann wollen wir mal, kommen Sie bitte," sagte Viktoria und nahm ihren Mantel.

„Und der Streifenwagen?"

Sie sah in die enttäuschten Augen des Bruders Siegmund und verdrehte genervt die Augen. Immer dasselbe mit den Zivilisten! In dem Moment gab Werners Computer ein lautes Signal von sich.

„Das Programm hat die Frau identifiziert," rief Werner aufgeregt. Viktoria befand, dass sich viel zu viele Personen im Büro aufhielten, die beiden Klosterbrüder und auch Frau Gutbrod waren jetzt überflüssig.

„Frau Gutbrod kümmert sich darum, dass die beiden mit einem Streifenwagen ins Kloster gefahren werden. Wir treffen uns dort."

Natürlich wäre Hilde Gutbrod lieber hiergeblieben und hätte gerne erfahren, warum die Kollegen so euphorisch waren und um welche Frau es ging – etwa die Sandlerin, die mehrfach im Kloster nach diesem Toten gefragt hatte und ihn sprechen wollte? Genau das war es, das konnte nicht anders sein. Die beiden Klosterbrüder, besonders dieser dicke Bruder Siegmund war sehr gesprächig gewesen und sie wusste jede Einzelheit über den aktuellen Fall. In der Basilika wurde ein Bruder Benedikt getötet, der nur zu Besuch in Altötting war. Es gab eine Besonderheit, denn in der rechten Hand hielt der Tote eine Holzperle – sie musste irgendwie an die Berichte der Pathologie und der KTU kommen um Näheres über den Toten und diese Holzperle zu erfahren. Es war nicht nett von Frau Untermaier, dass sie jetzt weggeschickt wurde, aber sie würde irgendwie an die entsprechende Information kommen. Früher oder später fand sie alles heraus. Sie schob die beiden Klosterbrüder vor sich her und begleitete sie zum Ausgang, wo der Streifenwagen bereits auf sie wartete. Ungeduldig sah sie zu, wie die beiden auf dem Rücksitz Platz nahmen. Jetzt machte sie sich umgehend auf den Weg zur KTU, denn mit der dortigen Sekretärin war sie sehr gut befreundet. Hier würde sie ganz bestimmt an die Information bezüglich dieser Holzperle kommen. Wegen dem Bericht der Pathologie müsste sie sich noch was einfallen lassen, an den ranzukommen war nicht ganz so einfach – aber erst einmal ein Schritt nach dem anderen!

2.

„Babette Silberstein, 52 Jahre, ohne Wohnsitz, hält sich aber vorwiegend im Altöttinger Landkreis auf. Die ehemalige Krankenschwester ist bereits mehrfach wegen kleinerer Delikte aufgegriffen worden: Ruhestörung, Beleidigung, Widerstand gegen die Staatsgewalt – nichts Gravierendes," las Werner Grössert nicht ohne Stolz vor. Es war ihm mithilfe dieses Programmes tatsächlich gelungen, die Frau trotz der schlechten Aufnahme zu identifizieren und damit hatte er die skeptischen Kollegen restlos von diesem genialen Programm und dessen Möglichkeiten überzeugt.

„Na toll, und wie sollen wir die Frau finden?"

„Einschlägige Plätze, an denen sich Obdachlose treffen, gibt es in Altötting einige, die klappern wir ab und fragen uns durch. Außerdem erscheint morgen ihr Bild in der Zeitung und vielleicht weiß jemand, wo wir Frau Silberstein finden können." Leo war überaus euphorisch, denn es ging endlich voran. Für seine Begriffe war es ein Klacks, diese Frau ausfindig zu machen. Er drängte zum Gehen, denn die Tatsache, dass es im Kapuziner-Kloster noch einen Bruder Benedikt gibt, war für ihn von großer Wichtigkeit, das bewies ihm sein nervöser Magen, der sich seit dieser Neuigkeit ständig bemerkbar machte.

„Werner und Hans, ihr beiden sucht nach dieser Frau. Ich fahre mit Leo ins Kapuziner-Kloster." Viktoria hatte natürlich bemerkt, wie nervös und aufgeregt Leo war. Sie selbst empfand das Gespräch mit diesem zweiten Bruder Benedikt als nicht ganz so wichtig –

lag sie damit falsch? Hatte Leo diesmal das bessere Gespür? Sie musste lächeln, als sie in den Wagen stiegen, denn sie stellte immer wieder fest, dass sie beide sich sehr gut ergänzten. Sie war eher der Kopfmensch und für sie zählten hauptsächlich Tatsachen und Fakten, während Leo eher der Bauch- und Gefühlsmensch war. Und er sprach Dinge gerne direkt an, nannte sie beim Namen, sie tat sich damit sehr schwer. Nach ihrer bescheuerten Kur in Bad Mergentheim hatte sie sich wieder sehr gut hier eingelebt und es ging ihr gut. Im Nachhinein betrachtet war diese Kur absolut notwendig und auch sehr hilfreich, was sie aber niemals offen zugeben würde. Sie hatte nicht mehr diese schrecklichen Alpträume, die ihr den Schlaf raubten. Auch war sie wieder etwas geduldiger, aufmerksamer und konnte sogar ab und zu wieder herzhaft lachen. Die Narbe machte ihr keine Probleme mehr und es gab Tage, da dachte sie nicht einmal an die ganze Geschichte, die ihr im Landratsamt Altötting widerfahren war. Bis auf diese verdammte Raucherei war ihr nichts geblieben, aber darum würde sie sich auch noch kümmern.

Sie parkten ihren Wagen in der Burghauser Straße und gingen die wenigen Meter zu Fuß zum Kapuziner-Kloster, das sich direkt gegenüber der Gnadenkapelle und neben der Magdalenenkirche befand. Auch jetzt mussten sie sich wieder durch jede Menge Wallfahrer und Besuchermassen kämpfen, die den Kapellplatz und das weitere Umfeld bevölkerten. Instinktiv hielten sie auch nach dieser Frau Silberstein Ausschau, aber sie sahen niemanden, der auch nur annähernd nach einer Obdachlosen aussah. Wurden die hier absichtlich ferngehalten, um die Gläubigen nicht zu stören?

An der Pforte des Kapuziner-Klosters kam ihnen Bruder Andreas bereits entgegen, offenbar hatte er nach Ihnen Ausschau gehalten und auf sie gewartet.

„Ich habe Bruder Siegmund bereits Bescheid gegeben, er ist jeden Augenblick da und wird sie dann zu Bruder Benedikt begleiten."

„Vielen Dank, sehr freundlich."

Sie mussten tatsächlich nicht lange warten. Bruder Siegmund öffnete mit hochrotem Kopf die Tür, er war vollkommen außer Atem. Er war offenbar bei der Gartenarbeit gewesen, denn an seinen Händen waren noch Reste von Erde, die er nun an dem Tuch, das an seinem Strickgürtel eingeklemmt war, abwischte.

„Entschuldigen Sie bitte, aber ich dachte, ich nutze die Zeit bis zu Ihrem Eintreffen. Der Herbst war heuer sehr gnädig und wir können immer noch Gemüse aus dem Garten ernten. Heute Abend gibt es eine frische Gemüsesuppe und ich wurde gebeten, die letzten Karotten und Kräuter zu ernten. Aber was erzähle ich denn, Sie sind nicht wegen meinem Gemüse und den Kräutern hier. Folgen Sie mir bitte."

Ohne Bruder Siegmunds Hilfe wären sie in diesem Labyrinth verloren gewesen. Auch in diesem Teil des Klosters – oder war es das gleiche? – war es sehr sauber und duster. Der Geruch der Reinigungs- und Desinfektionsmittel vermischt mit dem Geruch des Alten in Form von Möbeln, Bildern und geschnitzten Figuren setzten Viktoria ganz ordentlich zu. Leo hingegen war fasziniert von den alten Kunstwerken und der Architektur des alten Gemäuers. Was diese Mauern schon alles erlebt hatten? Trotz seiner Faszination blieb er dem Kloster selbst gegenüber ablehnend und skeptisch.

„Wir befinden uns hier in dem Teil des Klosters, in dem die alten Glaubensbrüder ihren wohlverdienten Ruhestand verbringen. Die Zellen sind etwas komfortabler und haben die schönste Aussicht von allen. Sie werden sehen, von den Zellen aus kann man direkt auf unseren wunderschönen Blumengarten blicken!" Bruder Siegmund schwärmte geradezu. Man konnte fühlen, dass er durch und durch aus voller Überzeugung Mitglied dieser Glaubensgemeinschaft war. Zaghaft klopfte er an die Tür und sie traten ein. Tatsächlich war dieser Raum geräumiger und einladender, als die Zelle des Getöteten. Das Bett, der Schrank, der Tisch und der Stuhl waren zwar identisch, aber hier lag ein dicker, dunkelbrauner Teppich am Boden, an der Wand war ein prallvolles Bücherregal angebracht und am Fenster stand ein schwerer, dunkelblauer Sessel. Die beiden Polizisten hatten den alten Mann erst nicht bemerkt, der beinahe in dem Sessel unterging.

„Gott zum Gruße. Kommen Sie bitte zu mir, meine Beine wollen heute nicht. Ich leide unter Rheuma, das mich heute besonders plagt. Aber ich möchte nicht jammern, das ist nun mal das Los des Alters."

Viktoria und Leo begrüßten den alten Mann, dessen Körper zwar sehr gebrechlich schien, aber dessen Augen hellwach waren. Der Sessel stand so am Fenster, dass Bruder Benedikt tatsächlich direkt auf den gepflegten, üppig blühenden Garten blicken konnte. Es dämmerte bereits, trotzdem leuchteten die Farben der Herbstblumen in ihrer ganzen Pracht. Am Fensterbrett lagen ein Buch und eine Lupe, offenbar hatte Bruder Benedikt trotz seiner starken Brille die Lupe zum Lesen nötig. Bruder Benedikt bemerkte die Blicke der Beamten.

„Ohne diese Lupe geht es überhaupt nicht mehr, aber was soll ich machen? Nicht nur der Körper plagt mich, auch die Augen werden immer schlechter. Der Arzt sagt, dass man das vielleicht mit einer Operation wieder hinbekommt, aber mit 84 Jahren lasse ich nicht mehr an mir herumschnippeln – nachher ist es noch schlechter und ich sehe überhaupt nichts mehr. Nein, es ist, wie es ist, und das ist gut so. Jetzt bin ich aber neugierig, was die Polizei von mir möchte, denn aus der wirren Geschichte von Bruder Siegmund bin ich nicht schlau geworden. Er hat wie ein Wasserfall geredet und ich wollte ihn in seiner Begeisterung nicht unterbrechen."

„Sie haben mitbekommen, was mit dem anderen Bruder Benedikt aus Wiener Neustadt passiert ist?" Er nickte nur und bekreuzigte sich. „Wir müssen auch der Möglichkeit nachgehen, ob es sich eventuell um eine Verwechslung handelte und eigentlich Sie gemeint waren."

Bruder Benedikt lachte nur und schüttelte den Kopf.

„Du meine Güte, was haben Sie denn für eine blühende Phantasie? Nein, ich war bestimmt nicht gemeint. Bereits seit vielen Jahren bin ich nur noch hier im Kloster, selbst den Gottesdienst kann ich nur noch an sehr guten Tagen besuchen, ansonsten komme ich nicht mehr raus und bin auch leider nicht mehr im Kontakt mit anderen Menschen, nur noch mit meinen Glaubensbrüdern, die sich rührend um mich kümmern. Vor allem Bruder Siegmund besucht mich häufig und ist mir in den letzten Jahren ein sehr guter Freund geworden. Er hat zwar ein einfaches Gemüt, aber mit ihm und seiner Unbefangenheit lässt sich Vieles leichter ertragen. Ich genieße die Zeit mit ihm sehr. Er liest mir aus Kriminalromanen vor, die er eigens für unsere gemeinsame Zeit aus der örtlichen Bücherei ausleiht. Eigentlich interessiere ich mich nicht für dieses Genre, aber ich liebe Bruder Siegmunds Begeisterung dafür."

„Trotzdem müssen wir die Möglichkeit einer Verwechslung in Betracht ziehen. Sagt Ihnen der Name Babette Silberstein etwas?"

Das fröhliche Lächeln war sofort aus Bruder Benedikts Gesicht verschwunden – er kannte die Frau!

„Selbstverständlich kenne ich Schwester Babette. Es ist schon viele Jahre her, dass ich mit ihr zu tun hatte. Sie ist Krankenschwester am hiesigen Krankenhaus und wir hatten ab und an beruflich miteinander zu tun. Eine sehr nette, freundliche und hilfsbereite Frau, die leider wegen ihrer Naivität oft ausgenutzt wurde und sehr darunter litt. Trotz allem hat sie sich vor allem für Frauen und Kinder immer mit vollem Herzen eingesetzt. Sie hat oft den Gottesdienst besucht und ich habe ihr einige Male die Beichte abgenommen. Was ist mit Schwester Babette? Ist ihr etwas zugestoßen?"

„Keine Sorge, bislang gehen wir nur einer Vermutung nach. Frau Silberstein hat offenbar mehrfach an der Pforte nach Ihnen gefragt und wollte sie sprechen."

Bruder Benedikt rief leise seinen Mitbruder Siegmund, der vor der Tür gewartet hatte.

„Du hast mich gerufen?"

„Ist es wahr, dass eine Frau mehrfach nach mir verlangt hat?"

„Das stimmt. Eine Sandlerin, Bruder Andreas hat sie an einen Mitbruder verwiesen, ihr zu Essen gegeben und sie dann weggeschickt. Sie verlangte nach einem Bruder Benedikt und er dachte, sie meint den Bruder Benedikt aus Wiener Neustadt," erklärte Bruder Siegmund.

„Ich verstehe. Bruder Andreas hat im Grunde genommen richtig gehandelt, denn ich bin nicht mehr in der Lage, mich um meine Mitmenschen zu kümmern. Aber diese Information, dass Schwester Babette obdachlos ist, setzt mir ganz schön zu. Was wohl mit ihr passiert sein mag? Menschen werden nicht ohne Grund aus der Bahn geworfen. Ihr Schicksal tut mir von Herzen leid und ich werde sie in meine Gebete einschließen. Aber ich hatte nicht näher mit ihr zu tun und kann Ihnen über sie keine weiteren Auskünfte geben. Ich hoffe, es geht ihr den Umständen entsprechend gut und sie findet wieder in ein geregeltes Leben zurück."

„Wir sind schon dabei, die Frau ausfindig zu machen. Sie sagten, dass Sie ihr die Beichte abgenommen haben. Was hat Sie Ihnen erzählt?"

„Das darf ich Ihnen nicht sagen, ich bin an das Beichtgeheimnis gebunden."

Viktoria hatte Leo das Gespräch überlassen, sie beobachtete lieber. Beim Namen dieser Frau reagierte der alte Mann heftig, er mochte die Frau. Bei seinem letzten Satz sprach er ruhig und gelassen, offenbar hatte die Frau ihm wirklich nichts Besonderes gebeichtet. Aber sie sah auch, wie der Mann immer mehr ins sich zusammensackte, er war mit seinen Kräften am Ende. Sie gab Leo ein Zeichen, das Gespräch zu beenden.

„Vielen Dank, dass Sie sich für uns Zeit genommen haben."

Sie verabschiedeten sich und traten auf den Flur.

„Ich begleite die beiden Polizisten nach draußen und bin gleich wieder zurück. Dann bringe ich dir eine schöne Suppe mit, die wird dir guttun." Bruder Siegmund war wirklich eine Seele von Mensch und nachdem er eine Decke über die Beine seines Mitbruders gelegt hatte, war er auch schon bei den Polizisten.

„Was war die Aufgabe von Bruder Benedikt?" wollte Viktoria von Bruder Siegmund wissen.

„Er war hauptsächlich in unserer Schule in der Neuöttinger Straße tätig. Er hat sich dort um die Kinder gekümmert, hat mit ihnen Hausaufgaben gemacht, sich ihrer Sorgen angenommen und in der Küche geholfen. Er ist auch ab und an eingesprungen, wenn eine Lehrkraft ausgefallen ist und diese Aufgabe hat er mit Bravour gemeistert, obwohl er keine Lehrerausbildung hatte. Ja, Bruder Benedikt war ein Naturtalent, die Kinder haben ihn geliebt. Nachdem er gesundheitsbedingt seine Arbeit aufgeben musste, konnte diese Lücke nur sehr schwer geschlossen werden. Eine weitere Aufgabe, die er ebenfalls mit

Leidenschaft ausführte, waren die Krankenbesuche im Krankenhaus und die Zusammenarbeit mit dem Jugendamt der Stadt. Bruder Benedikt hat viele Kinderfeiern organisiert und auch Fahrten während der Schulferien organisiert und begleitet. Darüber hinaus, und dafür bewundere ich ihn am meisten. Er hat immer wieder die JVA Mühldorf besucht und sich dort mit den Insassen unterhalten. Sie müssen wissen, dass sich um diese Besuche keiner von uns reißt. Die Umgebung ist doch sehr düster und auch bestimmt gefährlich. Aber Bruder Benedikt hat sich nicht gefürchtet und hat noch bis ins hohe Alter diese Besuche übernommen. Er war ein sehr, sehr guter Seelsorger und dafür bewundere ich ihn heute noch. Es tut mir weh, wie ich sehe, welche Schmerzen er erdulden muss, und dabei jammert er nie. Ich tue alles dafür, ihm das Leben so angenehm wie möglich zu machen und erfülle ihm jeden Wunsch."

Bruder Siegmund schwärmte in den höchsten Tönen von seinem Mitbruder und man spürte, dass er ihn sehr mochte. Die Beamten hatten genug gehört und verabschiedeten sich.

„Kaffee?" fragte Leo, der seiner Viktoria ansah, dass sie etwas beschäftigte.

„Gerne."

Sie setzten sich trotz der kühlen Luft vor das Kaffee am Kapellplatz und bestellten Cappuccino.

„Was ist los?"

„Ich weiß es nicht, aber dieser Bruder Benedikt hat für meine Begriffe auf die Sandlerin zu heftig reagiert. Wir sollten uns die frühere Arbeit dieses Klosterbruders genauer vornehmen."

„Du siehst doch Gespenster. Du kennst meine kritische Einstellung zur Kirche, besonders ein Kloster ist mir sehr suspekt. Aber dieser alte Mann ist ein gütiger, gläubiger Mensch, der sein ganzes Leben nur für das Gemeinwohl zur Verfügung gestellt hat. Lass uns abwarten, bis wir diese Frau Silberstein gefunden haben und was sie uns zu sagen hat, dann sehen wir weiter."

Sie tranken schweigend ihre Kaffees. Leo ließ seinen Blick über den inzwischen fast leeren Kapellplatz schweifen, der nun beinahe im Dunkeln lag. Aber die Gnadenkapelle, die sie direkt im Blick hatten, konnte man immer noch gut erkennen. Leo verstand nicht, wie man eine kleine Kirche und deren Reliquien dermaßen verehren konnte, dass man dafür Strapazen und Mühen auf sich nahm. Er erinnerte sich an den vorletzten Fall, bei dem sie eine Leiche direkt dort drüben auf der Bank sitzend gefunden hatten und dachte darüber nach, während Viktoria gedanklich nochmals das Gespräch und die Reaktion von diesem Bruder Benedikt durchging.

„An was denkst du? Findest du dieses Klosterleben nicht auch suspekt?"

„Das ist mir ehrlich gesagt vollkommen egal," antwortete Viktoria, während sie sich eine weitere Zigarette anzündete. „Jeder soll nach seiner Fasson glücklich werden." Bis jetzt hatte sie sich nicht besonders viele Gedanken darüber gemacht, nahm die verschiedenen Klöster und Kirchen einfach so hin. Für sie gab es im Glauben sowieso keine Unterschiede. Es kam alles immer aufs Gleiche raus: die Verehrung eines Übervaters, an den man sich in der Not wenden und ihm auch danken konnte. Aber warum gleich ins Kloster gehen? Nie ein eigenständiges Leben führen, Familie haben, frei entscheiden können? Wie tief musste ein Glauben sein, um sein ganzes Leben nur der Kirche zu widmen? Für Viktoria, die kein gläubiger Mensch war, war das alles nicht nachvollziehbar. Wie konnte man bei all dem Elend und schreiender Ungerechtigkeit an irgendeine Religion glauben, sogar daran festhalten? Viktoria schüttelte den Kopf, sie war für so einen festen Glauben nicht geschaffen. Dafür hatte sie schon viel zu viel Schreckliches gesehen und erlebt. Täglich passierten immer wieder unglaubliche, unfassbare Dinge, die ein mächtiger Übervater niemals zulassen dürfte. Für sie stand fest – es gab keinen Gott oder etwas Ähnliches. Das war eine reine Erfindung der Menschen, die dadurch Vieles einfacher ertragen konnten, oder aber sich die Lehren des jeweiligen Glaubens so zurecht legten, um damit Ungerechtigkeit, Kriege, Macht, Verfolgung, usw. zu rechtfertigen.

Diese Meinung und innere Einstellung würde sie auch vor Anderen vertreten – allerdings nur, wenn sie danach gefragt würde. Denn hier in dieser tief katholischen Ecke Bayerns war man noch nicht so weit, um seine Meinung über den Glauben offen auszudrücken, vor allem nicht als Beamtin. Aber sie spürte, dass die Menschen auch hier immer offener und zugänglicher wurden. Irgendwann dürfte man vielleicht auch diesbezüglich offen seine Meinung äußern. Die Menschen waren hier in Oberbayern und auch sonst überall auf der Welt noch nicht so weit, um vorbehaltlos andere Meinungen und Einstellungen zu akzeptieren, was nicht zuletzt die öffentlichen Diskussionen bezüglich Frauenquote, Männer im Erziehungsurlaub, das Einfrieren von Eizellen für späteren Kinderwunsch, Zuwanderung, usw. (die Liste kann man unendlich fortführen) beweisen. Es sind in den Köpfen der Menschen immer noch Mauern, veraltete Strukturen und Vorstellungen vorhanden, die noch längst nicht eingerissen sind. Aber Viktoria war zuversichtlich, dass sich das irgendwann ändern würde. Vielleicht hatte sie das Glück und würde das noch erleben dürfen.

Während diesen vielen Gedanken nahm Leo einfach ihre Hand und hielt sie fest. Spürte er, was sie dachte? Sie war sich dessen sicher. Es tat so unendlich gut, dass sie einen Menschen an ihrer Seite hatte, der sie auch ohne Worte verstand und auf den sie immer zählen konnte. Sie könnte hier noch ewig sitzen bleiben, sie spürte weder die zunehmende Kälte, noch störte sie die Dunkelheit, die immer mehr um sich griff.

„Es ist zwar sehr schön hier, aber wir gehen jetzt besser, bevor du dich noch erkältest," sagte Leo, bezahlte und sie fuhren nach Hause, wo sie es sich auf der Couch gemütlich machten. Unterwegs hatten sie Pizza geholt, die sie sich nun schmecken ließen.

HOLZPERLENSPIEL

3.

„Wir haben einen Toten in Kastl," empfing Werner Grössert die Kollegen Viktoria und Leo, als sie eben das Polizeigebäude in Mühldorf betraten.

Werner war müde, denn er und Hans hatten gestern Abend noch stundenlang nach dieser Sandlerin Babette Silberstein gesucht, aber niemand kannte sie oder hatte sie gesehen. Überhaupt waren die wenigen Obdachlosen, die sie aufgespürt hatten, nicht sehr gesprächig, beinahe feindselig der Polizei gegenüber eingestellt, was auch irgendwie verständlich war. Die Beamten machten erst sehr spät Feierabend, nachdem sie alle einschlägig bekannten Stellen abgesucht hatten. Frustriert zogen sie sich zurück, Frau Silberstein war nicht aufzufinden – vielleicht meldete sich jemand aufgrund der heute erschienen Pressemitteilung, der ein Foto der Frau beigefügt war.

Viktoria und Leo waren heute früh dran und hatten nur wenig gefrühstückt, denn in ihrer Küche der neu ausgebauten Wohnung auf dem Hof bei Hans Hieblers Tante Gerda in Altötting war es empfindlich kalt und Leo als Schwabe sah keinen Sinn darin, nur wegen der kurzen Frühstückszeit den Ofen einzuheizen. Viktoria hatte mit Tante Gerda gesprochen, die Leos Sparsamkeit kannte – sie versprach, heute Abend rechtzeitig den Ofen anzuheizen, damit sie beide es kuschelig warm hätten.

„Schäm dich Leo, man muss sich als Gentleman immer darum kümmern, dass seine Herzdame niemals friert. Und heute Morgen sind es nur wenige Grad über Null und dazu haben wir auch noch dicken

Nebel." Tante Gerda drohte mit dem Finger und Leo schämte sich nun tatsächlich. Er hörte auf die alte Dame, die wie eine Mutter für ihn war. Tante Gerda war eine Seele von Mensch und beide mochten sie sehr. Sie brauchten ihre Tür nicht abzuschließen, denn sie hatten ein so starkes Vertrauen in die gute Tante Gerda, die in ihrer Wohnung ein- und ausging. Niemals würde sie fremde Personen mit in die Wohnung nehmen, dafür hatte sie viel zu viel Anstand. Auch wenn Handwerker, Kaminkehrer oder irgendwelche Leute in die Wohnung mussten, rief sie Leo oder Viktoria immer vorher an und bat um Erlaubnis. Sie respektierte die Privatsphäre und drängte sich niemals auf. Teilweise erwartete die beiden Polizisten nach Feierabend ein Topf mit leckerem Essen auf dem Herd, das sie sich nur noch warmmachen mussten. Die Post lag auf dem Couchtisch und erst gestern hatte Tante Gerda die Wohnungstür mit Kürbissen und frischen Blumen geschmückt. Am Wochenende aßen die drei gemeinsam, gingen spazieren, sahen ab und an gemeinsam fern oder saßen an trüben Tagen zusammen und spielten Karten, wobei Tante Gerda regelmäßig schummelte und sich einen Spaß daraus machte, die beiden an der Nase herumzuführen. Das Leben hier war herrlich und sie lebten wie eine richtige Familie. Um nichts in der Welt würden sie freiwillig von diesem wunderschön gelegenen Hof und vor allem nicht von Tante Gerda wegziehen, obwohl die Wohnung für zwei Personen sehr beengt war.

„Ein Toter? Schon wieder? Das gibt es doch nicht, was ist denn los?" schimpfte Viktoria, denn einen weiteren Mordfall konnten sie jetzt ganz und gar nicht gebrauchen, sie waren in diesem ja noch keinen Schritt weitergekommen. „Weißt du was Genaues?"

Werner schüttelte den Kopf.

„Nein, Fuchs hat angerufen, da er bei dem vermeintlichen Unfall Ungereimtheiten festgestellt hat. Mehr weiß ich auch nicht."

Viktoria stöhnte auf, ihr war Friedrich Fuchs ein Dorn im Auge. Der unsympathische Mann, den sie gerne mit einem Wiesel verglich, war pedantisch, schroff und verlangte seinen Leuten einiges ab, weshalb es regelmäßig Ärger gab. Niemand mochte diesen Mann, aber alle schätzten seine Arbeit.

„Übrigens war Ferdinand Schuster heute schon hier, der Bruder des getöteten Klosterbruders," sagte Hans, während sie zu ihren Fahrzeugen gingen.

„Hat er etwas Brauchbares ausgesagt, das uns weiterhilft?"

„Nein, nichts. Er kannte seinen Bruder kaum und ist an sich der Kirche gegenüber kritisch eingestellt, er selbst ist sogar schon vor vielen Jahren aus der Kirche ausgetreten, weshalb es mehrfach heftigen Streit unter den Brüdern gab."

„Ich kann beide Seiten verstehen. Bei so krassen Gegensätzen in einer Familie muss es zu Reibereien kommen, das liegt ja auf der Hand."

Wenig später standen sie im mit vielen Strahlern ausgeleuchteten Garten eines großen Anwesens mitten in Kastl vor dem Toten, der mit dem Gesicht nach unten im Gras lag. Am Hinterkopf sahen sie deutlich eine blutende Wunde. Neben dem Toten lagen eine

Axt und eine Säge, im Gras nur knapp einen Meter entfernt standen eine Kettensäge und zwei Benzinkanister. In der Nähe der Leiche lag ein dickerer Ast, auf dem jede Menge Blutspuren zu sehen waren.

„Was sollen wir hier Fuchs? Machen Sie sich wieder mal wichtig? Das sieht doch ein Blinder, dass das hier ein Unfall war. Der Mann war bei der Gartenarbeit und hat diesen Ast auf den Kopf bekommen," schnauzte Viktoria genervt.

„Ja, das sollen wir glauben. Ich bin auch zuerst von einem Unfall ausgegangen, aber die Spuren passen nicht zueinander. Dieser Ast kann niemals diese Verletzung verursacht haben, sehen Sie selbst. Der Mann wurde nicht bewegt. Jetzt nehme ich diesen Ast mit dem Blut – und voilà – beides passt nicht zusammen. Erstens wurde dieser Ast dort hinten abgesägt, die Schnitte passen exakt zusammen, daran besteht kein Zweifel – wie also soll der Ast von da hinten bis hier vorn heruntergefallen sein? Nein, das funktioniert niemals. Und zweitens wurde die Wunde am Hinterkopf mit einem scharfkantigen Gegenstand beigefügt, dafür ist der runde Ast nicht passend, wie Sie eben selbst gesehen haben. Der Mann wurde erschlagen, aber nicht mit diesem Ast. Deshalb habe ich Sie gerufen, denn hier will uns jemand einen Unfall als Todesursache unterjubeln." Friedrich Fuchs war euphorisch und absolut überzeugt von einem Mord, sodass die Beamten, die allesamt von einem Unfall ausgegangen waren, nun auch skeptisch waren – das, was Fuchs vorbrachte, war einleuchtend und nachvollziehbar. Hans Hiebler sah sich die Schnitte von Ast und Baum genauer an und musste Fuchs zustimmen. Werner bückte sich und nahm die Wunde am Hinterkopf genauer in Augenschein.

„Herr Fuchs hat Recht, diese Wunde wurde niemals mit diesem Ast beigefügt. Gute Arbeit Herr Fuchs, Respekt."

„Da wollte uns aber jemand richtig verscheissern," sagte Leo, der Fuchs anerkennend auf die Schulter klopfte. „Was können Sie uns über den Toten sagen?"

„Der Mann heißt Xaver Fischer. Ich schätze mal, dass der Mann gegen 7.00 Uhr erschlagen wurde, plus minus eine halbe Stunde. Genaueres erfahren Sie nach der Obduktion. Mehr weiß ich nicht, das ist nicht meine Aufgabe, auch deshalb habe ich Sie gerufen. Wir haben hier noch viel Arbeit vor uns und wenn Sie mich jetzt entschuldigen würden…?"

„Um 7.00 Uhr? Da war es doch noch dunkel, sind Sie sich bei der Uhrzeit ganz sicher?"

„Selbstverständlich. Wie immer zweifeln Sie an mir, das kenne ich zur Genüge. Aber wenn Sie sich umblicken, sehen Sie bestimmt die vielen Strahler."

„Sie meinen, das sind nicht Ihre?"

„Natürlich nicht. Ich habe nicht so hochwertiges Equipment, bei uns wird doch immer gespart."

„Das Opfer hat heute früh tatsächlich den Garten ausgeleuchtet, um Gartenarbeiten zu machen? Das ist doch vollkommen verrückt, wer macht denn so was?"

„Offenbar dieser Fischer."

Nun musste auch Viktoria klein beigeben und sich wohl oder übel bei Fuchs entschuldigen.

„Es tut mir leid, es war absolut richtig, dass Sie uns gerufen haben. Sehr gut Fuchs, machen Sie weiter. Suchen Sie jeden Millimeter ab, damit wir denjenigen so schnell wie möglich finden, der aus diesem Mord einen Unfall konstruieren wollte. Haben Sie in der Hand des Toten eine Holzperle gefunden?"

„Sie denken an einen weiteren Mord des gleichen Täters? Nein, ich kann Sie beruhigen, keine Holzperle."

Viktoria atmete erleichtert auf; auch die anderen hatten bereits die gleiche Befürchtung gehabt.

„Gibt es irgendwelche Zeugen? Wer hat die Polizei gerufen?"

„Von irgendwelchen Zeugen ist mir nichts bekannt, Sie müssten sich also schon selbst bemühen, das ist schließlich Ihre Aufgabe. Der Sohn des Opfers hat die Polizei gerufen, er hat seinen Vater hier im Garten so vorgefunden. Als ich mit den Kollegen eingetroffen bin, stand er in der Einfahrt und hat uns zu dem Toten geführt, wobei er ständig geredet hat, daher ist mir auch der Name des Toten bekannt – der Sohn ist im Haus, ein Notarzt kümmert sich um ihn. Kann ich jetzt endlich meine Arbeit machen?" Hier war sie wieder, die unfreundliche Art des ungeliebten Kollegen.

Während Viktoria und Leo die unangenehme Arbeit übernahmen, mit dem Sohn zu sprechen, klapperten Hans und Werner die Nachbarn ab, was ihnen viel lieber war. Beide sprachen nur sehr ungern mit Hinterbliebenen und überließen diese Aufgabe gerne der Chefin und Leo, die viel geschickter darin waren.

HOLZPERLENSPIEL

Leo und Viktoria mochten dies zwar ebenfalls nicht, aber sie mussten in den sauren Apfel beißen.

Der Sohn saß zusammengekauert im Sessel des riesigen Wohnzimmers und der Notarzt gab grünes Licht, sie konnten mit ihm sprechen.

Sie stellten sich vor und zeigten ihre Ausweise, was den Sohn überhaupt nicht interessierte. Er war immer noch bestürzt über den Tod seines Vaters.

„Florian Fischer," sagte der Sohn knapp, gab ihnen geistesabwesend die Hand, wobei er sitzen blieb.

„Ich habe meinem Vater immer wieder gesagt, dass er in seinem Alter diese Arbeiten nicht mehr machen soll," redete er drauf los, ohne dass er gefragt wurde. „Aber er konnte nicht warten, bis ich Zeit hatte, um ihm zu helfen. Alles musste immer sofort erledigt werden, als wenn es etwas ausmachen würde, wenn diese verdammten Bäume eine Woche später, nächstes Jahr oder überhaupt nicht geschnitten wurden. Mein Vater war ein penibler, pedantischer und ungeduldiger Mensch – und das hat er nun davon! Erschlagen von einem verdammten Ast!"

Der Sohn weinte. War er wütend auf seinen Vater oder auf sich selbst?

„War es üblich, dass Ihr Vater den Garten ausleuchtete und dann Gartenarbeit in aller Hergottsfrüh machte?"

„Leider ja. Er hatte eine Freude daran, die Nachbarn zu ärgern. Immer wieder regte er sich über Nachbarn auf, die sich ihm gegenüber scheinbar rücksichtslos benahmen. Und er ließ keine Gelegenheit aus, ihnen eins auszuwischen. Oft fing er bereits schon vor 7.00 Uhr an, den Rasen zu mähen oder die Hecke zu schneiden, auch samstags, wobei ihm jedes Motorengeräusch recht war. Natürlich fing er auch gerne genau um 12.00 Uhr damit an und er wusste, dass er die Nachbarn damit beinahe zur Weißglut brachte – immer wieder gab es deshalb Ärger, was meinen Vater natürlich amüsierte. Er nahm die Beschwerden hin und machte einfach weiter. Diese Bosheit und seine Ungeduld wurden ihm jetzt zum Verhängnis. Warum hat er nicht einfach gewartet, ich war doch schon unterwegs und hätte ihm geholfen, nichts wäre passiert."

„Das stimmt so nicht ganz," sagte Leo. „Es war kein Unfall. Ihr Vater wurde ermordet."

„Was reden Sie denn da für einen Blödsinn? Ich habe den Ast und das Blut gesehen, dieser verdammte Ast ist ihm auf den Kopf gefallen."

„Die Lage des Astes und die Wunde passen nicht zusammen. Es sollte nach einem Unfall aussehen, aber wir sind uns sicher, dass Ihr Vater ermordet wurde. Wo waren Sie gegen 7.00 Uhr?"

„Zuhause. Ich fahre Zeitungen aus, 6 Tage die Woche. Ich war kurz nach 6.00 Uhr zuhause, habe geduscht, gefrühstückt und bin dann direkt hierher. Mein Vater hat mich gestern Abend angerufen und mich gebeten, ihm bei der Gartenarbeit zu helfen. Moment mal - denken Sie, ich habe meinen Vater ermordet? Sind Sie verrückt geworden? Ich hatte mit meinem Vater nicht das beste Verhältnis, das stimmt, aber ich würde ihn niemals umbringen, was denken Sie von mir?"

„Beruhigen Sie sich bitte, wir müssen diese Frage stellen, das ist reine Routine. Was können Sie uns über Ihren Vater erzählen?"

„Was soll ich schon groß sagen? Er war seit über zehn Jahren in Rente, vorher arbeitete er als leitender Angestellter im Jugendamt Altötting. Er lebt hier in diesem viel zu großen Haus seit dem Tod meiner Mutter vor 12 Jahren alleine. Ich habe ihn ein einziges Mal gebeten, ob ich aufgrund eines finanziellen Engpasses hier bei ihm einziehen kann, aber er hat mich nur ausgelacht. Für ihn war ich eine verkrachte Existenz und er hat mir immer wieder mein vermeintliches Scheitern vorgeworfen und hat mir prophezeit, dass ich es zu nichts im Leben bringen würde." Man konnte die Verbitterung aus dem Mund des Sohnes hören, aber noch konnten sie sich kein Bild vom Toten machen.

„Hatte er Hobbies?"

„Vor allem Reisen, er war ständig unterwegs. Und dann noch Schafkopfen und Eisstockschießen, beides zwar mit Leidenschaft aber mit mäßigem Erfolg. Er verlor regelmäßig, worüber er sich stundenlang aufregen konnte, und natürlich waren immer nur die anderen schuld, an ihm selbst lag es nie. Mit meinem Vater auszukommen war schwierig, er war sehr egoistisch und machte eigentlich immer das, was er wollte. Er ging spontan auf Reisen, ohne dass er mich oder gar meinen Bruder darüber informierte, wir konnten ihn oft tagelang nicht erreichen. Zu Fest- und Feiertagen ließ er sich trotz Einladungen nur selten blicken. Uns hat er nie eingeladen, ihm waren die Arbeit und der Aufwand zu viel. Kurz gesagt: mein

Vater war kein Familienmensch, machte immer nur das, was er wollte und kümmerte sich nicht um uns. Trotzdem war er mein Vater und ich habe ab und an nach ihm gesehen, das hatte ich damals meiner Mutter am Sterbebett versprochen. Und mein Vater machte es mir nicht leicht, das können Sie mir glauben. Bei jeder Gelegenheit hat er mich spüren lassen, dass ich es im Leben bisher zu nichts gebracht hatte und er mir geistig überlegen war. Oft genug hat er mir gesagt, dass ich dumm bin. Aber solange er so drauf war, konnte ich mir zumindest sicher sein, dass es ihm gut ging und er noch in der Lage war, allein für sich zu sorgen. Er war physisch in sehr guter Verfassung. Er jammerte zwar immer, aber ihm fehlte nichts Ernstes."

„Hatte er irgendwelche Feinde, Streitigkeiten?"

„Wie gesagt, hat er sich oft mit den Nachbarn angelegt, aber das waren nur Kleinigkeiten, glaube ich zumindest. Er war zwar ein unangenehmer Zeitgenosse und sagte auch gerne ungefragt seine Meinung, aber meines Wissens nach hatte er weder Feinde noch irgendwelchen ernsthaften Streit, der einen Mord nach sich ziehen würde."

„Wer gehört noch zur Familie? Haben Sie Geschwister?"

„Nur einen Bruder und Verwandte in Altötting, zu denen mein Vater und auch ich seit Jahren keinen Kontakt mehr haben."

„Dann wäre es das fürs Erste. Wenn Sie uns bitte Ihre Adresse, die Ihres Arbeitgebers, und die Ihres Bruders notieren würden?"

Etwas unbeholfen und unsicher suchte Florian Fischer nach einem Stift und einem Stück Papier; er kannte sich hier im Haus seines Vaters überhaupt nicht aus. Schließlich hatte er beides gefunden, setzte sich an den Tisch und schrieb in einer fast unleserlichen Schrift die Adressen auf. Den Beamten war sofort klar, dass Florian Fischer Probleme mit dem Schreiben hatte, was gar nicht so selten vorkam und in der Gesellschaft leider immer noch belächelt wurde. Selbst das schwedische Königshaus hat mit dieser Schwäche zu kämpfen und hat sich vor vielen Jahren bereits dazu entschlossen, dies öffentlich zu machen und was daraufhin inzwischen kaum mehr thematisiert wird. Trotzdem ist das Thema vor allem für die Betroffenen immer noch peinlich und wird nur zu gern verschwiegen. Leo und Viktoria traten zur Seite und signalisierten Florian Fischer, dass er sich ruhig Zeit lassen könne.

„Zumindest hatte der Tote keine Rosenkranz-Holzperle in der Hand. Das hätte uns noch gefehlt, dass wir es mit einem Serientäter zu tun haben," sagte Viktoria laut und Leo mahnte sie, leise zu sein, schließlich waren das Interna aus laufenden Ermittlungen, die hier nicht hingehörten, vor allem nicht vor einem potentiellen Verdächtigen. Leo sah sofort zu Florian Fischer und dann zu Viktoria, aber die winkte ab.

„Jetzt mach dir nicht ins Hemd, der hat nichts gehört, er ist viel zu sehr mit sich selbst beschäftigt."

Tatsächlich mühte sich Florian Fischer immer noch, Buchstabe für Buchstabe mit der Nase direkt über dem Papier und voller Konzentration die Adressen einigermaßen leserlich aufzuschreiben. Dass er sehr genau gehört hatte, was Viktoria eben sagte, ließ er sich nicht anmerken.

Endlich bekamen sie den Zettel mit den Adressen, die zwar einige Schreibfehler enthielten, aber trotzdem verständlich waren. Leo rief den Arbeitgeber von Florian Fischer an, der ihm bestätigte, dass der Angestellte auch am heutigen Tag die Zeitungen ordnungsgemäß übernommen und an den Lieferanschriften abgeladen hatte.

„Und woher wollen Sie das wissen? Sie waren schließlich nicht dabei."

„Glauben Sie mir, Herr Kommissar. Wenn der Flori einen der Kunden übersehen hätte oder viel zu spät gewesen wäre, dann hätte sich der längst beschwert – es hat sich aber keiner beschwert. Der Flori ist zwar nicht der Hellste, aber er ist zuverlässig. In den drei Jahren, die er bei uns ist, hat er keinen Tag gefehlt und es gab nie Klagen über ihn."

Leo informierte seine Kollegin.

„Trotzdem hat er für die fragliche Tatzeit kein vernünftiges Alibi und wir sollten ihn im Auge behalten."

Sie fuhren nun zur Wohnung von Florian Fischer und befragten die wenigen Nachbarn nach dessen Alibi für den frühen Morgen – aber keiner hatte etwas gehört oder gesehen und konnten ihm somit auch ein Alibi nicht bestätigen. Alle mochten Florian Fischer und waren bestürzt über die Todesnachricht seines Vaters, den einige kannten und auch ihnen war der Mann unsympathisch. Es gab mehrere Vorkommnisse, bei denen Xaver Fischer seinen Sohn vor den Nachbarn demütigte und auch beleidigte.

Viktoria und Leo machten sich auf den Weg zu der angegebenen Adresse des Bruders in Unterneukirchen. Sie standen vor einem sehr schönen Neubau am Rande von Unterneukirchen, der von einem riesigen Grundstück eingefasst war. Sie klingelten an der modernen Eingangstür, die liebevoll und einladend üppig mit verschiedenen Kürbissen und Pflanzen geschmückt war.

„Da hat sich aber jemand sehr viel Mühe gemacht, da sind Kürbisse dabei, die ich noch nie gesehen habe," meinte Leo.

„Servus. Sie wünschen?" sagte die junge Frau, die ein sehr hübsches, fröhlich strampelndes Kleinkind auf dem Arm trug. Die Beamten stellten sich vor.

„Wir würden gerne mit Hartmut Fischer sprechen."

„Hartl!" rief die Frau sehr laut ins Haus, „Polizei is do, kimm!"

Leo war erschrocken, während Viktoria sich bemühen musste, nicht zu lachen.

Ein riesiger, korpulenter Mann mit Jogginghose kam zur Tür.

„Polizei? Hab' ich was angstellt? Kommen Sie rein, heut ist es saukalt, drinnen brennt ein warmes Feuer."

Sie folgten ihm in die gemütliche Wohnstube, in der tatsächlich in dem wunderschönen Schwedenofen ein loderndes, warmes Feuer brannte. Das Kleinkind krabbelte auf dem Boden und spielte, das

Irene Dorfner

Ehepaar Fischer nahm auf der Couch Platz und Frau Fischer bot den Beamten die Sessel an. Alles war nagelneu und bestimmt nicht billig; allein der Ofen kostete bestimmt ein Vermögen.

„Wir müssen Ihnen leider mitteilen, dass Ihr Vater heute tot aufgefunden wurde."

„Echt jetzt? Der Vater ist tot?" rief Hartmut Fischer bestürzt. „Das kann doch nicht wahr sein. Was ist passiert?"

„Wir müssen davon ausgehen, dass Ihr Vater ermordet wurde."

„Was? Ermordet? Sind Sie sicher?"

„Leider ja, er wurde erschlagen. Hatte Ihr Vater Feinde oder Streit mit jemandem?"

„Mein Schwiegervater hatte mit jedem Streit," antwortete anstelle von Hartmut Fischer dessen Frau Katja bemüht hochdeutsch, denn ihr Mann war geschockt und momentan nicht in der Lage zu antworten. Gerne überließ er ihr das Reden. „Er war rechthaberisch, egoistisch und nur sehr schwer zu ertragen, denn er schleuderte jedem seine Meinung direkt ins Gesicht und freute sich, wenn er andere beleidigen konnte. Mich hat er bei jedem Zusammentreffen beleidigt, sogar auf unserer Hochzeit. Ich war ihm nicht hübsch genug, entsprach nicht seinen Vorstellungen einer Wunsch-Schwiegertochter."

„Wie muss ich das verstehen?"

„Ich habe einen Migrations-Hintergrund, meine Eltern kommen aus Rumänien, zwei meiner Geschwister ebenfalls, meine Schwester und ich wurden in Deutschland geboren. Mein Schwiegervater mochte keine Ausländer und zählte mich wegen meiner

Herkunft dazu. Hinzu kommt, dass ich aus armen Verhältnissen komme. Meine Eltern haben vier Kinder großgezogen, arbeiteten beide in Gegenschicht im Werk Gendorf und leben noch heute in einer kleinen Mietwohnung. Ich finde, dass es meine Eltern sehr weit gebracht haben, schließlich haben sie hier mit nichts angefangen. Sie haben nie einen Cent Kredit aufgenommen, immer nur gespart und alles bar bezahlt. Aber mein Schwiegervater hat sich wegen ihrer Mietwohnung immer lustig gemacht, für ihn gab es nichts Schlimmeres, als keinen Besitz zu haben und nichts aus sich und dem Leben zu machen, dafür hat er meine Eltern regelrecht verachtet, obwohl meine Eltern nur für ihre Kinder lebten und darin ihren Lebenssinn sahen. Heute sind sie immer noch für uns Kinder und auch für die inzwischen sieben Enkel da, ich wüsste nicht, wie wir ohne sie zurechtkommen würden. Zu unserem Haus haben sie einen beträchtlichen Teil dazugegeben, von meinem Schwiegervater kam nichts, obwohl es ihm bestimmt leicht gefallen wäre. Mein Mann hat ihn um ein Darlehen gebeten, aber der hat ihn nur ausgelacht und gesagt, dass er sein Geld für sich selbst braucht und nichts zu verschenken hat. Er hat ihn einfach weggeschickt. Aber wir schaffen es auch ohne ihn." Frau Fischer hatte sich geradezu in Rage geredet. Alles, was sich in den Jahren angestaut hatte, platzte aus ihr heraus und ihr Mann hielt sie nicht zurück. „Nicht einmal zur Taufe unserer Kleinen ist er gekommen. Ich bezweifle, dass er ihren Namen kennt. Immer wieder habe ich versucht, trotz allem mit ihm ein normales Verhältnis aufzubauen, aber er hatte kein Interesse daran. Er ging lieber auf Reisen, traf sich mit seinen wenigen Freunden zum Kartenspielen und zum Eisstockschießen. Für seine Familie hatte er nichts übrig."

Hartmut Fischer hatte sich wieder gefangen und die Farbe war in sein Gesicht zurückgekehrt. Er fühlte sich in Gegenwart der Polizisten, die sehr sympathisch waren, auch immer wohler und wollte sich nun auch an dem Gespräch beteiligen, was er durch einen Händedruck und einen Blick seiner Frau signalisierte.

„Das hört sich alles schlimm an, aber es stimmt, was meine Frau sagt. Als meine Mutter noch lebte, war alles anders. Sie hat die Familie immer zusammengehalten, für sie gab es nichts Wichtigeres auf der Welt. Aber mein Vater hat sich nach dem Tod meiner Mutter total verändert, hat nur noch gemacht, was er wollte, sich nicht mehr um uns gekümmert und sich auch nicht für uns interessiert. In den letzten Jahren hatten wir kaum noch Kontakt, was auch an mir lag. Wir haben dieses Haus mit viel Eigenleistung gebaut, auch meine Frau hat fleißig mitgeholfen, dadurch waren wir sehr eingespannt und hatten kaum freie Zeit. Jede freie Minute haben wir hier verbracht. Wir leben jetzt fast drei Jahre hier und mein Vater war nur ein einziges Mal hier, zum ersten Weihnachtsfest in den eigenen vier Wänden. Da war unsere Kleine noch nicht einmal geplant. Mein Vater hat sich das Haus angesehen, gab nur spärliche Kommentare von sich - und hätte natürlich alles anders und viel besser gemacht. Immer wieder hatte er dieses überhebliche Grinsen drauf. Das Essen verlief dann so wie alle anderen Essen auch: mein Vater aß nicht viel, meckerte wie immer an allem rum und machte sich über meine Figur und die meiner Frau lustig. Wir waren ihm einfach zu dick. Für meinen Vater zählten nur Äußerlichkeiten, für innere Werte hatte er nichts übrig. Es tut mir leid, wenn ich das sage, aber von meinem Vater hatte ich nie viel, wenn ich ehrlich bin, hatte ich nie einen Vater. Durch seinen Tod wird sich nichts ändern, ich werde ihn nicht vermissen. Ich vermisse einen Vater, aber meinen Vater nicht."

Das klang sehr hart, was musste die ganzen Jahre über vorgefallen sein, dass ein Sohn so traurig über seinen Vater sprach? Leo war sich sicher, dass dieser riesige Kerl auf der Couch vor ihm im Grunde genommen einen sehr weichen Kern hatte, der einen Vater gebraucht hätte.

„Wo waren Sie heute gegen 7.00 Uhr? Entschuldigen Sie, aber wir müssen diese Frage stellen, reine Routine."

„Ich verstehe, das ist die Tatzeit, das kenne ich aus dem Fernsehen. Heute habe ich ausnahmsweise frei, Überstundenabbau. Aber um die Uhrzeit war ich in der Firma, wir haben eine große Lieferung bekommen und da muss jeder mit anpacken. Die Chefin kann Ihnen bestätigen, dass ich dort war. Alles hat so ungefähr bis halb neun gedauert, seitdem bin ich zuhause und genieße die Zeit mit meiner Familie. Die Kleine wächst so schnell und ich verbringe so viel Zeit mit ihr, wie ich nur kann. Sie ist mein Sonnenschein." Hartmut Fischer winkte seiner Tochter zu, die ihn sofort anstrahlte und ihn animierte, mit ihr zu spielen.

„Wir werden das überprüfen. Wo arbeiten Sie?"

„Im Sägewerk Krug hier in Unterneukirchen. Ich schreibe Ihnen die Adresse auf."

Leo war überrascht von der Antwort.

„Nicht nötig, das Sägewerk Krug kenne ich sehr gut. Seit wann arbeiten Sie dort?"

Leo hatte bei seinem letzten Fall mit dem Sägewerk Krug zu tun und kannte alle Arbeiter, dieser Hartmut Fischer sagte ihm nichts.

„Erst seit einigen Wochen. Das war ein echter Glücksfall, denn meine Firma hat Kurzarbeit eingeführt und das Geld hätte uns zum Leben und zum Bezahlen der Kredite fürs Haus nicht gereicht."

„Und Sie Frau Fischer? Wo waren Sie um die Uhrzeit?"

„Zuhause, wo sonst? Ich kümmere mich um die Kleine, bis ich für sie einen Kita-Platz bekomme, was auf dem Land nicht einfach ist."

„Dann war es das schon, vielen Dank. Wenn wir noch Fragen haben, kommen wir wieder auf Sie zu."

„Eine Frage habe ich noch," flüsterte Hartmut Fischer beinahe. „Wann können wir meinen Vater beerdigen?"

„Er ist noch in der Gerichtsmedizin. Sobald Ihr Vater freigegeben wird, melden wir uns umgehend bei Ihnen, versprochen."

„Eine richtige Idylle," sagte Viktoria, als sie auf dem Weg ins Sägewerk Krug waren.

„Ja, das hat mir sehr gut gefallen. Eine glückliche, sympathische, kleine Familie."

„Trotzdem hat zumindest Frau Fischer kein überzeugendes Alibi. Wir müssen die Finanzlage der beiden prüfen. Das Haus mit dem riesigen Grund kostet doch ein Vermögen."

„Du verdächtigst doch nicht etwa diese nette Frau? Das kann ich mir nicht vorstellen. Eher bin ich noch dazu geneigt, den Bruder Florian Fischer zu verdächtigen. Ich glaube, dass wir mit der Familie ganz falsch liegen und die Suche nach einem Verdächtigen ausweiten müssen. Nach Aussage der beiden Söhne muss das Opfer ein richtiges Ekel gewesen sein. Ich bin sehr gespannt darauf, was die Nachbarn und Freunde über den Mann zu sagen haben."

„Ich bleib dabei: Florian Fischer ist raus, er ist für mich nicht tatverdächtig. Aber Hartmut Fischer und dessen Frau stehen für mich ganz oben auf der Liste. Diese heile Familie nehme ich denen nicht ab. Heute gibt es das doch kaum mehr. Jeder schaut doch nur noch auf sich und auf seine eigenen Wünsche."

Leo teilte die Meinung seiner Viktoria nicht, was oft der Fall war. In Ihrem Beruf wurden sie leider tagtäglich mit widerlichen Situationen und Negativem konfrontiert, wodurch die meisten seiner Kollegen, auch Viktoria, in ihren Ansichten beeinflusst wurden und beinahe nur noch das Schlechte überall sahen und auch vermuteten. Eine Berufskrankheit, der sich Leo zwar bislang erfolgreich entziehen konnte, aber auch er bemerkte bereits Anzeichen dafür. Er hätte jetzt, da sie beide vollkommen anderer Ansicht waren, eine Diskussion vom Zaun brechen können, aber er verzichtete darauf, das brachte sowieso nichts. Viktoria war davon überzeugt, dass Hartmut Fischer und seine Frau verdächtig waren – und er glaubte nicht daran. Sofort nach ihrer Rückkehr im Präsidium wollte er die beiden überprüfen – dann würden sie schon sehen, wer Recht behielt. Für ihn war eher der Sohn Florian verdächtig, schließlich hatte er kein Alibi.

„Ich grüße Sie Frau Krug," rief Leo ins Büro des Sägewerks. Bei Leos Anblick strahlte Frau Krug übers ganze Gesicht.

„Der Herr Schwartz, wie schön! Wie geht es Ihnen? Ich hoffe, Sie sind nicht schon wieder beruflich hier?"

„Leider ja. Bei Ihnen arbeitet ein Hartmut Fischer?"

„Es geht um den Hartl? Ja, der arbeitet hier und er ist ein echtes Arbeitstier, er hat Kräfte wie ein Bär. Ich habe mit ihm echtes Glück gehabt. Nachdem das mit dem Adlerholz mehrfach in der Zeitung stand, laufen meine Geschäfte richtig gut und ich kann nicht nur meinen Leuten jetzt den vereinbarten Tariflohn zahlen, sondern habe so viel Arbeit, dass ich noch zwei Leute einstellen konnte. Dieses verfluchte Adlerholz hat mir letzten Endes sehr viel Glück gebracht. Vielen Dank Herr Schwartz. Das habe ich alles Ihnen und Ihren Kollegen zu verdanken."

„Wir haben nur unsere Arbeit gemacht. Aber Ihr Lob ehrt mich und ich gebe es gerne an meine Kollegen weiter."

Viktoria stand die ganze Zeit daneben und hörte nur zu, denn sie war bei diesem Fall Adlerholz leider nicht dabei, musste in dieser beschissenen Kur in Bad Mergentheim sitzen und sich langweilen. Endlich kam Leo auf den Grund ihres Besuches.

HOLZPERLENSPIEL

„War Hartmut Fischer heute früh gegen 7.00 Uhr hier im Betrieb?"

„Ja er war hier. Eigentlich hat er heute frei, aber weil eine große Lieferung kam, hat er mit angepackt. Meine Leute und auch der Hartl waren um 6.30 Uhr hier und haben den Lkw abgeladen. Der Hartl ging dann gegen 9.00 Uhr. Was hat er denn angestellt?"

„Gar nichts, reine Routine. Ich wünsche Ihnen noch einen schönen Tag und für die Zukunft weiterhin gute Geschäfte."

„Vielen Dank. Kommen Sie wieder und bringen Sie dann mehr Zeit mit."

Frau Krug war enttäuscht, denn sie mochte diesen riesigen Schwaben mit seiner ruhigen Art sehr, obwohl er sich für ihre Begriffe fürchterlich kleidete.

„Lief da irgendetwas zwischen euch?" wollte Viktoria wissen, als sie vom Hof fuhren.

„Spinnst du? Die Frau war Teil des Adlerholz-Falles, mehr nicht. Wie kommst du nur auf so einen Blödsinn?"

„Ich dachte ja nur." Leo war wirklich blauäugig, denn man konnte sehen, wie diese Frau Krug ihren Leo anschmachtete und nur Augen für ihn hatte. Sie stand direkt neben den beiden und Frau Krug hatte sie überhaupt nicht wahrgenommen. Aber ihr Leo war sehr unbedarft in dieser Hinsicht und bemerkte andere Frauen überhaupt nicht.

„Diese Frau Krug war echt arm dran. Vom einen auf den anderen Tag hatte ihr Mann sie verlassen und sie nicht nur mit der Firma, von der sie überhaupt keine Ahnung hatte, sondern auch mit einem Haufen Schulden sitzen lassen. Aber es freut mich, dass dieser unsägliche Adlerholz-Fall doch noch etwas Positives für das Sägewerk brachte. Der Firma geht es gut und sie kann endlich ihre Leute vernünftig zahlen; ich bin sehr zufrieden. Aber hauptsächlich freue ich mich, dass wir Hartmut Fischer als Tatverdächtigen streichen können; er hat ein hieb- und stichfestes Alibi."

„Wodurch Frau Fischer noch nicht aus dem Rennen ist."

„Du gibst nicht auf, oder? Manchmal verstehe ich dich wirklich nicht."

Viktoria unterließ es, darauf zu antworten und sie fuhren schweigend nach Mühldorf.

Rudolf Krohmer war sehr ungehalten, als er im Besprechungszimmer auf seine Beamten der Mordkommission wartete. Das Innenministerium hatte eine unangenehme Nachricht, besser gesagt eine Anweisung, die ihn sehr verärgerte. Als er jetzt noch von dem neuen Mordfall hörte, war er vollkommen außer sich. Frau Gutbrod nahm an der Besprechung teil und schenkte reihum Kaffee ein. Natürlich hatte sie mitbekommen, dass der Chef nach dem Telefonat mit dem Innenministerium sehr ungehalten war und wartete nun gespannt darauf, was es damit auf sich hatte. Und natürlich hatte sie von dem weiteren Mord gehört und war auch diesbezüglich auf Einzelheiten sehr gespannt.

„Ein weiterer Mordfall? Der erste wurde noch nicht einmal richtig bearbeitet, dann kommt der zweite schon auf den Tisch."

Viktoria klärte ihren Vorgesetzten auf. Sie berichtete ausführlich und legte ihm verschiedene Fotos vor, die er sich sehr genau ansah.

„Xaver Fischer war in der Kastler Nachbarschaft nicht sonderlich beliebt. Er wollte keinen Kontakt, obwohl er von mehreren Seiten immer wieder eingeladen wurde, ganz besonders nach dem Tod seiner Frau. Aber Fischer blieb lieber allein und machte, was er wollte. Offenbar hatte sich Fischer angewöhnt, die Gartenarbeit immer zu den unmöglichsten Zeiten zu erledigen, früh morgens, spät abends oder sogar in der Mittagszeit. Der Bürgermeister hat bestätigt, dass mehrfach Beschwerden eingegangen sind, aber da es in Kastl keine Ruheregelungen gibt, konnte er nur an das Verständnis und die Einsicht von Xaver Fischer appellieren, was diesen aber nicht interessiert hatte. Der Bürgermeister sagte aus, dass mit diesem Sturkopf nicht zu reden war, dass er ihm gegenüber ausfällig wurde." Werner Grössert war in der Kastler Nachbarschaft freundlich empfangen worden und alle zeigten sich bestürzt über den Tod des ungeliebten Nachbarn, obwohl ihn niemand mochte und ihn keiner näher kannte.

„Besondere Beschwerden gab es, da Fischer sämtliche Bälle, die bei ihm im Garten landeten, für mindestens zwei Tage einbehalten hatte, wenn er sie nicht sogar sofort weggeworfen hatte," fügte Hans Hiebler an, der solch ein Vorgehen überhaupt nicht verstand. Kinder spielten nun mal mit Bällen und die flogen verständlicherweise immer dorthin, wo sie nicht hin sollten. Aber wo war das Problem? Man klingelte einfach beim Nachbarn und fragte nach dem

Ball – so, wie sie es als Kinder auch immer gemacht hatten.

„Ich mag es auch nicht, wenn fremde Kinder einfach in unseren Garten steigen und ihre Bälle holen, aber ich würde nie auf die Idee kommen, die Bälle einfach zu behalten oder gar wegzuwerfen," schüttelte Krohmer verständnislos den Kopf. „Könnte einer der Nachbarn so wütend gewesen sein, um auf diesen Fischer loszugehen?"

„Nein. Die Nachbarn hatten zwar kein gutes Verhältnis mit Fischer, aber von einem ernsthaften Streit oder dergleichen wusste niemand etwas."

„Irgendwelche Zeugen für die Tat?"

„Nein, niemand hat etwas gesehen oder gehört. Bis auf die Motorsäge natürlich."

„Fischers Garten ist ziemlich eingewachsen. Ich habe versucht, von mehreren Seiten das Grundstück einzusehen – keine Chance." Hans war um das Fischer-Grundstück gegangen, auch um eventuelle Spuren zu sichern, was Fuchs natürlich schon längst getan hatte. Trotzdem wollte Hans alles persönlich nochmals abgehen, auch, um sich einen eigenen Eindruck zu verschaffen.

„Hatte das Opfer eine Holzperle in der Hand?" Diese Frage lag Krohmer sofort auf der Seele, als er von dem zweiten Mordfall gehört hatte.

„Daran habe ich auch gedacht. Aber ich kann Sie beruhigen – keine Holzperle."

Krohmer war erleichtert, zumindest ein Serienmörder blieb ihnen erspart.

„Dann müssen Sie tiefer graben, denn irgendjemand hatte schließlich so eine Wut auf ihn, dass er ihn erschlagen hat." Jetzt musste er die Nachricht des Innenministeriums mitteilen, was ihm äußerst schwer fiel. „Das Innenministerium hat sich heute gemeldet. Uns wird zur Klärung des Mordes an dem Kapuzinermönch ein Profiler zur Seite gestellt – und jetzt natürlich auch für den zweiten Mordfall, das lässt sich nicht vermeiden, wenn er erst mal hier ist."

Die Beamten waren empört und riefen wild durcheinander.

„Beruhigen Sie sich bitte, mir schmeckt das Ganze auch nicht. Aber die Anweisung kommt von ganz oben und ich kann mir denken, auf wessen Mist das gewachsen ist. Bruder Paul, der Guardian der Kapuziner, hat offenbar seine Kontakte spielen lassen und das ist nun das Ergebnis. Natürlich habe ich versucht, das abzuwenden, aber daran ist nicht mehr zu rütteln. Wie dem auch sei, ein Dr. Weidinger, der mir persönlich vollkommen unbekannt ist, kommt morgen zu uns und wird uns ab sofort unterstützen. Ich möchte Sie bitten, mit ihm zusammenzuarbeiten."

Krohmer ging in sein Büro und atmete tief durch. Die Nachricht des Innenministeriums hatte ihm ganz schön zugesetzt, denn noch niemals vorher hatten sie diesbezügliche Hilfe benötigt. Dieser Profiler würde hier herumschnüffeln und alles brühwarm dem Innenministerium und auch Bruder Paul stecken, das war für Krohmer absolut klar. Aber das war nicht das Einzige, was ihm Bauchschmerzen verursachte. Da der zweite Mordfall so kurz auf den vorherigen folgte, dachte er tatsächlich im ersten Moment an einen Serienmörder und davor hatte er Panik. Aber beide

Opfer hatten offensichtlich nichts gemeinsam und deshalb tat Krohmer das als puren Zufall ab.

Dass er sich hier kräftig irrte, würde sich erst viel später herausstellen.

4.

„Kann ich Ihnen behilflich sein?" fragte Hans Hiebler die überaus hübsche Frau, die offenbar etwas zu suchen schien. Die Frau war ihm sofort aufgefallen, denn mit ihrem roten Kleid und den hohen, schwarzen Schuhen, den blonden Haaren und dieser sündhaft teuren Handtasche, die er einmal verschenkt hatte und daher den Preis kannte, passte sie optisch nicht hierher. Wie war sie eigentlich in das Gebäude reingekommen?

„Ich suche die Mordkommission," sagte sie mit ruhiger, überraschend tiefer Stimme und einem sehr deutlichen, sächsischen Akzent.

„Na da haben Sie aber Glück, dass Sie mir über den Weg gelaufen sind. Ich bin bei der Mordkommission, mein Name ist Hiebler. Was kann ich für Sie tun?"

Die Frau war 35 Jahre alt und strahlte ihn nun mit ihren grünen Augen an.

„Wie schön. Mein Name ist Dr. Weidinger, ich wurde vom Innenministerium hierher beordert."

Hans war sprachlos, was bei ihm nicht oft vorkam. Er hatte wie die anderen auch einen Mann erwartet. Diese Schönheit warf ihn beinahe aus den Latschen. Und dazu noch dieser sächsische Dialekt, den sie nicht zu verbergen versuchte – sehr sexy.

„Wow, das nenne ich mal eine Überraschung. Ich freue mich, dann kommen Sie bitte mit. – Leute, das hier ist Frau Dr. Weidinger, die Profilerin aus München."

Auch die Kollegen waren überrascht und sprachlos, bis auf Leo, dem das Geschlecht des Profilers und das Aussehen vollkommen gleichgültig waren. Er interessierte sich für ihre Arbeit, denn er selbst hatte bereits bei seiner Fortbildung zusammen mit Georg Obermaier Seminare über das Thema Profiling besucht und war entgegen seiner Kollegen nicht voreingenommen, sondern sogar überzeugt von der in seinen Augen wertvollen Arbeit dieser Frauen und Männer. Er begrüßte Frau Dr. Weidinger zuerst.

„Ich bin Leo Schwartz. Schön, dass Sie hier sind. Ich hoffe, dass Sie uns helfen können und freue mich auf die Zusammenarbeit."

„Angenehm. Ich möchte mich nochmals selbst vorstellen: Dr. Annemarie Weidinger. Ich hoffe auf eine gute, faire Zusammenarbeit. Mir ist durchaus bewusst, dass es immer wieder Vorbehalte gegen meine Arbeit gibt, aber glauben Sie mir, Sie werden von meiner Arbeit profitieren." Der sächsische Dialekt, der so gar nicht zu der Frau zu passen schien, griff um sich – Viktoria verzog das Gesicht und Werner Grössert musste sich ein Schmunzeln verkneifen. Leo hatte in Ulm einige Kollegen mit diesem Dialekt und Hans hatte schon mehrere sächselnde Frauen kennengelernt. Für beide war das vollkommen normal. Dr. Weidinger sah allen direkt in die Augen und sprach sehr bestimmt. Allen war klar: man konnte diese Frau nicht für dumm verkaufen, sie wusste genau, was sie wollte.

Für Frau Dr. Weidinger wurde eigens ein zusätzlicher Schreibtisch ins Büro gestellt, wodurch jetzt alle etwas zusammenrücken mussten. Werner gab ihr kurz die Hand und Viktoria musterte sie erst von oben bis unten, bevor sie sich vorstellte und ihr ihren Schreibtisch zuwies. Die Frau war in ihren Augen ein Störfaktor und gehörte nicht hier her. Was zum Teufel wollte sie eigentlich hier erreichen? Sie waren durchaus in der Lage, den Fall auch ohne die Hilfe dieser Frau zu lösen. Die Art und Weise, wie sie sich bewegte, wie sie sprach und wie sie einen ansah deutete ganz klar darauf hin, dass es mit dieser Frau noch Probleme geben würde und Viktoria stöhnte für alle hörbar auf, denn Probleme in der Zusammenarbeit mochte sie überhaupt nicht und konnte gerne darauf verzichten; sie musste sich etwas einfallen lassen. Vorerst gab sie Frau Dr. Weidinger die Akten beider Mordfälle.

„Sie kommen spät, wir hatten Sie bereits heute Morgen erwartet." Sie konnte sich diesen kleinen Seitenhieb nicht verkneifen, zumal sie bis zuletzt darauf gehofft hatte, dass dieser Profiler überhaupt nicht kommen würde. Und jetzt saß diese Laus in Gestalt dieser Frau in ihrem Pelz. Tja, Pech gehabt! Jetzt war sie nun mal hier und sie musste wohl oder übel mit ihr zusammenarbeiten. Aber eins stand für Viktoria fest: leicht würde sie es ihr nicht machen.

„Inzwischen haben wir zwei Mordfälle. Ich möchte Sie bitten, dass Sie sich bis zur Besprechung in zwei Stunden einlesen und auf den neuesten Stand bringen. Wir erwarten natürlich in der kurzen Zeit nichts Großartiges von Ihnen, würden uns aber über eine erste Einschätzung Ihrerseits freuen." Das war frei weg gelogen, denn Viktoria erwartete außer klugen Sprüchen überhaupt nichts und legte auch keinen

Wert auf die Meinung dieser sächselnden Schönheit. Obwohl sich Viktoria Mühe gab, sachlich zu bleiben, spürte Dr. Weidinger sofort die Antipathie ihr gegenüber. Das konnte ja lustig werden, wenn bereits nach wenigen Minuten die Leiterin der Mordkommission gegen sie war. Dieser riesige Schwabe war ihr gegenüber positiv eingestellt, bei Hiebler und Grössert konnte sie noch nicht einschätzen, wie sie dachten. Aber so, wie sich Hiebler bewegte und wie er sprach, war sie als Person willkommen, aber er hielt nicht viel von ihrer Arbeit. Grössert war ihr noch ein Rätsel.

Hans und Werner bemerkten sofort die negative Einstellung Viktorias dieser Frau Dr. Weidinger gegenüber und mussten schmunzeln. Sie waren sich beide sicher, dass Viktoria eifersüchtig auf die hübsche, intelligente Frau war und sich von ihr bedroht fühlte, was überhaupt nicht angebracht war. Leo hingegen nahm die Schönheit von Frau Dr. Weidinger überhaupt nicht wahr und interessierte sich nicht dafür. Für ihn war seine Viktoria die schönste Frau der Welt und deshalb bemerkte er auch nicht die dicke Luft im Büro, die nun beinahe zum Schneiden war.

Als Krohmer von der Anwesenheit einer Frau Dr. Weidinger Wind bekam, war er ebenfalls überrascht – man hätte ihm die kleine Information bezüglich des Geschlechts ruhig mitteilen können! Umgehend machte er einen kurzen Abstecher ins Büro der Mordkommission. Er war bemüht, die neue Mitarbeiterin mit warmherzigen Worten zu begrüßen, was ihm nicht besonders gut gelang. Dr. Weidinger spürte auch seine Ablehnung, ließ sich aber nichts anmerken.

Die Akten über die beiden Mordfälle waren sehr dünn und trotzdem musste sie sich ins Zeug legen, denn die Zeit war äußerst knapp. Sie setzte ihre Brille auf und machte sich sofort an die Arbeit.

Viktoria beobachtete Dr. Weidinger aus dem Augenwinkel. Das gibt es doch nicht! Auch mit dieser Brille sah die sündhaft teuer gekleidete Frau trotzdem noch aus wie aus einem Modemagazin, wohingegen sie dagegen aussah wie eine Landpomeranze. Gerade heute hatte sie sich mit ihrem Aussehen keine große Mühe gegeben. Die Hose war ein Billigprodukt einer großen Modekette und das Sweatshirt hatte einen satten Fleck genau auf der linken Brust. Sie zog ihren Schal über den Fleck. So, jetzt ist es besser! Frau Dr. Weidinger schlug die langen, schlanken Beine übereinander – die Schuhe hatten die rote Sohle eines berühmten Modeschöpfers, wohingegen ihre eigenen Treter nicht nur plump und langweilig, sondern auch noch schmutzig waren. Und wie sehe ich heute eigentlich aus? Sie hatte bislang keine Zeit gehabt, in den Spiegel zu schauen, stand auf und ging zur Toilette. Du meine Güte! Beim Blick in den Spiegel erschrak sie, denn ihre Haare standen kreuz und quer, von dem wenigen Make-up von heute Morgen war überhaupt nichts mehr zu sehen. Gegen diese perfekt aussehende Dr. Weidinger musste sie ja wie ein hässliches Entlein aussehen. Notdürftig zog sie mit nassen Fingern die Haare in Form und kniff sich mehrmals in die Wangen – auch nicht viel besser. Zumindest konnte sie dem Fleck auf ihrem Sweatshirt zu Leibe rücken und auch die Schuhe notdürftig säubern. Na prima, die Schuhe waren nun sauber und auf der linken Brust war nun anstelle des Flecks eine klatschnasse, riesige Stelle. Sie zog schnell den Schal wieder drüber und ging zurück an ihren Schreibtisch. Niemand achtete auf sie. Nur Dr. Weidinger lächelte sie mit makellosen Zähnen an! Nicht darauf reagieren und einfach mit der Arbeit glänzen. Das war Viktorias großer Trumpf, denn dass diese Schönheit bei der bevorstehenden Besprechung nichts Vernünftiges zu den beiden Mordfällen beitragen konnte, war so sicher wie das Amen in der Kirche!

Sie gingen geschlossen ins Besprechungszimmer, wo Frau Gutbrod bereits wartete. Sie hatte von der neuen Kollegin und deren Erscheinung gehört und wollte sich selbst ein Bild machen. Als Frau Dr. Weidinger eintrat, war Frau Gutbrod sprachlos, denn die Frau sah nicht nur blendend aus, sondern trug Kleidung, Schuhe und Tasche von namhaften Modeschöpfern, die sie sich selbst niemals leisten könnte. Als die Frau nun auf sie zuging, ihr direkt in die Augen sah und freundlich grüßte, war Frau Gutbrod sofort eingeschüchtert. Sie murmelte nur einen leisen Gruß und war auch schon wieder verschwunden.

„Was ist denn mit der los?" wunderte sich Werner Grössert über die Sekretärin des Chefs, die sonst keine Gelegenheit ausließ, sich persönlich über den aktuellen Stand ihrer Fälle zu erkundigen. Die anderen wunderten sich zwar ebenfalls, aber interessierten sich nicht weiter dafür, während Frau Dr. Weidinger genau wusste, was mit dieser Frau los war: sie fühlte sich von ihrer Person eingeschüchtert. Das passierte ihr oft und anfangs hatte sie auf ihre auffallende Erscheinung verzichtet, bis sie schließlich für sich entschied, dass sie weiß Gott anziehen konnte, was sie wollte und sich für andere und deren besseres Gefühl nicht verbiegen musste. Sie hatte nun mal Geld und konnte damit machen, was sie wollte, ob es anderen nun gefiel oder nicht. Und sie war hübsch und wusste, wie sie sich in Szene setzen konnte, das war ihr klar – warum sollte sie sich also verstecken?

„Schießen Sie los, Frau Untermaier, was haben wir bis jetzt," fragte Rudolf Krohmer ungeduldig.

„Beim Jugendamt Altötting gab es nur lobende Worte für Xaver Fischer, noch heute sprechen die ehemaligen Kollegen in den höchsten Tönen über ihren früheren Kollegen. Er machte seine Arbeit stets korrekt und es gab nie Beschwerden. Die Söhne Florian und Hartmut Fischer hatten ein schlechtes Verhältnis zu ihrem Vater, ebenso wie die Schwiegertochter Katja Fischer."

„Wir haben das Ehepaar Hartmut und Katja Fischer überprüft, aber nichts gefunden. Sie leben mit ihrer kleinen Tochter in einem schönen Einfamilienhaus in Unterneukirchen, das bis unters Dach mit Hypotheken belastet ist. Bislang konnten die Kredite immer bedient werden. Wir haben uns auch mit deren Nachbarn, Freunden und Arbeitskollegen unterhalten und niemand sagte auch nur ein schlechtes Wort über Hartmut Fischer und seine Frau. Die beiden sind meiner Ansicht nach sauber. Apropos Arbeitskollegen: Fischer arbeitet im Sägewerk Krug in Unterneukirchen und ich soll alle von Frau Krug herzlich grüßen und vor allem danken. Seitdem der Adlerholz-Fall durch die Medien ging, laufen ihre Geschäfte hervorragend."

Die Kollegen freuten sich über die Nachricht und das Lob, denn es kam selten vor, dass ihre Arbeit gewürdigt wurde.

Leo sah während seiner Ausführungen Viktoria an und freute sich insgeheim, dass er mit dieser Familie Fischer richtig lag. Viktoria hatte sich gründlich geirrt, es gab sie also tatsächlich noch, die perfekte, idyllische Familie.

„Wir haben uns das Umfeld von Xaver Fischer nochmals vorgenommen und nichts Neues herausbekommen: in der Kastler Nachbarschaft und bei seiner eigenen Familie war das Opfer nicht sonderlich beliebt. Alle beschreiben ihn als ätzenden Querulanten, aber niemand hatte einen größeren Streit mit ihm. Man ging sich einfach aus dem Weg."

„Na prima. In seinem privaten Umfeld mochte man ihn nicht, seine wenigen Freunde und früheren Kollegen loben ihn dagegen geradezu in den Himmel. Wo liegt dann das Motiv für den Mord?" Krohmer war enttäuscht, er hatte sich zumindest eine heiße Spur erhofft. „Was gibt es Neues im Mordfall Kapuziner?"

„Leider nichts, wir stecken in einer Sackgasse. Weit und breit kein Motiv zu finden – und diese Babette Silberstein ist immer noch wie vom Erdboden verschluckt." Hans war sauer, denn er hatte absolut keine Ahnung mehr, wo sie sonst noch ansetzen sollten. Sie hatten sehr tief gegraben, hatten nochmals mit den Glaubensbrüdern in Wiener Neustadt telefoniert – nichts! Hans hatte heute in aller Herrgottsfrüh noch vor Arbeitsantritt alle einschlägigen Plätze in Altötting aufgesucht, an denen sich die Obdachlosen vorwiegend und gerne aufhielten, bevor sie sich dann nach Tagesbeginn in alle Winde zerstreuten. Niemand hatte Frau Silberstein gesehen oder wollte ihm keine Auskunft geben.

„Auch mit dem Guardian und den anderen Brüdern im Kapuziner-Kloster Altötting haben wir uns nochmals unterhalten, ebenso mit dem alten Bruder Benedikt, dem es gesundheitlich immer schlechter geht. Aber auch hier gibt es nicht die kleinste Spur oder irgendein Hinweis. Wir stecken fest."

„Ist es für Sie zu früh, schon irgendetwas beizutragen?" fragte Krohmer Frau Dr. Weidinger, die ruhig zugehört hatte und sich fortwährend Notizen machte, was Viktoria beinahe wahnsinnig machte, denn ihr Stift kratzte ständig übers Papier.

„Ich habe beide Mordfälle für mich bewertet, allerdings in der kurzen Zeit nur vorläufig und oberflächlich, das möchte ich ausdrücklich betonen. Beim Mord an Bruder Benedikt sehe ich ein hohes Aggressionspotential des Mörders, das vermutlich von einer persönlichen Erfahrung mit dem Opfer selbst oder aber mit einem seiner Glaubensbrüder herrührt. Ich neige dazu stark anzunehmen, dass es sich hier um eine Tat im Affekt handelt, also nicht geplant. Und ich gehe vorläufig davon aus, dass der Täter aus Altötting oder dem direkten Umfeld stammt."

Viktoria lachte verächtlich, für sie waren diese Informationen an den Haaren herbeigezogen und es gab keinerlei Grundlage für diese Annahmen. Natürlich bemerkte Frau Dr. Weidinger Viktorias herablassendes Grinsen, fuhr aber trotzdem fort. Sie ließ sich von dieser unprofessionellen Art der Frau nicht aus dem Konzept bringen.

„Der zweite Mord wurde ebenfalls mit hoher Aggression durchgeführt, vermutlich auch hier spontan. Auch hier vermute ich einen Mann als Täter."

„Wie erklären Sie sich, dass die Tatwaffe beim zweiten Mordfall fehlt und alles als Unfall inszeniert wurde?" Leo klebte förmlich an ihren Lippen und fand die Ausführungen sehr spannend.

„Was nicht dem widerspricht, dass die Tat an sich spontan ausgeführt wurde. Vielleicht hat der Täter erst nach der Tat bemerkt, was er angestellt hat und hat dann erst alles als Unfall getarnt. Das spricht für eine hohe Intelligenz des Täters."

„Dass wir es in beiden Fällen mit einem hohen Aggressionspotential zu tun haben, ist uns auch klar, dafür hätten wir keine Analyse gebraucht. Übrigens ist das meistens bei Mord der Fall. Aber woher sollten Sie das wissen. Ich nehme an, Sie haben noch nie selbst bei einem Mordfall ermittelt?"

„Bleiben Sie bitte sachlich, Frau Untermaier. Ich wurde um eine vorläufige Meinung gebeten und dieser Bitte bin ich nachgekommen."

„Entschuldigen Sie, es war nicht meine Absicht, Sie zu beleidigen. Dann sind Sie also der Meinung, dass wir es in beiden Fällen mit einem Mann zu tun haben, der zwar sehr aggressiv, aber auch intelligent ist. Habe ich das richtig verstanden?"

„Das könnte man so sagen, ja."

„Das trifft auf einen sehr hohen Prozentsatz der Männer zu. Trotzdem verstehe ich nicht, wie Sie auf einen Mann als Täter kommen, es könnte auch eine Frau sein. Ich bitte deshalb darum, dass wir künftig das Geschlecht des Täters außer Acht lassen, um uns nicht unbewusst vorab festzulegen."

„Einverstanden, wie Sie meinen. Aber bitte vergessen Sie nicht, dass es sich vor allem beim ersten Mord um einen Täter handelt, der aus Altötting oder dem direkten Umfeld kommt, davon muss ich ausgehen."

„Beim zweiten Mord könnte das auch sein, schließlich ist der Garten von außen nicht einsehbar, also kann sich auch hier der Täter ausgekannt haben," warf Hans ein.

„Und wie kommen Sie zu der Annahme der Ortskundigkeit? Allein deshalb, weil sich der Täter in der Basilika auskennt? Das trifft auf tausende Menschen zu, die nur zur Wallfahrt oder aus Neugier die Basilika besichtigt haben."

„Wir sind uns einig, dass sich der Täter in der Basilika auskennt und weiß, wann sie geöffnet ist und wann nicht – was tatsächlich auf sehr viele Menschen zutrifft. Aber irgendwie muss dieser Bruder Benedikt ja in die Basilika gelockt worden sein, denn nach Aussage dieses Bruder Siegmund hatte das Opfer in der Basilika nichts zu tun, vor allem nicht um die Tatzeit, die mit dem Tagesablauf der Kapuziner nicht kompatibel waren. Und die Kapuziner waren die Gastgeber und man hat sich den Gepflogenheiten des Gastgebers zu fügen. Also: wie und wo hatte der Täter das Opfer in die Basilika gelockt? Für mich steht fest, dass sich der Täter mit den Gebräuchen und Gewohnheiten der Kapuziner auskennt und aus dem Altöttinger Umkreis stammt. Ebenso wie der zweite Täter, da stimme ich Herrn Hiebler zu. Wenn ich mir vorstelle, ich schlage jemanden im Affekt nieder, dann lasse ich zwar die Tatwaffe fallen oder auch nicht – aber eins mache ich ganz bestimmt: ich laufe so schnell wie möglich davon. Nicht aber der Täter. Er legt die Tatwaffe ab, drapiert alles so, als würde es sich um einen Unfall handeln, schnappt sich die Tatwaffe und entfernt sich erst dann vom Tatort. Der Garten ist nicht einsehbar – und das muss der Täter gewusst haben, denn er muss sich unerkannt einige Minuten nach der Tat noch im Garten aufgehalten haben."

Die Mühldorfer Beamten konnten dem Schlagabtausch der beiden Frauen kaum folgen. Frau Dr. Weidinger verhielt sich ruhig und sachlich, während Viktoria die Frau fortwährend provozierte und immer wieder herausforderte. Schließlich machte Viktoria eine Pause und überlegte.

„Ich kann Ihnen diesbezüglich folgen und bin sogar gewillt, Ihnen zuzustimmen. Was mich stört ist Ihre vage Andeutung, dass die beiden Morde zusammenhängen könnten. Und ich weigere mich, mich auf einen Mann als Täter festzulegen. Auch Frauen können unter bestimmten Umständen derartige Kräfte aufbringen. Außerdem kenne ich Frauen, die weitaus kräftiger sind als viele Männer."

„Bezüglich des Mannes als Täter stimme ich Ihnen zu. Ich habe nicht gesagt, dass die beiden Morde für mich zusammenhängen, aber es stimmt, ich gehe davon aus, dass wir es hier mit ein und dem selben Täter, oder einer Täterin, zu tun haben, ich weiß aber noch nicht wie."

„Moment," unterbrach Krohmer, „das ist eine Vermutung und ist überhaupt nicht bewiesen und ich kann diese Vermutung nicht nachvollziehen. Wie kommen Sie überhaupt darauf? Solange wir keinen hieb- und stichfesten Beweis dafür haben, dass die beiden Mordfälle irgendwie zusammenhängen, werden beide getrennt behandelt." Für Krohmer war diese Vorstellung eines Serienmörders nicht akzeptabel und er wehrte sich dagegen. „Wenn nichts weiter anliegt, beenden wir das hier und Sie können sich an die Arbeit machen. Durchforsten Sie das Umfeld der beiden Opfer nochmals peinlich genau." Und dabei betete er, dass seine Beamten nicht auf die kleinste Gemeinsamkeit stoßen würden.

Krohmer ging in sein Büro, denn das, was diese Frau Dr. Weidinger von sich gab, durfte nicht sein. Was bildete sich diese Frau eigentlich ein, einfach beide Morde zusammenzufassen und einen Täter zu vermuten? Und was war eigentlich mit Frau Untermaier los? Wieso wurde sie der Kollegin gegenüber so aggressiv? So kannte er sie überhaupt nicht. Er wischte die Gedanken beiseite, denn seine Beamten wussten schon, was zu tun war und würden irgendwie mit dieser Dr. Weidinger zurechtkommen, die in seinen Augen hier nichts verloren hatte. Er hielt nichts von diesem Profiling, er war von ehrlicher Ermittlungsarbeit überzeugt, alles andere war für ihn reiner Mumpitz. Aber was sollte er machen? Diese Frau wurde ihm aufgezwungen und jetzt hatten sie

sie am Hals. Er nutzte seine Verbindungen und musste sich umfassend über diese Dr. Weidinger informieren. Krohmer wählte die Nummer seines Bekannten im Innenministerium, dem er bei mehreren Veranstaltungen begegnet war. Nach ein paar Worten Geplänkel kam er schließlich auf den Punkt.

„Was weißt du über eine Dr. Annemarie Weidinger?"

„Ach daher weht der Wind." Der Mann tippte auf seinem Computer. „Aber das, was ich dir erzähle, bleibt unter uns, dass wir uns richtig verstehen – von mir hast du die Informationen nicht."

„Geht klar Korbinian, du kennst mich, auf mich kannst du dich verlassen."

„Dr. Weidinger ist eine angenehme Erscheinung und dazu auch noch äußerst gescheit, eine seltene Kombination. – Hier ist die Akte, hör zu: Sie hat nach einem Psychologie-Studium einige Jahre im Polizeidienst gearbeitet und dann eine Ausbildung zum Fallanalytiker also Profiler drangehängt. Es folgten mehrere Fortbildungen in den USA, Kanada und England – die Frau ist echt rumgekommen. Dann folgen einige Fälle, bei denen sie erfolgreich mitgeholfen hat, neben dem üblichen Blabla nur lobende Worte. Außerdem ist Dr. Weidinger verheiratet und hat zwei Kinder. Sie kommt aus reichem Haus, lebt in einer noblen Wohngegend in München. Mehr kann ich dir beim besten Willen nicht sagen, ich habe sowieso schon viel zu viel erzählt."

„Das heißt also, die Frau kann was?"

„Und ob sie das kann. Sie genießt einen guten Ruf und du kannst dich glücklich schätzen, wenn du sie in deinem Team hast."

Krohmer hatte aufgelegt. Die Frau war also ein Profi und war nun Teil seines Teams der Mordkommission. Trotz dieser positiven Informationen war Krohmer nicht beschwichtigt, für ihn war die Frau immer noch ein Fremdkörper in seinem Polizeirevier. Lag es daran, dass er der Fallanalytik negativ gegenüberstand? Könnte sein, denn für ihn zählten nur Fakten und Beweise - und keine Phantasiegeschichten, die für ihn nichts mit der Realität zu tun hatten. Oder war es einfach die Tatsache, dass er übergangen und nicht gefragt wurde, ob er die Frau hier haben wollte?

Die Stimmung in der Mordkommission war auf dem Nullpunkt, was für alle kaum zu ertragen war. Zum Glück war der Feierabend nicht mehr weit und bis morgen würden sich hoffentlich die Gemüter wieder beruhigen.

„Was war denn heute los mit dir? Hast du etwas gegen Frau Dr. Weidinger?" fragte Leo, als er mit Viktoria zum Wagen ging.

„Die kommt hier her und spielt sich auf. Wir brauchen die Frau und ihre Hirngespinste nicht. Ich halte nichts von diesem Profiling. Und wenn ich diesen sächsischen Dialekt schon höre..." Sie stöhnte auf, während sie das sagte und erschrak vor sich selber: sie war nicht nur voreingenommen, sondern sie störte sogar der Dialekt, den sie eigentlich sehr liebte.

Stundenlang hatte sie einem Freund aus Sachsen zuhören können, wenn er erzählte. Und jetzt? Jetzt auf einmal störte sie nicht nur der Dialekt, sondern die ganze Frau an sich.

„Ich finde den Dialekt ganz lustig. Ich habe selbst schon Lehrgänge über das Profiling besucht und finde das Gebiet absolut spannend. Auf diesem Gebiet wurden weltweit schon sehr große Erfolge erzielt, gerade auch in Fällen, wo die Ermittlungsarbeit an ihre Grenzen gestoßen ist. Außerdem ist das, was diese Frau in der Kürze der Zeit von sich gab überhaupt nicht dumm, ich habe selbst schon daran gedacht, dass wir es mit nur einem Mörder zu tun haben könnten – allein schon deshalb, weil die Morde zeitlich zusammenliegen. Und es stimmt, dass sich der Mörder in beiden Fällen mit den Örtlichkeiten auskennen muss, das ist dir doch auch klar. Und ich kenne dich lange genug: auch du dachtest schon an diese Möglichkeit. Gib es doch zu!"

„Ich gebe überhaupt nichts zu," antwortete sie bockig. Aber Leo hatte absolut Recht, sie hatte tatsächlich schon daran gedacht und es hatte ihr eine Gänsehaut verursacht. Nicht auszudenken, wenn hier ein Irrer rumläuft und Menschen reihum ermordet! Aber diese Frau Dr. Weidinger hatte das ausgesprochen, was sie selbst gedacht hatte – war sie deshalb so wütend auf die Frau?

Sie sprachen nicht mehr über den Fall und diese Dr. Weidinger, sondern schoben eine Pizza in den Ofen, öffneten eine Flasche Wein und sahen sich einen Film an.

Am nächsten Tag machten sich die Beamten frisch ans Werk und Krohmer wurde immer ungeduldiger, vor allem, weil ihm der Guardian im Nacken saß und ihn immer wieder anrief und sich nach dem Stand der Ermittlungen erkundigte. Auch das Innenministerium wurde immer lästiger, das ebenfalls ständig nachfragte. Bei Gelegenheit musste Krohmer unbedingt eruieren, welche Kontakte Bruder Paul im Innenministerium hatte.

Frau Dr. Weidinger hatte sich einigermaßen eingearbeitet und begleitete abwechselnd die Beamten. Krohmer bedauerte, dass Frau Gutbrod einen längeren Zahnarztbesuch wahrnehmen musste, denn nur zu gerne hätte er sie darum gebeten, diese Frau Dr. Weidinger im Auge zu behalten, was genau die richtige Aufgabe für Frau Gutbrod und ihre Neugier gewesen wäre. Aber so musste er sich selbst ab und an einen Eindruck verschaffen. So, wie er das sah, arbeitete Frau Dr. Weidinger sehr fleißig und war stets freundlich, was man von Viktoria Untermaier nicht behaupten konnte. Sie war ihr gegenüber sehr kurz angebunden und sah sie mit einem Blick an, der nur schwer zu deuten war: herablassend, überheblich und spöttisch. Ja genau so würde Krohmer die Blicke von Frau Untermaier beschreiben. Aber, was soll's? Frau Untermaier war alt genug und wusste selbst am besten, wie sie mit der Frau Profilerin umzugehen hatte. Ihn ging das nichts an. Für ihn war nur wichtig, dass die beiden ihre Arbeit machten und diesbezüglich war er bis dato zufrieden. Frau Dr. Weidinger hatte ihm gegenüber angedeutet, dass sie während des bevorstehenden Wochenendes ein Diagramm erstellen wollte und um dieses dann am Montag zu präsentieren. Krohmer war sehr gespannt darauf, was ihn erwartete.

Tatsächlich hatte sich Frau Dr. Weidinger zwischenzeitlich ein umfassendes Bild machen können, alle Informationen und Aussagen ausgewertet und konnte ein Profil beider Täter erstellen, die sich leider sehr ähnlich waren. Hatte sie einen Fehler gemacht? War sie von Anfang an davon überzeugt gewesen, dass es sich um denselben Täter handelte? Wieder und wieder überarbeitete sie die Profile und kam aber trotzdem zum gleichen Ergebnis: die Profile der beiden Täter glichen sich auffallend. Obwohl sie die Kollegen Schwartz und Grössert auf ihrer Seite hatte, waren Hiebler und Krohmer, vor allem aber Frau Untermaier gegen sie und ihre Arbeit, und wenn sie jetzt zwei beinahe identische Profile präsentierte, würde sich an der Meinung der drei Beamten ganz bestimmt nichts ändern.

Krohmer hatte sich dafür entschieden, Anrufe des Guardians nicht mehr durchstellen zu lassen, denn er wusste nicht, was er Bruder Paul gegenüber berichten sollte; es gab keine neuen Erkenntnisse. Auch gegenüber dem Innenministerium schob er dringende Termine vor. Frau Gutbrod, die wieder am Platz war, machte hier hervorragende Arbeit. Natürlich hatte Krohmer Verständnis dafür, dass sich Bruder Paul sorgte, denn für das Kloster war der Mord an Bruder Benedikt eine Katastrophe, auch weil die Presse das Interesse an dem Tod des Kapuziner-Bruders nicht verlor. Es verging kein Tag, wo nicht darüber berichtet und vor allem spekuliert wurde.

Die wildesten Geschichten wurden konstruiert und ließen die Kapuziner und schließlich die Kirche an sich in keinem guten Licht erscheinen. Krohmer war nicht zu beneiden. Er musste Ergebnisse aufweisen und die lagen in beiden Mordfällen in weiter Ferne. Bezüglich dieser Babette Silberstein machte er Druck und ließ eine internationale Fahndung nach ihr rausgehen, wofür eigentlich überhaupt keine Veranlassung bestand und er fürchtete, dass das reichlich Ärger nach sich zog. Aber was sollte er sonst machen? Ihm blieb nichts anderes übrig und er musste in den sauren Apfel beißen und diese Fahndung veranlassen. Kurz vor Feierabend gab er die entsprechende Anweisung, was von einigen Kollegen der Mordkommission nicht akzeptiert wurde und diese sich darüber ärgerten. Bislang suchten sie die Frau nur, um sie zu befragen – jetzt wurde aus ihr beinahe eine Kriminelle gemacht. Warum? Sie verstanden Krohmer nicht und wussten nichts von dem Druck, dem er von verschiedenen Seiten ausgesetzt war.

„Ich finde das nicht fair. Die Frau ist eine Obdachlose und wir haben nicht einen vernünftigen Verdachtsmoment gegen sie, der die Fahndung rechtfertigt." Hans war sauer, wie man mit der Frau umging. Wenn es sich um eine angesehene Person der Gesellschaft handeln würde, käme diese Vorgehensweise für Krohmer niemals in Frage – aber bei einer Sandlerin griff man mit aller Härte durch.

„Er wird schon seine Gründe haben," sagte Leo, der kein Problem damit hatte, die Frau in die Fahndung zu gaben. Schon viel zu lange suchten sie nach der Frau und vielleicht kamen sie so an sie ran – und vielleicht auch an wichtige Informationen. Irgendwie mussten sie ja weiterkommen, zumindest in einem der beiden Mordfälle.

Gerade als die Beamten der Mordkommission und auch Frau Dr. Weidinger für heute Feierabend machen wollten und sich alle auf das bevorstehende Wochenende freuten, platzte Friedrich Fuchs ins Büro. Er war vollkommen außer Atem und an seinem Gesicht konnte man sehen, dass er eine interessante Neuigkeit hatte.

„Raus mit der Sprache, spannen Sie uns nicht lange auf die Folter!" sagte Viktoria genervt.

„Mir hat es keine Ruhe gelassen, dass wir bei dem Kastler Opfer nicht die kleinste Spur des Täters gefunden haben. Deshalb habe ich mit meinen Leuten heute nochmals das ganze Grundstück untersucht – und das haben wir gefunden." Fuchs hielt ein kleines Tütchen in die Luft, in der sich eine kleine Holzperle befand. Die Beamten kamen näher und sahen sich den Inhalt des Tütchens genauer an.

„Das gibt es doch nicht." Viktoria holte aus ihrer Schreibtisch-Schublade ein Geo-Dreieck, das sie seit ihrer Schulzeit besaß und mittlerweile schon ziemlich abgegriffen war. Sie maß die Holzperle ab und blätterte in den Unterlagen des Mordfalles an dem Kapuziner. „Das ist zwar nicht die gleiche Perle, wie wir sie bei Bruder Benedikt gefunden haben, denn die vom Tatort Fischer ist deutlich größer, aber jetzt haben wir eine Gemeinsamkeit."

„Diese Holzperle könnte aber auch durchaus zu einem Rosenkranz gehören, eine Bohrung ist vorhanden. Ich werde veranlassen, dass beide Holzperlen umfangreich untersucht werden. Die Holzperle aus Kastl lag einige Meter vom Opfer entfernt im hohen Gras. Entweder wollte der Täter nicht, dass wir diese Perle finden, oder sie befand sich ursprünglich in der Nähe der Leiche und wurde durch Unachtsamkeit unsererseits vom ursprünglichen Platz entfernt. Wie dem auch sei – eins steht damit fest: die beiden Mordfälle hängen zusammen, einen Zufall würde ich ausschließen." Diese Aussage ließ Fuchs im Raum stehen und machte sich auf den Weg in sein Büro, um die entsprechenden Untersuchungen der Holzperlen zu veranlassen, die nicht in seinem eigenen Labor durchgeführt werden konnten. Der Gedanke, dass die Polizei selbst diese Holzperle aus Versehen versetzt hatte, bereitete ihm Magenschmerzen, das durfte auf keinen Fall mehr passieren. Seine Leute hatten sich bereits eine Standpauke anhören müssen und in Zukunft musste er darauf bestehen, dass außer ihm und seinen Leuten niemand den Tatort betritt, bis er ihn freigegeben hatte. Die Vorstellung, dass einer der Beamten diese Holzperle eventuell in seinem Schuhprofil einfach davongetragen hätte, bereitete ihm eine Gänsehaut. Er musste auf jeden Fall zukünftig strenger werden und den Tatort erst freigeben, wenn er sich hundert Prozentig sicher war, dass er alle Spuren gesichert hatte – diese Stümper der Mordkommission machten ihm immer wieder Ärger und erschwerten seine Arbeit und die seiner Mitarbeiter. Nachdem er herausgefunden hatte, welches Labor für die Holzperlen zuständig war und er diese auf den Weg gebracht hatte, fertigte er einen Bericht für Rudolf Krohmer an, in dem er inständig um veränderte Abläufe bei Tatortbegehungen bat und recherchierte noch die halbe Nacht nach Fällen in ganz Deutschland, in denen Spuren von Beamten versehentlich beseitigt oder gar vernichtet wurden, um damit sein Anliegen zu untermauern. Erst spät nachts war er zufrieden und nahm sich vor, den Bericht gleich morgen früh dem Chef zu übergeben, der dann bestimmt die Dringlichkeit seines Anliegens verstehen und ihn gegen die Trampel der Mordkommission ganz sicher unterstützen würde.

„Fuchs hat Recht: auch wenn diese Holzperlen nicht vollkommen identisch sind, halte ich es nicht für einen Zufall, dass wir bei zwei kurz aufeinander folgenden Mordfällen, die sich sehr ähneln, Holzperlen finden. Für mich steht fest, dass beide Mordfälle zusammen liegen. Dann hatten Sie von Anfang an mit Ihrer Vermutung Recht, dass es sich um ein und denselben Täter handelt Frau Dr. Weidinger, Respekt. Ich hielt das für eine total verblödete Vermutung, völlig an den Haaren herbeigezogen. Aber das mit der Holzperle bestätigt Ihre Annahme," sagte Viktoria bestürzt, die sich gegen die Theorie eines einzelnen Täters gewehrt hatte.

„Und wir haben es mit einem Serienmörder zu tun. Ganz egal, welches Motiv er hat. Entweder kannten sich beide Mordopfer und wir müssen danach suchen, oder aber der Mann tötet willkürlich," fügte Werner an. Er hatte das ausgesprochen, wovor sie alle nun Angst hatten. Ein Mörder lief da draußen rum, der es vielleicht noch auf weitere Opfer abgesehen hatte.

„Wenn ich jetzt die Holzperle als Gemeinsamkeit nehme, zwängt sich beinahe die Vermutung eines religiösen Hintergrundes auf," was Frau Dr. Weidinger nicht in ihr Konzept passte.

„Oder wir sollen genau das glauben," murmelte Viktoria und sprach den anderen damit aus der Seele.

„Es stimmt, es ist fast zu offensichtlich – oder der Täter ist so einfach gestrickt."

„Was wiederum dem widerspricht, was ich bei dem Täter oder der Täterin vermute: nämlich Intelligenz. Das passt nicht zusammen. Der Mörder hat in beiden Mordfällen keine Spuren hinterlassen – bis auf diese Holzperlen. Nein, das macht kein dummer Mensch, dumme Menschen begehen grobe Fehler." Frau Dr. Weidinger überlegte – hatte sie etwas übersehen oder gar falsche Schlussfolgerungen gezogen?

„Dem muss ich widersprechen – auch intelligente Menschen machen Fehler. Was glauben Sie, was wir in dieser Richtung schon alles erlebt haben." Hans sprach aus jahrelanger Berufserfahrung und die Kollegen stimmten ihm zu. Gerade, wenn sich ein Mörder für besonders schlau hält, macht er die dümmsten Fehler.

„Die Vorstellung eines Serienmörders finde ich ganz schön gruselig," sagte Viktoria. „Was ist, wenn wir es mit einem Irren zu tun haben, der sich wahllos seine Opfer sucht?" Viktoria hatte eine Gänsehaut, was immer ein schlechtes Zeichen war. Leo hatte bislang schweigend zugehört und wollte nicht glauben, was die anderen vermuteten und von sich gaben.

„Wir atmen jetzt alle tief durch und malen den Teufel nicht an die Wand. Ihre wertvolle Arbeit in Ehren, Frau Dr. Weidinger, aber wir machen jetzt ganz normale Ermittlungsarbeit und suchen nach einer Gemeinsamkeit der beiden Mordopfer, an einen Irren möchte ich einfach nicht glauben," sagte Leo, zog seine Jacke aus und setzte sich an seinen Schreibtisch. Für ihn gab es jetzt keinen Feierabend, er könnte jetzt sowieso noch nicht abschalten. Die Kollegen taten es ihm gleich und alle arbeiteten bis spät in die Nacht. Anfangs dachten sie daran, Krohmer zu informieren, entschieden sich dann aber dagegen. Wenigstens er sollte einen ruhigen Feierabend haben. Ihn jetzt aufzuscheuchen brachte doch nichts, er würde noch früh genug davon erfahren. Auch Frau Dr. Weidinger machte sich mit dieser Neuigkeit wieder an die Arbeit. Sie hatte eine Vermutung, die sie nun mit in ihr Täterprofil einarbeiten wollte. Sie rief ihren Mann an, gab Bescheid, dass sie noch zu tun hätte und es ganz sicher spät werden würde, bis sie nach Hause kommen würde. Sie wollte ihre Arbeit lieber hier in Mühldorf fortführen, denn zuhause hätte sie nicht die erforderliche Ruhe für ihre Arbeit, was ihr Mann verstand. Zuhause ging es immer drunter und drüber, denn Herr Weidinger hatte gerne das Haus voller Kinder und lud immer so viele Spielkameraden wie möglich ein, wobei er immer mittendrin saß – je turbulenter es zuging, desto besser. Viktoria hatte das Telefongespräch nur am Ende mitbekommen, als sich Frau Dr. Weidinger von ihrem Mann verabschiedete und schien verwundert.

„Sie haben Familie?"

„Ja, einen Mann und zwei kleine Kinder, die leider noch auf mich verzichten müssen. Die Arbeit geht nun mal vor – aber das brauche ich Ihnen nicht zu sagen, das kennen sie ja auch."

Natürlich! Nicht nur, dass diese Frau super aussah und dazu auch noch intelligent war, sie meisterte also so ganz nebenher auch noch die Riesenaufgabe einer Familie! Warum fühlte sie sich in Gegenwart von Frau Dr. Weidinger unwohl? Und jetzt gab ihr die Frau auch noch das Gefühl, nicht viel aus ihrem Leben und aus sich selbst gemacht zu haben!

„Es muss eine Gemeinsamkeit in der Vergangenheit geben und ich vermute, dass es mit der Arbeit von Xaver Fischer beim Jugendamt zu tun hat. Alle anderen Möglichkeiten haben wir gänzlich ausgeschlossen." Leo war überzeugt davon, dass nur dort die Gemeinsamkeit liegen könnte, allerdings wusste er noch nicht, wie dieser Gastbruder aus Wiener Neustadt da hineinpasste – oder war tatsächlich ursprünglich der alte Bruder Benedikt gemeint?

„Ich bin Ihrer Meinung Herr Schwartz," sagte Frau Dr. Weidinger bestimmt. „Das Jugendamt und die Kirche arbeiten oft eng zusammen, zumal diese Kapuziner neben ihrer Seelsorge eine Kindereinrichtung, sprich Schule und Kindergarten in Altötting haben."

„Dann würde ich vorschlagen, dass wir uns morgen früh beim Jugendamt Altötting treffen und alle alten Fälle des Xaver Fischer gründlich durchforsten. Da morgen Samstag ist, kommt uns das sehr gelegen, dann ist kein Betrieb und wir können in Ruhe arbeiten." Leo war froh darüber, endlich wieder Ermittlungsarbeit machen zu können, als nur ständig auf der Stelle zu treten, Vermutungen anzustellen und nichts tun zu können.

„Brauchen wir dafür nicht einen richterlichen Beschluss?"

„Sicher, bei einer Behörde reagiert der Chef empfindlich," meinte Viktoria, die auch das Jugendamt als eine Möglichkeit einer Gemeinsamkeit der beiden Opfer sah. Damit war sie mit den anderen einer Meinung. „Es ist zwar schon spät, aber ich spreche heute noch mit Krohmer. Wenn ich ihm ausführlich den aktuellen Stand erläutere, bin ich mir sicher, dass wir den Beschluss schnellstmöglich auf dem Tisch haben."

Für Frau Dr. Weidinger war es selbstverständlich, dass sie sich ebenfalls an dieser Aktion beteiligte. Viktoria dachte keine Sekunde an diese Möglichkeit. Für sie stand fest, dass die ungeliebte Frau sich auf den Weg nach München zu Mann und Kindern machen würde und sie endlich zwei Tage Ruhe vor ihr hätten. Frau Dr. Weidinger rief ihren Mann an und er erkannte schon an der Stimme seiner Frau, dass sie keine guten Nachrichten hatte.

„Du kommst nicht, stimmt's? Lass mich raten: du bist so gut, dass die Mühldorfer Polizei nicht auf dich verzichten kann."

„Das stimmt so nicht, ganz im Gegenteil. Der Leiter der Polizeiinspektion Mühldorf und die Leiterin der Mordkommission sind meine größten Gegner und halten nichts von meiner Arbeit."

„Und jetzt möchtest du denen zeigen, was in dir steckt?"

„So ungefähr. Ich möchte gerne hierbleiben, um mich ins Team zu integrieren. Und vielleicht hast du sogar Recht, dass ich mich beweisen möchte, denn so leicht gebe ich nicht klein bei und gebe mich geschlagen. Morgen steht Ermittlungsarbeit im Jugendamt Altötting an, an der ich mich gerne beteiligen würde. Natürlich nur, wenn du nichts dagegen hast." Sie erzählte ihm ausführlich, worum es ging und natürlich verstand er seine Frau, obwohl er sie gerne bei sich gehabt hätte.

Viktoria war nicht wohl, als sie um diese späte Stunde noch bei ihrem Vorgesetzten anrief, der natürlich längst geschlafen hatte. Sie hatte ihn geweckt und er machte ihr keine Vorhaltungen. Er wusste, dass es wichtig sein musste, wenn Frau Untermaier ihn mitten in der Nacht anrief. Sie schilderte mit knappen Worten, worum es ging.

„Du meine Güte," flüsterte er, während er aufstand und in sein Büro ging. Er wollte seine Frau nicht wecken. „Holzperlen in beiden Mordfällen? Verdammte Scheiße! Entschuldigen Sie bitte die Ausdrucksweise. Ich werde mich sofort um den Beschluss kümmern."

Krohmer war sofort hellwach, als er die Neuigkeit hörte. Seine schlimmsten Befürchtungen wurden also wahr: es gab einen Serienmörder in seinem Zuständigkeitsbereich! Zum Glück hatte Fuchs diese Holzperle gefunden. Nicht auszudenken, wenn sie von dieser Tatsache nichts gewusst hätten. Jetzt mussten sie alle Möglichkeiten in Betracht ziehen und Schlimmeres verhindern. Er rief den Staatsanwalt an, der ebenfalls sehr bestürzt war, aber anfangs große Bedenken hatte, den Beamten Einblick in die sensiblen Unterlagen des Jugendamtes zu erlauben. Als er schließlich verstand, dass es sich nur um alte Fälle handelte, die von Xaver Fischer bis zu dessen Pensionierung bearbeitet wurden, gab er schließlich grünes Licht.

Krohmer legte auf und war keineswegs erleichtert. Was, wenn sich die Durchsicht der Unterlagen hinzog und sie eine Ewigkeit brauchen würden, um eine Gemeinsamkeit darin zu finden – wenn es überhaupt eine Gemeinsamkeit gab! Vielleicht gab es in den Unterlagen keinen Hinweis und sie vergeudeten nur ihre Zeit, während dieser Irre da draußen herumläuft und vielleicht noch einen Menschen tötet. Und wenn diese Holzperle nur durch Zufall an den Tatort des zweiten Opfers gelangt ist? Nein, an solche Zufälle glaubte Krohmer nicht, schließlich lagen Holzperlen nicht einfach so in der Gegend herum – und dann auch noch bei zwei Mordopfern. Nein, das war kein Zufall. Die wildesten Gedanken in verschiedene Richtungen gingen ihm durch den Kopf, er konnte nicht mehr schlafen und setzte sich ins Wohnzimmer. Er wusste nicht mehr, wie lange er dort gesessen und gegrübelt hatte, bis seine Frau eine Decke über ihn legte, sich zu ihm setzte und ihn nur ansah. Er erzählte ihr alles, so, wie er es in der Vergangenheit so oft getan hatte und sie hörte ihm wie immer zu, stellte an den richtigen Stellen die richtigen Fragen und endlich ging es ihm etwas besser. Er setzte die größten

Hoffnungen auf die Akten des Jugendamtes und betete darum, dass sie eine Gemeinsamkeit finden und den Mörder so schnell wie möglich aus dem Verkehr ziehen können.

5.

Ungläubig sah Viktoria auf ihre Uhr, als das Handy erbarmungslos und unaufhörlich klingelte: 3.52 Uhr!

„Nun geh endlich ran," sagte Leo genervt, der nicht verstehen konnte, wie man dieses penetrante Klingeln so lange hinnehmen konnte.

„Ja?" meldete sich Viktoria endlich und Leo stöhnte erleichtert auf. Sie hörte zu, begriff langsam und setzte sich schließlich auf.

„Wir sind unterwegs," sagte sie nur. Leo spürte sofort, dass etwas passiert sein musste, denn Viktoria hatte ein leises Zittern in der Stimme.

„Was ist los?" fragte er deshalb ungeduldig.

„Es gibt einen weiteren Mord. Diesmal ist es ein Kollege, ein Polizeibeamter aus Altötting. Ich bete zu Gott, dass der nichts mit den beiden anderen Mordfällen zu tun hat."

Als Viktoria und Leo am Tatort eintrafen, war Friedrich Fuchs mit seinen Männern bereits bei der Arbeit. Als sie gestern Abend spät nach Hause gingen, brannte in seinem Büro noch Licht – schlief der Mann eigentlich nie?

„Bleiben Sie hinter der Absperrung!" rief er laut und kam auf die Beamten zu. „Ich möchte nicht, dass der Tatort verunreinigt wird oder Beweise durch Unachtsamkeit verschwinden. Das mit der Holzperle, die wir beinahe übersehen hätten, geht mir ganz schön nahe und ich möchte nicht, dass so etwas nochmals passiert. In Zukunft wird der Tatort erst betreten, wenn ich ihn ausdrücklich freigegeben habe." Friedrich Fuchs war sauer, denn er hatte nur wenig geschlafen, als er gerufen wurde. Eigentlich wollte er heute seinen Bericht Krohmer übergeben und freute sich auf die gemeinsame Besprechung, in der ganz bestimmt sein Anliegen vor den Kollegen der Mordkommission zur Sprache gekommen wäre. Aber jetzt, durch diesen neuen Mordfall, lief alles durcheinander und er musste deutlich klarmachen, wie sich alle zu verhalten hatten.

„Ist ja schon gut, beruhigen Sie sich. Was können Sie schon sagen?"

„Der Mann wurde direkt vor seiner Haustür erschlagen; dieser Stein ist die Tatwaffe. Offenbar kam der Mann gerade vom Dienst und war auf dem Weg von der Garage ins Haus. Hinter diesem Busch muss der Mörder auf ihn gewartet haben und hat ihn dann von hinten niedergeschlagen, Spuren sind vorhanden, wir sind aber noch nicht fertig und können den Tatort noch lange nicht freigeben. Der Nachbar dort hat Schreie gehört und die Polizei gerufen."

Viktoria hatte Angst vor der nun unvermeidlichen Frage.

„Haben Sie eine Holzperle gefunden?"

Fuchs nickte und zeigte ihr ein Tütchen, in der eine kleine Holzperle war.

„Sie lag in der rechten Hand des Toten."

„Wie bei dem toten Kapuziner. Sonst noch etwas, was wir wissen sollten?"

„Seine Waffe fehlt."

Die Beamten traf diese Information wie ein Schlag. Hatte der Täter die Waffe mitgenommen?

„Hat der Mann Familie? Angehörige?"

„Ich habe niemanden gesehen, aber das ist auch nicht meine Aufgabe. Wenn Sie jetzt keine weiteren Fragen haben, würde ich mich gerne wieder an die Arbeit machen."

Werner und Hans trafen nun kurz hintereinander am Tatort ein und warfen einen Blick auf den Toten, wobei sie von Fuchs nicht aus den Augen gelassen wurden und er auch ihnen gegenüber den Zugang zum Tatort verwehrte.

„Wieder eine Holzperle," sagte Viktoria und stöhnte auf, „er hatte sie in seiner Hand."

„Den Mann kenne ich," sagte Hans betroffen, als er von der Absperrung aus einen Blick auf den Toten warf. „Das ist der Fonse, Alfons Kronwinkler, ein korrekter, fast pedantischer Polizist mit Leib und Seele. War der noch nicht in Rente? Der dürfte doch schon über 60 Jahre alt sein?"

Leo griff nach der Brieftasche, die ihm ein Kollege der Spurensicherung überreichte.

„Er war 62 Jahre alt, stand also kurz vor der Rente. Weißt du, ob er Familie hat?"

„Meines Wissens nach nicht, aber ich kann mich auch täuschen."

Ein Mann machte mit deutlichen Handzeichen auf sich aufmerksam.

„Das ist der Zeuge, der die Polizei gerufen hat. Fragen wir ihn, er kennt den Toten bestimmt."

Leo und Viktoria stellten sich vor und zeigten ihre Ausweise, aber der Mann winkte nur ab. Er wusste längst, mit wem er es zu tun hatte, vorhin hatte er einfach einen der Polizisten in Uniform gefragt.

„Ich bin der Nachbar vom Fonse, mein Name ist Kurt Stummer." Beide hörten den deutlich bayrischen Akzent des 65-jährigen Mannes, der hier im dicken Bademantel über dem Pyjama und Gummistiefel vor ihnen stand und bemüht war, hochdeutsch zu sprechen.

„Was haben Sie gehört oder gesehen Herr Stummer?"

„Na Schreie habe ich gehört, so als wenn sich jemand streitet, natürlich bin ich sofort ans Fenster und habe nachgesehen. Ich konnte wegen der Dunkelheit nur zwei Personen erkennen, einer lag in der Einfahrt und ein anderer Mann stand daneben. Ich habe sofort das Fenster geöffnet und laut gerufen, aber dann ist der Mann auf und davon. Dort ist er entlanggelaufen. Der andere lag immer noch in der Einfahrt und rührte sich nicht. Dann habe ich zuerst die Polizei gerufen, habe meinen Mut zusammengenommen und habe nachgesehen, wer da am Boden liegt. Sie können sich nicht vorstellen, wie erschrocken ich war, als ich erkannt habe, dass der Mann auf dem Boden der Fonse war. Ich habe sofort gesehen, dass er tot war. Wir sind schon sehr lange Nachbarn, fast eine Ewigkeit. Der arme Fonse! Wer tut denn so etwas?" Der Mann redete beinahe ohne Punkt und Komma, er stand unter Schock.

„Konnten Sie den Täter erkennen? Kleidung, Größe, Statur?"

„Nein, tut mir leid, ich hatte meine Brille nicht auf und bevor ich einen Blödsinn von mir gebe, halte ich lieber den Mund. Der Mann war normal groß und dunkel gekleidet – aber das hilft Ihnen ganz sicher nicht weiter. Es war einfach zu dunkel und es ging alles viel zu schnell."

„Sind Sie sicher, dass es sich um einen Mann handelte?"

Herr Stummer fuhr sich nervös übers lichte Haupthaar.

„Wenn Sie mich so fragen, könnte es natürlich auch eine Frau gewesen sein. Aber Frauen tun doch so was nicht."

„Hat Ihr Nachbar Kronwinkler Familie?"

„Aber nein, der wohnte allein in dem großen Haus. Der Fonse war mit Leib und Seele Polizist und hatte keine Zeit für eine Familie, obwohl er mit diesem riesigen Haus eine gute Partie gewesen wäre und es ihm an Verehrerinnen nicht mangelte. Wissen Sie, wir haben hier einige Witwen in der Nachbarschaft, die sich Hoffnungen gemacht haben. Er bekam Kuchen, Essenseinladungen – er wurde regelrecht umschwärmt. Aber der Fonse hatte kein Interesse an den Witwen, obwohl einige durchaus fesch sind. Aber wie gesagt, hatte der Fonse kein Interesse an einer Frau, er hat immer nur gearbeitet, auch in seiner Freizeit. Er hatte mächtig Bammel vor der Rente. Der wollte nicht in Rente und hat immer wieder darum gebeten, dass er noch ein paar Jährchen dranhängen kann. Aber die Vorgesetzten waren da erbarmungslos und haben seine Eingaben alle abgeschmettert. Er hatte nur noch ein paar Wochen. Und jetzt das." Leo ging zu einem Sanitäter und bat ihn, sich um den Nachbarn Stummer zu kümmern, der immer noch redete und sich kaum beruhigen konnte.

HOLZPERLENSPIEL

Leo und Viktoria verschafften sich mit Hilfe des Hausschlüssels, den ihnen Fuchs nur widerwillig überließ, Zutritt zu dem schmucken Einfamilienhaus. Fuchs hatte ausdrücklich und laut darum gebeten, nichts ohne Handschuhe anzufassen und ihnen beiden Schutzanzüge sowie Schutzüberzüge für ihre Straßenschuhe überreicht, die sie nun anzogen. Sie verstanden zwar nicht, warum Fuchs sich so aufspielte, denn das Haus war schließlich nicht der Tatort und es gab nicht den geringsten Hinweis, dass der Täter im Haus war. Was war nur heute mit Fuchs los? Sie wollten keinen Streit mit ihm und fügten sich.

Viktoria und Leo sahen sich in dem Haus um, während Hans und Werner die immer zahlreicheren Passanten befragten und sich dann schließlich auf dem restlichen Grundstück, in der Garage und im Wagen umsahen.

So sauber und ordentlich wie von außen, war das Haus auch von innen. Die Möbel waren allesamt sehr geschmackvoll und sehr gepflegt.

Leo öffnete den Kühlschrank der modernen Einbauküche.

„Alles nur vom Feinsten: Champagner, Lachs, verschiedene Käsekreationen und so weiter – nicht schlecht."

Viktorias Handy klingelte, es war Hans.

„Fuchs sagt, du hast Kronwinklers Schlüsselbund?"

„Hab ich."

„Sieh mal nach, ob da ein Safe-Schlüssel dabei ist."

„Ja, hier ist einer, der könnte zu einem Safe gehören."

„Ich komme zur Haustür."

Viktoria wusste nicht, worauf Hans hinauswollte, ging aber zur Haustür, wo sie ihm den betreffenden Schlüssel übergab.

„In der Garage haben wir einen Safe gefunden."

Viktoria wartete an der Haustür und gab in ihrem hellen Schutzanzug und den Plastiküberzügen an den Füßen ein furchterregendes Bild ab. Alle Passanten blickten nur noch auf sie. Endlich kam Hans aus der Garage, hielt mit einem Grinsen eine Waffe in der Hand und gab ihr mit dem Daumen ein Zeichen.

„Danke Hans," sagte Viktoria erleichtert, der die Vorstellung überhaupt nicht gefiel, dass da draußen ein Mörder mit einer Dienstwaffe herumlief – zumindest davon blieben sie verschont.

Kronwinkler hatte ein riesiges, komplett ausgestattetes Büro, das sie nun zusammen mit Leo betrat.

„Alles vom Feinsten, schau dir allein den Computer und den Bildschirm an. Davon können wir nur träumen." Leo nahm sich die Schubladen des Holzschreibtisches vor, die alle sehr ordentlich waren.

Viktoria stand vor dem riesigen Regal mit den vielen Aktenordnern.

„Kronwinkler hat offenbar privat sehr viel recherchiert, und dabei meine ich nicht Parksünder und Ruhestörer. Hier sind viele Ordner voll von verbotenen Internet-Seiten, die er alle angezeigt hat."

Auch Leo nahm sich nun Ordner aus dem Regal und schüttelte den Kopf.

„Das ist ja unglaublich, um was sich Kronwinkler in seiner Freizeit gekümmert hat. Der war wirklich mit Leib und Seele Polizist, da hat der Nachbar nicht übertrieben."

„Lass uns gehen! Fuchs soll sich das Haus vornehmen und er soll alle Ordner mitnehmen. Hier können wir nichts mehr tun. Wir haben jetzt eine andere Aufgabe vor uns. Wir haben einen Termin im Landratsamt."

Geschlossen fuhren die Beamten der Mordkommission ins Landratsamt Altötting, in dem das Jugendamt untergebracht war. Schon von Weitem sah Viktoria den Chef zusammen mit der ungeliebten Frau Dr. Weidinger.

„Was macht die denn hier? Warum ist sie nicht in München bei ihrer Familie? Hat die jemand eingeladen? Das ist reine Ermittlungsarbeit und dabei hat sie nichts zu suchen. Sie soll sich gefälligst ihrer Arbeit widmen und irgendwelche Täterprofile erstellen," sagte Viktoria genervt.

„Jetzt sei doch nicht ungerecht! Wir können wirklich jede Hilfe gebrauchen. Ich verstehe nicht, was du gegen die Frau hast. Sie ist sehr freundlich und zuvorkommend, darüber hinaus sehr klug. Reiß dich doch ein bisschen zusammen, deine Antipathie ist echt peinlich."

„Ich bin dir also peinlich?" schrie Viktoria nun beinahe und Leo bereute seine Bemerkung sofort. Aber jetzt war für eine Auseinandersetzung keine Zeit, sie hatten einen riesigen Berg Arbeit vor sich. Er hörte den Ausführungen seiner Viktoria nicht mehr zu, stieg aus und begrüßte den Chef und Frau Dr. Weidinger. Nun verstummte endlich auch Viktoria – was war nur los mit ihr?

Viktoria unterrichtete Krohmer und Dr. Weidinger über den neuen Mordfall und die dort ebenfalls aufgefundene Holzperle, was beide sehr schockierte.

„Du großer Gott!" rief Krohmer viel zu laut, denn um diese Uhrzeit am Samstag früh schliefen viele der Anwohner bestimmt noch. „Schon wieder ein Opfer? Hört denn das gar nicht mehr auf? Um wen handelt es sich?"

„Um einen Altöttinger Kollegen, Alfons Kronwinkler, 62 Jahre. Er wurde vor seinem Haus mit einem Stein erschlagen."

„Der Fonse? Das gibt es doch nicht!"

„Sie kennen den Mann"?

„Natürlich, und zwar schon seit einer gefühlten Ewigkeit. Bis vor einigen Jahren war er bei der Mühldorfer Polizei, bis er nach Altötting versetzt wurde, was für ihn auch wegen seinem dortigen Wohnsitz praktischer war. Der Fonse war immer korrekt und überall beliebt, weil er sich immer an das Gesetz hielt und auch außerhalb seines Dienstes für alle Bürger stets ansprechbar war," sagte Krohmer erschüttert. Was war nur los? Selbst dieser gesetzestreue Mann ist Teil des Mordringes um diese verdammten Holzperlen. Was wollte der Mörder damit zum Ausdruck bringen? Welche Information wollte er mitteilen? Oder wollte er überhaupt nichts mitteilen und war nur ein verrückter Spinner, der sich einen Spaß daraus machte, die Polizei zum Narren zu halten?

„Kronwinkler hatte in seiner Freizeit offenbar sehr viel recherchiert, die Unterlagen werden von Fuchs ins Präsidium gebracht. Jetzt sehen wir uns erst die Unterlagen hier im Jugendamt an und dann die des Altöttinger Kollegen. Und ich bin mir sicher, dass wir auf eine Gemeinsamkeit stoßen, die uns zum Täter führt," versuchte Leo die momentane Situation zu beschwichtigen, denn Krohmer war kurz davor, die Fassung zu verlieren und beide Frauen standen hilflos an seiner Seite.

„Schwartz hat Recht, fangen wir endlich an!" rief Krohmer. Wie verzwickt der Fall auch war, Krohmer hatte endgültig genug und war fest entschlossen, diesem irrsinnigen Treiben endlich ein Ende zu setzen.

Frau Dr. Weidinger sagte nichts dazu, denn die Blicke, die ihr Frau Untermaier zuwarf, verhießen nichts Gutes. Sie war hier nicht gerne gesehen und sie entschied, auf die Empfindlichkeiten dieser Frau nicht zu reagieren. Sie schloss sich den Kollegen Hiebler und Grössert an und vermied so eine weitere Auseinandersetzung mit der Kommissarin, die heute besonders schlecht gelaunt zu sein schien. Was hatte diese Frau Untermaier nur gegen sie?

Krohmer hatte es sich nicht nehmen lassen, den Durchsuchungsbeschluss persönlich vorbeizubringen – und nach den neuesten Informationen war es selbstverständlich, dass er sich an der Aktion hier beteiligte. Bezüglich des Beschlusses musste er im Büro vorbei, wo er auf Frau Dr. Weidinger stieß, die im Eingangsbereich saß und wartete. Krohmer war überrascht, denn er ging davon aus, dass sie übers Wochenende nach Hause fuhr.

„Ich bin Teil des Teams und es versteht sich von selbst, dass ich mich an dieser Aktion im Landratsamt beteilige. Allerdings komme ich mir schon etwas ausgegrenzt vor, denn ich sitze hier wie bestellt und nicht abgeholt. Ich befürchte, dass mich die Kollegen vergessen oder übersehen haben." Natürlich klang nicht nur Enttäuschung, sondern auch Ärger in ihrer Stimme mit, obwohl sie sich betont freundlich gab. Hatten sie die Kollegen tatsächlich vergessen? Sogar absichtlich? Nein, das konnte nicht sein und Krohmer nahm sich vor, das während der nächsten Besprechung zu klären. Er beschloss, nicht weiter darauf einzugehen.

„Sehr schön, vielen Dank für Ihren Einsatz. Ich muss nur noch schnell in mein Büro und dann kann es sofort losgehen." Obwohl Frau Dr. Weidinger für diese Arbeit eigentlich nicht zuständig war, konnte Krohmer nicht anders und stimmte schließlich zu, sonst hätte es so ausgesehen, als wäre sie nicht erwünscht – was ja auch zumindest von seiner Seite aus und auch von Seiten der Kollegin Untermaier der Fall war, die offensichtlich ähnlich dachte wie er. Nur war er weitaus diplomatischer und konnte seine wahren Gefühle und Gedanken besser verbergen. Er musste später unbedingt mit Frau Untermaier sprechen und sie zur Räson bringen, denn sie vergiftete zunehmend das Klima unter den Kollegen, was er nicht länger dulden konnte.

Auch jetzt hier vor dem Landratsamt zog Frau Untermaier ein Gesicht wie zehn Tage Regenwetter. So ging das nicht weiter! Der Hausmeister des Landratsamtes traf nun genervt ein und sperrte die erforderlichen Türen auf. Krohmer bedankte sich überschwänglich bei dem Mann.

„Sie können von mir aus gerne wieder nach Hause gehen. Wenn wir hier fertig sind, melden wir uns bei Ihnen, dann können Sie alles wieder absperren."

„Aber ich habe die Anweisung, vor Ort zu bleiben und ein Auge auf die Polizisten zu werfen," sagte der Mann unsicher. Krohmer winkte mit einem aufgesetzten Lächeln ab.

„Gehen Sie nach Hause zu Ihrer Familie, Sie haben sich Ihr Wochenende verdient. Ich verspreche Ihnen, dass wir nichts kaputt machen und alles sauber und ordentlich hinterlassen. Sie werden sehen, dass man nicht merkt, dass die Kripo hier war."

Endlich ging der Mann und die Polizisten konnten in Ruhe arbeiten. Erfahrungsgemäß war es nervig, wenn Ihren fortwährend jemand über die Schulter sah und immer wieder Fragen stellte.

Die Durchsuchung zog sich beinahe den ganzen Tag über hin, denn die Fälle wurden erst ab 1989 computermäßig erfasst und deshalb mussten die Fälle davor mühsam aus dem Archiv in dicken Ordnern herangeschafft und dann von Hand durchgesehen werden. Für Beamte, die seit vielen Jahren nur noch Computerarbeit gewohnt waren, war das doch sehr mühsam und umständlich.

Im Laufe des Tages verschlechterte sich die Stimmung mehr und mehr, denn sie fanden nicht den geringsten Hinweis auf eine Gemeinsamkeit zwischen den drei Mordfällen. Die Beamten waren erschrocken über die vielen Schicksale, die die Unterlagen hergaben und konnten nicht glauben, welche Familientragödien sich teilweise hier in und um Altötting abgespielt hatten.

„Dass da mal einer durchdreht, ist absolut nachvollziehbar," sagte Leo kopfschüttelnd. Das, was er hier las und auf Fotos sah, würde ihm bestimmt viele schlaflose Nächte bereiten. Den anderen ging es ähnlich.

Alle hatten sich Notizen über die Fälle gemacht, in denen die Polizei und das Kapuzinerkloster auftauchten. Irgendwann stöhnte Viktoria genervt auf.

„Die alle zu überprüfen wird eine Ewigkeit dauern," maulte sie. Sie blickte sich um. Alle hatten die selbe Arbeit wie sie und beschwerten sich nicht. Sie nahm sich vor, sich zusammenzureißen, schließlich saßen sie alle in einem Boot. Draußen auf dem Flur stand ein Kaffeeautomat und sie holte Kaffee für alle, was allgemein großen Anklang fand. Sie brauchten alle dringend eine Pause und Leo orderte für alle Pizza, die nach einer halben Stunde geliefert wurde. Schnell wurde der große Raum von dem Duft verschiedener Gewürze und Geschmacksrichtungen gefüllt und alle genossen die Pause, bevor sie sich wieder an die Arbeit machten. Erst am späten Abend waren sie fertig und Krohmer konnte endlich den erlösenden Anruf beim Hausmeister des Landratsamtes tätigen, dem bei der Sache heute nicht wohl war, denn eigentlich sollte er anwesend sein. Zusammen mit Krohmer ging er alle Räume durch und tatsächlich deutete nichts auf eine Durchsuchung hin. Der

Hausmeister konnte aufatmen. Lediglich die Fenster musste er öffnen und kräftig lüften, denn in den betreffenden Räumen roch es fürchterlich nach Kaffee und Pizza.

Vor dem Landratsamt versammelten sich die Beamten und warteten auf Krohmer, der sich nochmals herzlich bei dem Hausmeister bedankte.

„Von Fuchs habe ich die Info bekommen, dass die Unterlagen von Kronwinkler in unser Büro gebracht wurden. Wir sehen uns morgen die Unterlagen durch. Leider fällt damit das komplette Wochenende ins Wasser. Hat jemand Probleme damit?"

Natürlich war niemand begeistert davon, aber Viktoria war sich sicher, dass sie sich auf die Kollegen verlassen konnte. Auch Krohmer stimmte zu. Er war nun schon mal so weit eingearbeitet, dass er für den direkten Vergleich der Kronwinkler-Unterlagen eine große Hilfe sein würde. Niemand fragte Frau Dr. Weidinger – aus verschiedenen Gründen. Krohmer fand es unverschämt, ihr auch noch den Sonntag zu verderben, Viktoria mochte sie sowieso nicht – und den anderen war es egal. Sie waren einfach zu müde und wollten nur noch nach Hause. Für die Profilerin war es selbstverständlich, dass sie ebenfalls dabei war. Sie konnte nichts mehr sagen, denn einige Fälle, die sie gelesen hatte, machten sie sprachlos und sie war völlig erschöpft. Sie wollte nur noch in ihr Hotelzimmer, eine heiße Dusche nehmen und ihren Mann anrufen. Sie fuhr mit Hans, der sie vor ihrem Hotel absetzte. Beide sprachen nur wenig, auch Hans war vollkommen fix und fertig. Der wenige Schlaf, der Mord an einem ihm bekannten Polizisten und die vielen Schicksale, über die er lesen musste, verlangten ihm einiges ab.

„Was ist eigentlich mit dir los Vicki? Warum bist du zu Frau Dr. Weidinger so biestig? Man könnte glatt meinen, dass du eifersüchtig bist," sagte Leo, während er den Wagen vor Tante Gerdas Hof parkte.

„Ich und eifersüchtig? Niemals, das vergiss mal ganz schnell! Ich finde, dass diese Frau nicht zu uns passt und zweifle an ihrer Arbeit. Das darf doch wohl erlaubt sein!" empörte sie sich viel zu laut und stieg aus. „Außerdem ist sie keine Ermittlungsbeamtin, sie hatte schlichtweg im Landratsamt nichts zu suchen. Ich mische mich doch auch nicht in ihre Arbeit ein." Viktoria war müde und brauchte nach den ganzen Akten und deren schrecklichen Inhalten eine heiße Dusche. Sie wollte zumindest versuchen, sich den ganzen Dreck abzuwaschen.

Leo musste schmunzeln, denn an der Reaktion seiner Freundin war er sich sicher, dass er voll ins Schwarze getroffen hatte. Sie war eifersüchtig! Aber auf was? Und warum? Für ihn war Viktoria einfach nur perfekt und sie brauchte sich hinter niemandem verstecken. Versteh einer die Frauen!

Frau Dr. Weidinger zog die Schuhe aus, legte sich aufs Bett und rief ihren Mann an. Sie redete sich den Frust von der Seele, berichtete ihm von den vielen Schicksalen, über die sie heute lesen musste.

„Wenn man so viel Schlechtes liest, begreift man erst, wie gut es einem geht. Morgen werde ich helfen, die Aktenordner des neuen Mordopfers durchzusehen."

„Das heißt, dass du noch in Mühldorf bleibst? Obwohl wir dich sehr vermissen, verstehe ich dich. Ich hätte auch nicht anders gehandelt." Herr Weidinger verstand seine Frau sofort. Die Umstände verlangten es, dass sie sich jetzt nicht zurückzog, sondern weiterhin beharrlich mit den Mühldorfer Kollegen zusammenarbeitete. Seine Frau war nun mal ehrgeizig und musste als Frau weit mehr leisten als ihre männlichen Kollegen. Ihm ging es ähnlich. Schließlich war er als Hausmann und Vater zweier Kinder überall ein Exot, trotz der vielen scheinbar modern eingestellten Menschen, die zwar in ihren Äußerungen längst im 21. Jahrhundert angekommen waren, aber in ihrem Denken und Handeln noch lange nicht. Überall wurde er schräg angesehen und musste sich die eine oder andere abfällige Bemerkung gefallen lassen. Nicht selten fielen dabei Faulenzer, Schlappschwanz, und ähnlich nette Betitelungen, die ihm natürlich niemand direkt ins Gesicht sagte, sondern nur hinter seinem Rücken fielen. Sebastian Weidinger war Berufssoldat gewesen, bevor er Vater wurde, und das auch noch von Zwillingen. Die Kinder kamen viel zu früh und bei einem der Jungs blieb das nicht ohne Folgen, seine Wirbelsäule war beschädigt und er wird sein Leben lang auf den Rollstuhl angewiesen sein. Es stand von Anfang an fest, dass besonders Julius eine Rundumpflege benötigte, die er sehr gerne übernahm. Seine Frau war mit seinem Vorschlag, zuhause zu bleiben und sich um alles zu kümmern, sofort einverstanden. Sie war nicht nur die Intelligentere von beiden, was er ohne Umschweife zugab, sondern hatte auch noch den besseren Job –

und damit auch ein wesentlich besseres Einkommen. Sie kam dazu noch aus sehr reichem Haus, was das Leben deutlich vereinfachte, denn das Haus in München gehörte ihnen, finanziell standen sie sehr gut da. Er liebte Kinder über alles, machte jeden Blödsinn mit und ging in seiner Arbeit komplett auf. Sie führten ein glückliches Leben und waren beide sehr stolz auf ihre Jungs, die sich prächtig entwickelten – wenn diese ständigen negativen Einflüsse von außen nicht wären, die sich immer wieder in ihr Leben einschlichen. Aber sie kämpften und zogen an einem Strang. Etwas, was bei vielen Paaren nicht der Fall war.

„Dann wünsche ich dir viel Glück in der Arbeit. Und lass dich von dieser Beißzange Untermaier und diesem Krohmer nicht unterbuttern. Du hast schon viel härtere Fälle von dir überzeugen können. Das schaffst du auch in Mühldorf." Sebastian Weidinger machte seiner Frau Mut und musste sie aufbauen, denn sie war niedergeschlagen und frustriert. Sie hatte Glück mit ihrem Mann, der auch ihretwegen seine Karriere aufgab und ihr den Rücken freihielt. Ohne ihn könnte sie ihren Beruf niemals meistern. Ihr Mann war ihr Fels in der Brandung. Er war ruhig und geduldig, obwohl er durch seine Erscheinung oft angsteinflößend war und vielleicht auch deshalb so viele dumme Sprüche kamen, die sie auswendig kannte. In ihrem Freundeskreis, der früher fast ausschließlich aus Kindern aus wohlhabenden Familien bestand, stieß ihre Wahl auf Unverständnis. Ihr Mann wurde aufgrund seiner Herkunft und seines Berufes nicht anerkannt. Er wurde belächelt und hinter seinem Rücken wurden Witze über ihn gerissen, vor allem wegen seinen vielen Tätowierungen, auf die er sehr stolz war. Optisch passten sie nicht zusammen, aber sie ergänzten sich und jeder war stolz auf den anderen, obwohl sie da, wo sie gemeinsam auftraten, belächelt wurden. Aber sie ließen sich nie von anderen beeinflussen. Beider Eltern standen von Anfang an hinter ihnen und das war das Wichtigste für beide. Längst hatten sie sich von den alten Freunden getrennt und sich einen neuen Freundeskreis aufgebaut, der nur aus sehr wenigen, dafür aber aus zuverlässigen, ehrlichen Menschen bestand. Sebastian war ein Riese mit über zwei Metern und sehr durchtrainiert. Er hatte bei der Bundeswehr nicht nur eine Nahkampfausbildung absolviert, sondern war auch mehrfach in seinen Schießkünsten ausgezeichnet worden. Annemarie Weidinger war sich sicher, dass ihre Jungs bei ihm in den besten Händen waren!

„Vielen Dank Basti und ich verspreche dir, dass wir die Zeit nachholen."

Frau Dr. Weidinger fühlte sich nach dem Gespräch mit ihrem Mann beschwingt und nahm eine heiße Dusche. Sie würde den Mühldorfer Beamten schon zeigen, was in ihr steckte. Schließlich war sie nicht auf den Kopf gefallen und verstand einiges von ihrem Job!

Pünktlich um 8.00 Uhr trafen die Beamten im Präsidium in Mühldorf ein und staunten nicht schlecht, dass auch Frau Dr. Weidinger anwesend war. Leo und Werner freuten sich sehr und begrüßten die Frau freundlich. Auch Hans war nach den letzten Tagen immer mehr von der Frau angetan und genoss die Zusammenarbeit mit ihr, während Krohmer und Viktoria sich mit ihrer Begeisterung zurückhielten, aber zumindest Krohmer freute sich über ihr Engagement. Sie machten sich umgehend an die Arbeit, denn mitten im Büro standen mehrere Kisten Aktenordner aus dem Kronwinkler-Haus, die es nun galt, zu durchforsten. Werner Grössert nahm sich den Laptop von Kronwinkler vor.

„Das glaube ich jetzt nicht," rief Leo in die Stille und tippte auf seiner Computer-Tastatur. „Tatsächlich, Kronwinkler hat Recht. Hört mal her. Wenn man in einer Suchmaschine eingibt: Pornofilme kostenlos – oder auch: Sexfilme kostenlos, dann öffnen sich hunderte von Anbietern ohne Probleme – und das gilt nicht nur für die Filme, sondern auch für Erotikfotos. Wo bitte bleibt denn da der Kinder- und Jugendschutz? Kronwinkler hat mehrere Beschwerden und Anzeigen hierüber an die Staatsanwaltschaft geschickt. Ich habe den ganzen Ordner voller Fälle, die in diese Richtung gehen."

„Die habe ich auch," rief Hans Hiebler angewidert, als er sich ebenfalls auf seinem Rechner von diesen Seiten überzeugte. „Das ist doch eine Sauerei! Wofür haben wir denn diese Gesetze, wenn sich niemand daran hält? Jedes Kind und jeder Spinner kommt da problemlos dran."

„Moment mal," rief nun Krohmer aufgebracht, „hier ist ein Ordner voll mit Anzeigen wegen illegaler Kinderpornografie im Netz! Das ist ja widerlich! Zumindest waren hier viele von Kronwinklers Anzeigen erfolgreich, denn nur kurze Zeit später wurden die Seiten gelöscht."

„Im Gegenzug zu den Pornoseiten, die gibt es immer noch und nur wenige konnten erfolgreich gelöscht und die Anbieter strafrechtlich verfolgt werden."

„Das ist doch der blanke Wahnsinn! Ich habe hier einige Anzeigen, die sich auf verschiedene Seiten im Netz beziehen, die Bauanleitungen für Bomben betreffen. Es gibt sogar Seiten, die Anleitungen dafür geben, wie man Flüssigkeiten unbemerkt an den Kontrollen vorbei ins Flugzeug schmuggelt. Spinne ich? Das ist doch ein wahres Paradies für jede Art von Idioten! Gibt es denn niemand, der sich um diese verbotenen Seiten im Internet kümmert?" Auch Viktoria war fassungslos, was im Netz alles möglich war.

„Wenn ich etwas dazu sagen darf," sagte Frau Dr. Weidinger. „Vor einigen Monaten gab es in Frankfurt eine Informations-Veranstaltung über dieses Thema. Die Polizei ist mit der Flut dieser Internet-Seiten maßlos überfordert. Es fehlt nicht nur das Personal an sich, sondern hauptsächlich fehlt es an findigen Computer-Spezialisten, über die die Polizei in dem erforderlichen Maß leider nicht verfügt. Die Computer-Spezialisten werden von der Wirtschaft meist erfolgreich abgeworben, da dort weitaus mehr zu verdienen ist. Es fehlen schlichtweg die Mittel für die Bekämpfung der Internet-Kriminalität, die der Bund nicht genehmigt. Vielmehr werden im Gegenteil Stellen abgebaut. Sie können mir da bestimmt zustimmen Herr Krohmer." Rudolf Krohmer nickte. Er hatte zwar nicht mit Personalstreichungen zu tun, vielmehr wurde ihm angefordertes zusätzliches Personal nicht genehmigt, obwohl sie dringend Verstärkung brauchten.

„Frau Dr. Weidinger hat absolut Recht. Ich habe erst kürzlich eine Information bezüglich der Internet-Kriminalität bekommen. Die Server vieler dieser Seiten befinden sich im Ausland, meist so verzweigt, dass sie nur sehr schwer auffindbar sind. Und wenn man sie doch aufspürt, arbeiten die dortigen Behörden nicht mit der deutschen Polizei zusammen. Kommt man den Betreibern zu nahe, tauchen die einfach unter. Bisher konnte die Polizei nur wenige Betreiber dieser Seiten dingfest machen. Die Polizei ist da einfach machtlos, das ist ein Fass ohne Boden. Wir bräuchten viel mehr Computer-Spezialisten, die auch aufgrund der schlechten Bezahlung nicht gerne zur Polizei gehen."

„Und unser Kronwinkler hat sich in seiner Freizeit darum gekümmert; ihm gehört dafür ein Orden verliehen."

„Suchen wir weiter, denn so leid es mir tut, geht es nicht um diese verbotenen Internet-Seiten. Wir haben drei Morde aufzuklären."

Für alle war klar, dass sie sich ranhalten mussten, an Feierabend war noch lange nicht zu denken. Krohmers Frau brachte am Nachmittag belegte Brote und Kuchen, was erfreut und gerne angenommen wurde. Frau Krohmer unterhielt sich angeregt mit Frau Dr. Weidinger, die sie nur aus den Erzählungen ihres Mannes kannte. Jetzt konnte sie sich ein persönliches Bild von der Frau machen – Filli Krohmer zog ihren Mann zur Seite.

„Ich weiß nicht, was du willst Rudi. Die Frau ist doch sehr charmant und klug. Außerdem ist sie sehr hübsch und darüber hinaus sehr fleißig. Sie hätte auch zuhause bleiben können. Aber stattdessen ist sie hier und hilft, das ist doch mehr als anständig. Sie kann doch nichts dafür, dass sie euch aufgezwängt wurde. Jetzt gib dir einen Ruck und geh mit ihr zum Essen, dann kannst du sie besser kennenlernen. Es ist auch deine Aufgabe, sie ins Team zu integrieren, denn sie wird zumindest von Frau Untermaier übertrieben gemieden."

Rudolf Krohmer sah sich genötigt, mit der Profilerin Dr. Weidinger Essen zu gehen. Seine Frau hatte Recht, das war schon lange fällig. Sie war nicht für Ermittlungsarbeit in Mühldorf und nachdem er bislang nicht besonders freundlich zu der Frau war, lud er sie auch auf Drängen seiner Frau ein. Frau Dr. Weidinger war überrascht, aber auch dankbar für diese nette Geste, denn sie konnte sich bislang mit Rudolf Krohmer noch nicht austauschen. Und sie hatte bemerkt, dass er ihrer Arbeit gegenüber skeptisch war – vielleicht konnte sie ihn von ihrer Arbeit überzeugen. Filli Krohmer ging wieder nach Hause, wo ihr Enkel Mason auf sie wartete. Da ihr Mann heute Abend nicht zum Essen zu Hause sein würde, konnten die beiden zu einer Fastfood-Kette gehen, was ihr Enkel wie alle Kinder sehr liebte!

„Ich habe was gefunden," rief Hans laut. „Kronwinkler hat sich für Internetseiten interessiert, bei denen Betroffene sich über verschiedene Selbsttötungen austauschen. Die User benutzen zwar Phantasienamen, aber offenbar ist eine der Personen aus Altötting und hat aus seiner Kindheit erzählt. Kronwinkler hat recherchiert und dabei hat er sich für ganz spezielle Pflegeeltern interessiert, die für das Jugendamt Altötting als Pflegeeltern gearbeitet hatten. Es handelt sich um das Ehepaar Franz und Berta Schustereder, wohnhaft in Altötting, Bärenstraße 12. Den Hinweis aufs Jugendamt, die Namen und Adresse hat er handschriftlich auf dem Ausdruck vermerkt."

„Moment," rief Grössert und tippte auf seiner Computer-Tastatur. „Beide Personen sind bereits verstorben, Franz Schustereder starb vor einem knappen halben Jahr, seine Frau Berta vor zwei Wochen."

„Warum hat sich Kronwinkler für dieses Ehepaar interessiert?"

„Keine Ahnung. Unter seinen handschriftlichen Notizen hat er noch drei Namen notiert: Michael Bauer, Philipp Graumann und Tobias Marchl."

„Augenblick," sagte Viktoria und blätterte in ihrem Notizbuch. „Das sind Namen von Pflegekindern, die an eine Familie Schustereder übergeben wurden."

Jetzt wurde es hektisch und alle suchten die Fälle der Kinder aus den Unterlagen des Jugendamtes, die die Beamten auf einen USB-Stick gespeichert hatten.

„Alle diese Fälle wurden von Xaver Fischer bearbeitet. Wir haben also die Verbindung zwischen den beiden Opfern Fischer und Kronwinkler. Wie passt da jetzt dieser Bruder Benedikt rein? Ich sehe nirgends seinen Namen oder den Hinweis auf die Kapuziner."

„Keine Sorge, das kriegen wir raus. Los Leute, an die Arbeit!" Viktoria war euphorisch. Endlich hatten sie etwas in der Hand, mit dem sie arbeiten konnten. Sie dachte überhaupt nicht daran, Krohmer oder diese Profilerin zu informieren, denn das hier war reine Ermittlungsarbeit und die brauchte sie nicht absegnen zu lassen. Die beiden waren beim Essen und sie wollte sie nicht stören. Oder wollte sie einfach nur in Ruhe ihre Arbeit machen? Egal, jetzt galt es, die drei Kinder ausfindig zu machen und zu befragen, außerdem mussten sie das Umfeld des Ehepaares Schustereder durchleuchten.

„Ihr beide versucht, diese Pflegekinder ausfindig zu machen, ich fahre mit Leo zum Haus der Schustereders."

Wegen der Adresse hatten sie angenommen, dass sich das Haus mitten in einem Wohngebiet befinden würde und staunten nicht schlecht, als sie vor dem alleinstehenden Haus in der Bärenstraße 12 außerhalb Altöttings standen.

„Ganz schön abgelegen und ziemlich heruntergekommen. Das war auf jeden Fall früher ein Bauernhof." Leo betrat das Grundstück und suchte nach einer Möglichkeit, in das Haus zu gelangen. Aus dem Zentralregister wusste er, dass hier niemand gemeldet war und deshalb hebelte er kurzerhand die Hintertür auf.

„Bist du verrückt geworden? Wir haben keinen Durchsuchungsbeschluss. Das, was du hier machst, ist strafbar. Was, wenn uns jemand sieht?"

„Wer soll uns denn in dieser gottverlassenen Gegend sehen? Außerdem war die Tür offen, ich schwöre," grinste Leo und betrat das Haus. Es roch muffig und die Möbel waren allesamt abgenutzt und alt. Natürlich war ihm Viktoria gefolgt, denn die Neugier siegte über ihre Vorbehalte. Im Erdgeschoss befanden sich Küche, Wohn- und Esszimmer, in der oberen Etage war das Schlafzimmer des Ehepaars Schustereder, das noch sehr bewohnt aussah, denn Berta Schustereder lebte hier noch bis vor gut zwei Wochen. Neben dem Schlafzimmer befanden sich das Bad und zwei Kinderzimmer, die zwar einfach, aber zweckmäßig eingerichtet waren. Leo ging nochmals hektisch alle Zimmer ab, denn es fehlte etwas Entscheidendes: Unterlagen, Briefe, Fotos – alles, was irgendwie einen persönlichen Bezug zu den Bewohnern zeigte! Er bemerkte die Luke in der Decke der oberen Etage, die von einer riesigen, verstaubten Kunstpflanze beinahe verdeckt war – der Dachboden. Leo zog an der Luke und ihm kam eine Staubwolke entgegen, die ihn aber nicht davon abhielt, die Leiter herunterzuziehen und hinaufzuklettern. Neben der Luke befand sich ein Lichtschalter, den er vergeblich betätigte. Die Glühbirne in der kleinen Lampe hatte den Geist aufgegeben. Leo ging ins Bad, drehte dort aus der Deckenlampe, die er in dem niedrigen Raum mühelos aus dem Stand erreichen konnte, die Glühbirne raus und hatte nun Licht auf dem Dachboden. Er sah sich um und verschaffte sich einen Überblick: alte Möbel, Matratzen, Schlitten, Töpfe, ein Schrank mit alter Kleidung und zwei alte Koffer. Er öffnete sie und fand im ersten Koffer Schulhefte, Bücher und Zeugnisse, im zweiten Koffer waren Briefe, Glückwunschkarten und Fotoalben. Leo schnappte sich beide Koffer und trug sie nach unten ins Esszimmer.

„Persönliche Briefe und Glückwunschkarten," murmelte Viktoria, bevor sie sich die Fotoalben vornahm. Leo interessierte sich für die Zeugnisse, die leider nicht vollständig waren, einige Jahrgänge fehlten.

„Sieh an, einige Zeugnisse wurden von einer katholischen Schule in der Neuöttingerstraße ausgestellt. Eine erste Verbindung zu den Kapuzinern, denen diese Schule gehört. Offenbar waren zumindest zwei der Kinder in dieser Schule, wenn auch nicht lange."

„Sieh dir das an Leo, ein Schulfoto. Der dort hinten, ist das nicht der alte Bruder Benedikt?"

Auf dem Klassenfoto lachten 14 Kinder neben einem Kapuzinermönch in die Kamera, der ganz eindeutig Bruder Benedikt in jüngeren Jahren war.

„Dann nichts wie hin zu Bruder Benedikt," sagte Viktoria und klemmte sich das Fotoalbum unter den Arm. Leo nahm kurzerhand beide Koffer mit.

„Am heutigen Sonntag und um diese unchristliche Zeit wollen Sie Bruder Benedikt besuchen?" Bruder Andreas war erschrocken über den erneuten Besuch der Kriminalpolizei, die ganz schön viel Unruhe in den Alltag der Kapuziner gebracht hatte.

„Und zwar so schnell wie möglich," sagte Leo bestimmt, worauf Bruder Andreas sofort die Pforte öffnete.

Die Beamten fanden endlich das Zimmer von Bruder Benedikt, nachdem sie sich mehrfach verlaufen hatten. Sie klopften und traten ohne Aufforderung ein. Bruder Benedikt lag im Bett und schlief, aber darauf konnten die Beamten jetzt keine Rücksicht nehmen. Sie weckten ihn. Der alte Mann war sehr schwach. Es schien ihm tatsächlich schlechter zu gehen als bei ihrem letzten Besuch. Trotzdem mussten sie ihm Fragen stellen, es ging nicht anders. Es klopfte zaghaft und Bruder Siegmund trat aufgeregt und vollkommen außer Atem ins Zimmer.

„Lassen Sie den Mann bitte in Ruhe, Sie sehen doch, dass es ihm nicht gut geht. Seit gestern hat er nichts mehr gegessen und das Sprechen fällt ihm sehr schwer. Wir befürchten, dass es mit ihm zu Ende geht," flüsterte er den Beamten zu.

„Wir müssen mit ihm sprechen. Wir haben zwischenzeitlich drei Morde aufzuklären und der Mörder läuft immer noch da draußen rum."

Bruder Benedikt machte auf sich aufmerksam, worauf Bruder Siegmund ihm half, sich etwas aufzurichten.

„Wir haben hier ein Foto, das Sie sich ansehen sollten," sagte Leo und hielt ihm das Foto und die Lupe hin. Bruder Benedikt nickte und lächelte. Er war bemüht zu sprechen, aber Leo hielt ihn zurück.

„Sagen Sie nichts. Ich stelle Ihnen Fragen und sie zwinkern bei JA mit den Augen und bei NEIN machen Sie einfach nichts. Sie haben mich verstanden?"

Bruder Benedikt senkte langsam die Augenlider – er hatte ihn verstanden.

„Das hier auf dem Foto sind Sie mit einer Schulklasse?"

Er senkte die Augenlider.

„Ich nenne Ihnen jetzt Namen von drei Pflegekindern. Wenn das fragliche Kind auf dem Foto ist, blinzeln Sie bitte. „Michael Bauer" – kein Blinzeln. „Philipp Graumann." Jetzt blinzelte Bruder Benedikt deutlich. „Tobias Marchl". Wieder ein deutliches Blinzeln. „Also sind auf diesem Foto Philipp Graumann und Tobias Marchl." Bruder Benedikt senkte mehrfach die Augenlider und schien nun vollkommen erschöpft. Trotzdem hatte Leo noch zwei Fragen.

„Kennen Sie einen Xaver Fischer? Er war Leiter des Jugendamtes in Altötting."

Wieder senkten sich die Augenlider.

„Und ein Polizist mit dem Namen Kronwinkler?"

Wieder blinzelte Bruder Benedikt. Das war für beide Beamten unglaublich, alle kannten sich! Der Kapuziner-Mönch röchelte und Bruder Siegmund gab ihm einen Schluck zu trinken. Bruder Benedikt hatte Probleme mit dem Trinken. Er musste husten.

„Sie haben Ihre Antworten, jetzt lassen Sie den Mann bitte in Ruhe," schritt der kleine Bruder Siegmund energisch ein. Natürlich hätten die Beamten noch sehr viel mehr Fragen an den alten Mann gehabt, aber sie sahen ein, dass sie damit den Mann vollkommen überfordern würden.

„Vielen Dank, Sie haben uns sehr geholfen." Leo und Viktoria warfen noch einen Blick auf Bruder Benedikt und spürten, dass es das letzte Mal sein würde, dass sie ihn lebend sehen. Sie konnten es in seinen Augen sehen, die sich sehr verändert hatten.

Vor dem Kapuzinerkloster zündete sich Viktoria eine Zigarette an. Das mit Bruder Benedikt ging nicht spurlos an ihr vorbei. Auch Leo musste tief durchatmen. Auch für ihn war das nicht leicht gewesen, von dem sterbenden Mann die Informationen quasi herauszuquetschen und ihn dadurch noch zu belasten, aber er konnte nicht anders, er brauchte diese Informationen. Wer sonst hätte darüber Auskunft geben können? Hier standen die beiden Beamten nun zwischen all dem hektischen Treiben auf dem Kapellplatz an dem wunderschönen Herbsttag, der nochmals tausende von Wallfahrer hierher führte, während dort oben im Zimmer ein Mann starb, der sein ganzes Leben dem Wohl der Menschheit gewidmet hatte; wobei er in ständiger Armut gelebt hatte. Leo beneidete den Mann, der offenbar genau wusste, was richtig für ihn war und für den es selbstverständlich war, sein eigenes Leben für andere zu geben. Für ihn käme das nicht in Frage, denn er wollte mehr vom Leben und sich nicht fremdbestimmen lassen.

„Denk nicht länger darüber nach," sagte Viktoria, hakte ihn unter und zog ihn mit sich. Sie konnte tatsächlich beinahe seine Gedanken lesen. „Wir wären beide für so ein Leben nicht geschaffen, dafür sind wir zu selbständig und auch zu egoistisch. Wir haben beide unseren eigenen Kopf und außerdem lassen wir uns nur ungern etwas vorschreiben!"

Als die beiden am späten Abend das Polizeipräsidium Mühldorf betraten, kamen ihnen Hans und Werner entgegen.

„Gut dass ihr da seid. Wir haben die Adressen der drei Pflegekinder ausfindig gemacht. Michael Bauer lebt in Mühldorf, Philipp Graumann und Tobias Marchl leben beide in Altötting. Hier sind die Adressen."

„Ich schlage vor, dass ihr beide Michael Bauer übernehmt und dann Feierabend macht. Aber gebt kurz Bescheid, was bei der Befragung rausgekommen ist."

Viktoria wollte die beiden anderen selbst übernehmen, natürlich zusammen mit Leo, der selbst darauf brannte, sich mit den Personen zu unterhalten. Hans und Werner sahen müde aus. Sie hatten gute Arbeit geleistet und sie wollte ihnen heute nicht mehr zumuten. Besonders wegen Werner und seiner schwangeren Frau hatte sie sowieso schon ein schlechtes Gewissen, aber der Fall verlangte nun mal einiges von ihnen allen ab, da konnte sie keine Ausnahme machen.

Hans und Werner fuhren zu der Mühldorfer Adresse, die ein sozialer Brennpunkt in Mühldorf war. Heruntergekommene Häuser aus den 50er-Jahren, die schon seit vielen Jahren nicht mehr renoviert wurden. Früher waren das begehrte Wohnungen für kinderreiche Familien, die einen sehr guten Ruf genossen, aber das war lange vorbei. Heute war das günstiger Wohnraum, der keinen großen Komfort bot – und daher hauptsächlich von der untersten Gesellschaftsschicht angemietet wurde. In der Gegend lag überall Müll und irgendwo lief immer laute Musik – und regelmäßig wurde die Polizei aus den verschiedensten Gründen dorthin gerufen oder hatte hier Razzien und Einsätze. Hans und Werner hatten ein mulmiges Gefühl, als sie vor dem Haus der Nummer 3 parkten. Instinktiv griff Hans nach seiner Waffe um zu kontrollieren, dass sie an ihrem Platz war.

Werner dachte an viele Einsätze zu Beginn seiner Karriere, die ihn oft hierhergeführt hatten und die er in schlechter Erinnerung hatte. Einmal mussten sie ein 13-jähriges Mädchen aus völlig verwahrlosten Verhältnissen hier festnehmen, die damals unter Verdacht stand, Drogen auf den Mühldorfer Schulhöfen zu verkaufen, was sich leider als wahr herausstellte. Auch Werner kontrollierte mit Griff an seine Hüfte, dass seine Waffe ebenfalls griffbereit war. Sie stiegen aus und sofort schlug ihnen ein unangenehmer Geruch in die Nase, der von einem Feuerfass zu ihnen herüberwehte, um das mehrere Männer mit Bierflaschen in den Händen standen und sie nicht zu beachten schienen. Aber sie wussten genau, dass die Männer sie sofort als Polizisten erkannt hatten und sie nun nicht mehr aus den Augen lassen würden.

Sie fanden die Wohnungstür von Michael Bauer im Erdgeschoss und klingelten an der Tür, die mit Aufklebern übersät war.

„Ja?" Es öffnete ein Mann Ende dreißig in Unterhemd und Jogginghose.

„Kripo Mühldorf. Mein Name ist Hiebler, das ist mein Kollege Grössert. Wir suchen einen Herrn Michael Bauer."

„Das bin ich. Polizei? Habe ich etwas angestellt?"

„Nein, keine Sorge. Wir haben nur ein paar Fragen, es dauert auch nicht lange."

„Ich helfe der Polizei gerne, kommen Sie doch rein."

Natürlich rochen beide die strenge Alkoholfahne des Mannes, der sich betont freundlich gab – beinahe zu freundlich, was die Polizisten sofort misstrauisch machte. Michael Bauer bot den beiden in der kleinen Wohnküche an dem schmutzigen Tisch Platz an.

„Kaffee?"

„Nein danke, sehr freundlich, aber wir wollen Sie nicht lange aufhalten und ich schlage vor, dass wir gleich zu unserem Anliegen kommen. Sie waren Pflegekind bei Franz und Berta Schustereder?"

„Das ist richtig. Ich wurde damals aus meiner leiblichen Familie vom Jugendamt abgeholt und zu den Schustereders gebracht, damals war ich 8 Jahre alt. Das war keine schöne Zeit, das können Sie mir glauben. Außer mir waren noch zwei andere Pflegekinder dort untergebracht. Wir mussten schwer arbeiten und wenn der Franz getrunken hatte, konnte er ganz schön fies werden. Vor allem Philipp und Tobias hatten sehr unter Franz zu leiden. Sie waren beide älter, waren frech, rebellisch und gaben immer Widerworte, was Franz überhaupt nicht ausstehen konnte. Wenn es besonders schlimm wurde, gab es Hiebe mit dem Ledergürtel, nichts zu essen oder das stundenlange Stehen im Garten, das hatte Franz besonders geliebt."

„Wie muss ich mir das vorstellen?"

„Wir mussten oft bis in die Nacht einfach nur auf einem Fleck stehen und durften uns nicht bewegen – und das bei Wind und Wetter. Besonders bei Regen oder im Winter war das sehr schlimm. Ich habe das zum Glück nur ein paar Mal mitmachen müssen, ich kann bis heute Dunkelheit und Kälte nicht ertragen. Ich war ein bisschen geschickter als Philipp und Tobias, war angepasster. Ich sprach zuhause kaum ein Wort und verhielt mich ruhig, wenn Franz wieder einen seiner Ausraster hatte, was leider sehr oft vorkam. Nein, das war wirklich keine schöne Zeit gewesen. Aber das ist lange her – warum interessiert sie das?"

„Kennen Sie einen Bruder Benedikt von den Kapuzinern?"

„Nein, ich kenne keinen dieser Kuttenpuper persönlich," Bauer lachte über seinen Witz, wobei seine schlechten Zähne sichtbar wurden. „Aber Philipp und Tobias gingen bei den Kuttenträgern zur Schule, allerdings nur wenige Jahre, weil einer dieser Klosterbrüder sich erlaubt hat, uns zuhause zu besuchen und mit Franz und Berta zu sprechen, was beiden nicht geschmeckt hat. Meine Pflegeeltern mochten keinen Besuch zuhause. Wir durften auch keine Spielkameraden mitbringen. Franz ist damals nach dem Besuch des Klosterbruders vollkommen ausgeflippt und hat die beiden Jungs dann aus deren Schule genommen. Aber ob dieser Klosterbruder Benedikt hieß, kann ich Ihnen nicht sagen."

„Xaver Fischer – was sagt Ihnen der Name?"

Michael Bauer überlegte und schüttelte den Kopf.

„Irgendwie kommt mir der Name bekannt vor, aber Fischers gibt es schließlich wie Sand am Meer. Ich kann mich auch täuschen. Wer ist der Mann?"

„Er arbeitete beim Jugendamt Altötting und war auch für Ihren Fall zuständig."

„Tut mir leid, sagt mir nichts. Ich hatte auch nie persönlich mit dem Jugendamt zu tun. Ein einziges Mal habe ich mitbekommen, dass jemand vom Jugendamt zur Kontrolle zu den Schustereders kam, aber ob das dieser Fischer war? Keine Ahnung."

„Alfons Kronwinkler? Was ist mit dem Namen?"

„Der Polizist?" Hans nickte überrascht. „Den Fonse kenne ich, den kennt hier jeder. Der hatte hier früher oft zu tun, aber ich habe ihn lange nicht gesehen. Ich habe gehört, er wurde nach Altötting versetzt und ist hier in Mühldorf nicht mehr zuständig. Ein korrekter Bulle, entschuldigen Sie, ich meine natürlich Polizist. Was ist mit dem Fonse?"

„Wo waren sie am Mittwochmorgen gegen 5.00 Uhr?"

„Wo soll ich zu der Uhrzeit schon gewesen sein? Hier natürlich. Wie an jedem anderen Tag auch."

„Auch gestern Nacht?"

Michael Bauer nickte nur.

„Und am Donnerstag früh gegen 7.00 Uhr?"

„Auch da war ich zuhause, wie an jedem anderen Scheißtag auch. Was wollen Sie eigentlich von mir?" Michael Bauer wurde unruhig und immer gereizter. Ihm gefiel nicht, dass er gleich mehrfach Alibis zu brauchen schien.

In dem Moment kam eine Frau in die Küche.

„Entschuldigung, ich wollte nicht stören," flüsterte sie und wollte wieder gehen.

„Gabi? Gabi Karner?" sagte Hans Hiebler überrascht.

„Sie kennen meine Frau? Woher?" Michael Bauer war nun nicht mehr ganz so freundlich wie vorher, was Hans nicht interessierte, denn er war erschrocken, wie Gabi aussah: sie hatte ein blaues Auge und an den Armen versuchte sie, die blauen Flecken zu verstecken, denn sie zog ständig die viel zu kurzen Ärmel nach unten.

Gabi war früher vorlaut, frech und lebenslustig. Von all dem konnte er jetzt nichts mehr erkennen. Sie sah auf den Boden und war vollkommen eingeschüchtert: es lag auf der Hand, dass Michael Bauer seine Frau Gabi schlug!

Hans Hiebler stand auf und zog Gabi mit sich ins angrenzende Wohnzimmer. Natürlich war Michael Bauer aufgesprungen und wollte das verhindern, aber Werner Grössert versperrte ihm den Weg und zwang ihn, wieder Platz zu nehmen. Auch Werner waren die deutlichen Spuren an der Frau aufgefallen und am liebsten hätte er sich diesen Michael Bauer zur Brust genommen. Aber sie waren hier wegen einer Befragung in mehreren Mordfällen und nicht wegen häuslicher Gewalt, die nicht mal angezeigt war.

Hans stand Gabi im Wohnzimmer direkt gegenüber und konnte nun noch mehr Spuren der Misshandlung erkennen. Es tat ihm in der Seele weh, die junge Frau so zu sehen.

„Du weißt, wer ich bin? Hans, Hans Hiebler."

„Klar habe ich dich erkannt, es ist lange her."

„Ja das stimmt. Was ist nur aus dir geworden?" Statt einer Antwort fing sie an zu weinen und Hans nahm sie in seine Arme. Sie weinte bitterlich und beruhigte sich nur langsam.

„Du musst gehen, Micha wird sonst wütend," sagte sie beinahe panisch, als sie sich ihrer Lage bewusst wurde.

„Ganz ruhig. Mein Kollege ist bei ihm und momentan bist du in Sicherheit. Der Typ schlägt dich? Leugnen ist zwecklos, ich bin ja nicht blind." Sie nick-

te und blickte immer wieder zur Wohnzimmertür.
„Warum zum Teufel lässt du dir das gefallen?"

„Er ist nicht immer so. Micha hat es nicht leicht, er kommt beruflich nicht voran, er findet einfach keine Arbeit. Er versucht es immer wieder, aber was er auch macht, überall wird er gemobbt und schließlich immer entlassen. Aber es ist nie seine Schuld. Auch der zuständige Sachbearbeiter beim Arbeitsamt mag ihn nicht und schikaniert Micha, wo er nur kann."

„Auch wenn ich das bezweifle, rechtfertigt das noch lange nicht, dass dich dein Mann verprügelt. Wenn du möchtest, kannst du sofort mit mir kommen. Ich bringe dich an einen sicheren Ort, wo er dich nicht finden und dir nichts mehr tun kann."

Sie schüttelte sofort den Kopf.

„Nein, ich kann ihn nicht allein lassen, er hat doch außer mir niemanden auf der Welt und ohne mich kann er nicht leben. Er bringt sich um, wenn ich ihn verlasse."

„Das hat er gesagt? O Mädchen, lass dich doch nicht für dumm verkaufen. Dein Mann bringt sich niemals um, dafür ist er viel zu feige. Glaub mir, ich kenne diese Typen, die quatschen nur Blödsinn, damit sie nicht allein sind und jemanden haben, den sie drangsalieren können. Aber ich möchte dich nicht bedrängen. Hier ist meine Karte – und wenn du so weit bist, dass du von hier weg möchtest, ruf mich an. Ich bin immer für dich da und helfe dir, rund um Uhr."

Ungläubig sah sie Hans an. Es war lange her, dass sich jemand um sie kümmerte und ihr Hilfe anbot.

Mit ihrer Familie hatte sie längst keinen Kontakt mehr. Sie mochten ihren Mann nicht und waren mit ihrem Leben nicht einverstanden. Aber sie kam von ihrem Micha nicht los. Was würde aus ihm werden? Und vor allem, was sollte sie ohne ihn machen? Sie hatte nichts gelernt und keinen Job. Dazu hatte sie mit allen Personen aus ihrem früheren Leben längst gebrochen. Sie war nun völlig allein und hatte nur ihren Micha.

Hans ging wieder in die Küche und setzte sich. Am liebsten hätte er sich diesen Typen vorgenommen, denn mit diesem Handtuch würde er leicht fertig werden. Aber er musste sich jetzt zusammenreißen und gute Miene zum bösen Spiel machen, sonst hätte Gabi später darunter zu leiden.

„Und? Welche Märchen hat Ihnen meine Gabi erzählt? Glauben Sie ihr kein Wort, sie ist geistig nicht ganz fit und außerdem sehr schusselig. Überall verletzt sie sich, bleibt ständig hängen." Die Augen von Michael Bauer wanderten hektisch zwischen den Kriminalbeamten hin und her. Glaubten sie ihm? Was hatte Gabi erzählt?

„Ihre Frau hat Ihre Angaben zu ihren Alibis bestätigt."

„Hat sie das? Braves Mädchen! Ich kann mich immer auf meine Gabi verlassen." Die Erleichterung war ihm anzusehen, trotzdem war er noch misstrauisch. „Woher kennen Sie meine Frau?"

„Kennen ist wirklich zu viel gesagt. Ich war vor einer Ewigkeit mit ihrem großen Bruder befreundet, mit ihr selbst hatte ich nie zu tun, sie war ja damals noch ein sehr kleines Mädchen und es war uncool, sich mit kleinen Mädchen abzugeben."

„Ja, das kenne ich. In meiner Kindheit war das ähnlich." Michael Bauer war nun beschwichtigt und schien keinen Verdacht zu schöpfen.

„Dann bedanken wir uns bei Ihnen für Ihre Kooperation. Es war sehr freundlich, dass Sie sich für uns Zeit genommen haben. Diese Routinefragen sind nun mal Vorschrift, da kommen wir nicht drum herum."

Hans musste sich beherrschen und sich zwingen, sehr ruhig und freundlich zu klingen. Er durfte diesen Typen keinesfalls gegen seine Frau aufbringen. Er musste so schnell wie möglich von hier fort, denn er wusste nicht, wie lange er sich noch zurückhalten konnte.

Im Wagen musste er tief durchatmen und schlug wütend aufs Lenkrad.

„Du hast dich echt zusammengerissen, ich hätte das an deiner Stelle nicht gekonnt. Dieser Bauer ist ein richtiges Arschloch. Ich kann es nicht ausstehen, wenn Frauen geschlagen werden."

„Mich zusammen zu reißen hat mich ganz schön Überwindung gekostet, das kannst du mir glauben. Am liebsten hätte ich dem Typ eine in die Fresse gehauen. Du hättest die kleine, süße Gabi früher erleben sollen. Sie war wunderschön und sehr lustig. Jetzt ist sie nur noch ein Wrack. Aber der Typ hat sie so vollgesülzt und ihr eingeredet, dass er sich etwas antut, wenn sie ihn verlässt. Ich könnte echt kotzen.

Aber was soll ich machen? Solange sie nicht von alleine hier weg möchte, kann ich ihr nicht helfen."

Hans fuhr seinen Kollegen nach Hause und wartete noch im Wagen. Sollte er nochmal umdrehen und sich nicht doch diesen Michael Bauer vornehmen? Nein, das durfte er nicht. Selbstjustiz duldete der Chef nicht. Nicht auszudenken, wenn das rauskommen würde. Außerdem war Gabi noch nicht so weit. Vielleicht kam sie irgendwann zur Vernunft und würde sich bei ihm melden.

Viktoria und Leo fuhren zuerst zu Tobias Marchl, der in einem schmucken Einfamilienhaus wohnte.

„Sie wünschen?" Der gepflegte Mann sah die beiden misstrauisch an.

„Viktoria Untermaier, Kripo Mühldorf – das ist mein Kollege Schwartz." Sie zeigten ihre Ausweise, die Tobias Marchl interessiert ansah. „Tobias Marchl?"

„Ja, der bin ich. Was wollen Sie von mir?"

„Wir müssen Ihnen einige Fragen stellen. Dürfen wir reinkommen?"

„Heute am Sonntagabend? Das muss ja enorm wichtig sein. Meinetwegen kommen Sie rein, aber ziehen Sie sich die Schuhe aus, ich habe im ganzen Haus helle Böden und keine Lust, hinter Ihnen aufzuwischen. Ich gehe voraus."

Leo war nicht scharf darauf, seine Stiefel auszuziehen, aber Viktoria warf ihm einen strengen Blick zu, denn schließlich waren sie hier zu Gast und mussten sich den Anweisungen fügen. Sie folgten Tobias

Marchl in das helle Wohnzimmer mit den Designermöbeln und setzten sich auf die helle Couchgarnitur.

„Sie wuchsen bei Pflegeeltern auf?" begann Viktoria mit ihrer Befragung.

„Was geht das denn die Polizei an? Das ist Privatsache und ich habe kein Interesse daran, Ihnen über mein früheres Leben irgendwelche Fragen zu beantworten."

„Dann werden wir Sie vorladen müssen und die Befragung führen wir auf dem Präsidium in Mühldorf weiter. Ganz, wie Sie wünschen," sagte Leo, der diesen Marchl auf Anhieb nicht mochte.

„Aha, so sieht das also aus, Sie üben Druck auf mich aus. Aber gut, ich bin kein Beamter und muss mein Geld hart verdienen. Ich kann nicht einfach so der Arbeit fern bleiben. Ich beuge mich und beantworte Ihre Fragen, allerdings unter Protest, das nehmen Sie bitte ins Protokoll auf. - Ja, ich wuchs bei Pflegeeltern auf, beim Ehepaar Schustereder in der Bärenstraße 12 hier in Altötting."

Viktoria bekam einen Anruf von Hans, der ihr in kurzen Worten das schilderte, was Michael Bauer ausgesagt hatte und dass er für die fraglichen Tatzeiten kein Alibi hatte. Tobias Marchl war von der Unterbrechung genervt und sah demonstrativ auf seine teure Armbanduhr.

„Entschuldigen Sie bitte," sagte Viktoria und steckte ihr Handy wieder in die Jackentasche. „Wie ich eben gehört habe, war Ihre Zeit beim Ehepaar Schustereder nicht leicht, vor allem Sie und Philipp Graumann sollen sehr unter Franz Schustereder gelitten haben?"

„Sie haben sich diesbezüglich informiert? Das überrascht mich jetzt wirklich, denn während der Zeit, die ich bei den Schustereders verbringen musste, hat sich niemand für mich interessiert. Ich und die anderen Kinder wurde dort untergebracht und von da an waren wir unsichtbar für die Behörden und für alle Menschen, mit denen wir zu tun hatten," sagte Tobias Marchl vorwurfsvoll. „Warum jetzt das plötzliche Interesse? Aber gut, ich schweife ab. Nein, meine Zeit bei den Schustereders war fürchterlich und ich wünsche keinem Kind solche Pflegeeltern. Es ist mir heute noch ein Rätsel, wie solche Leute zu Pflegekindern kommen. Aber ich verstehe nicht, was Sie eigentlich von mir wollen? Wie ich in der Zeitung gelesen habe, ist nach Franz nun auch die Berta tot - Moment, Sie meinen, Bertas Tod war kein natürlicher Tod und jetzt verdächtigen Sie mich?"

„Nein, darum geht es nicht. Ich würde vorschlagen, wir machen einfach weiter. Sie kennen einen Bruder Benedikt?"

„Den kenne ich von meiner kurzen Zeit an der katholischen Schule in Altötting. Er war immer freundlich und hat mir und Philipp bei den Hausaufgaben geholfen. Philipp hat ihm vertraut und ihn von den Misshandlungen erzählt. Daraufhin war er mal bei uns zuhause und wollte sich mit unseren Pflegeeltern unterhalten. Aber meine lieben Pflegeeltern haben ihn vollgesülzt und der Schuss ging nach hinten los. Philipp hat damals ganz schön was abgekriegt. Kurz darauf mussten wir die Schule verlassen. Franz hat nicht gepasst, dass wir dort scheinbar Lügen über ihn verbreitet haben. Dieses Arschloch hat alles verdreht und schließlich uns für seine Fehler bestraft. Typisch!"

„Und Xaver Fischer?"

„Das ist der Typ vom Jugendamt, der mich an die Pflegeeltern ausgeliefert hat. Ich hatte nur wenig mit ihm zu tun, aber der hat seine Arbeit nicht richtig gemacht."

„Hat er nicht?"

„Nein. Die anderen zwei waren schon bei den Schustereders. Ich kam als letzter dazu. Ich habe schnell gelernt, dass diese Familie kein Paradies war, so musste die Hölle aussehen. Wir mussten ständig arbeiten, auch vor der Schule, wodurch wir natürlich todmüde am Unterricht teilnehmen mussten. Ist Ihnen bekannt, dass die Familie Schustereder Landwirtschaft besaß? Als ich als Kind dort war, mussten die Felder bestellt und die Tiere versorgt werden, die in dem Stall nebenan untergebracht waren. Erst viele Jahre später wurde die Landwirtschaft aufgegeben, der Stall abgerissen und die Felder wurden verpachtet; das war kurz nachdem der letzte von uns weg ist, das war der Philipp. Vielleicht haben die Schustereders damals erst erkannt, dass sie ohne unsere Hilfe die Arbeit alleine nicht bewältigen können. Neben der ganzen Arbeit durften wir quasi nichts und wurden für alles Mögliche bestraft. Gut, ich gebe zu, dass ich meinen Mund nicht halten konnte und Franz auch provoziert habe. Trotzdem darf man Kinder nicht verprügeln, nicht so. " Tobias Marchl stand auf, holte eine Karaffe Wasser, drei Gläser und schenkte ein. „Philipp und ich haben uns eines Nachts auf die Suche nach unseren Unterlagen gemacht und haben sie schließlich versteckt gefunden. Mit denen sind wir dann zum Jugendamt und wollten unseren Sachbearbeiter Fischer sprechen. Wir waren tatsächlich so naiv zu glauben, dass jetzt alles gut werden würde und Fischer dafür sorgt, dass wir in eine andere Pflegefamilie kommen und die Schustereders bestraft werden, wenn er erst einmal hört, wie es dort tatsächlich zugeht. Aber wir wurden am Empfang abgewimmelt. Fischer wollte nicht mit uns sprechen. Dann haben wir einen spontanen Plan gefasst: wir wollten abhauen, einfach weg und irgendwo neu anfangen. Da war ich gerade mal 11 Jahre alt. Was soll ich sagen? Die Polizei hat uns aufgegriffen und schnurstracks zu den Schustereders zurückgebracht. Was uns da erwartet hat, können Sie sich in ihren schlimmsten Träumen nicht vorstellen. Wenn ich von Prügel spreche, ist das stark untertrieben. Ich habe heute noch eine Narbe, die mich immer wieder daran erinnert." Tobias Marchl war verbittert und Viktoria musste ihre Tränen zurückhalten. Auch Leo hatte zu Schlucken und bekam eine Stinkwut. Wie konnte man nur mit hilflosen Kindern so umgehen? Trotzdem mussten sie weiter ihre Fragen stellen.

„Alfons Kronwinkler – was fällt Ihnen dazu ein?"
„Nichts, der Name sagt mir nichts."
Leo zeigte ihm ein Foto des Polizisten.

„Ich bin mir nicht sicher, aber er könnte einer der Polizisten sein, der uns damals am Bahnhof aufgegriffen und zu den Schustereders zurückgebracht hat. Philipp hat die beiden Polizisten während der ganzen Fahrt angefleht, ein Auge zuzudrücken und uns laufen zu lassen. Er hat versucht zu erklären, wie wir misshandelt werden, aber die haben uns nicht angehört, sondern einfach nur ihre Arbeit gemacht. Denen war es scheißegal, wie es uns damals ging. Wissen Sie, wie es einem Kind geht, wenn einem niemand hilft? Wenn einem keiner glaubt? Ich kann bis heute keinem Menschen vertrauen, bin nicht fähig, eine Beziehung einzugehen. Ich ertrage keine Unordnung und keinen Dreck und bei jedem Geräusch schrecke ich zusammen. Diese Schustereders und das Jugendamt haben mein Leben zerstört."

Leo musste abermals schwer schlucken, denn er verstand den Mann nur zu gut, aber er hatte noch eine Person, nach der er den Mann fragen musste.

„Babette Silberstein," sagte er und sah Tobias Marchl an. Dieser verzog keine Miene.

„Wer soll das sein? Den Namen habe ich noch nie gehört."

Leo zeigte ein verschwommenes Bild einer Überwachungskamera.

„Frau Silberstein war Krankenschwester am hiesigen Krankenhaus."

„Die Frau sagt mir nichts." Inzwischen sprach Tobias Marchl offen und beinahe freundlich, aber das änderte sich schlagartig. Von einem auf den anderen Moment hatte er wieder diese Überheblichkeit aufgesetzt. „Haben Sie sonst noch irgendwelche Personen, nach denen Sie fragen müssen? Nicht? Dann würde ich vorschlagen, dass Sie mir endlich sagen, warum Sie hier sind und was das alles soll."

„Bruder Benedikt, Xaver Fischer und Alfons Kronwinkler wurden ermordet."

„Was den Tod von Fischer angeht, hält sich mein Bedauern in Grenzen. Aber ich habe nichts damit zu tun. Diese Frau kenne ich nicht. Und wegen Bruder Benedikt dachte ich, dass er längst tot ist."

Sie fragten nach seinen Alibis zu den Tatzeiten.

„Da habe ich aber mal richtig Glück gehabt, denn ich bin erst vor wenigen Stunden von einer Dienstreise zurückgekommen. Ich war in Berlin bei einem Kongress. Ich bin trotz meines holprigen Anfangs Zahntechniker geworden und habe mich selbständig gemacht. Ohne prahlen zu wollen kann ich behaupten, es zwischenzeitlich zu einigem Wohlstand gebracht zu haben. Eins habe ich bei meinen lieben Pflegeeltern gelernt: mich kriegt man nicht so schnell klein, kämpfen und nicht aufzugeben habe ich von klein auf gelernt." Tobias Marchl stand auf und kramte in der Aktentasche, die im Flur stand. „Hier ist mein Flugticket und die Hotelrechnung. Ich hoffe, damit können Sie mich von der Liste der Verdächtigen streichen."

Sie gingen zur Tür.

„Eine Frage habe ich noch: haben Sie Kontakt zu ihren Pflegegeschwistern?"

„Nein und so soll es auch bleiben. Ich möchte nie wieder an früher erinnert werden, mit diesen Erinnerungen habe ich abgeschlossen. Eigentlich wollte ich mich nie wieder damit auseinandersetzen, aber Sie haben mich dazu gezwungen."

„Das tut uns sehr leid, aber wir müssen unsere Arbeit machen. Interessiert es Sie eigentlich nicht, was aus den anderen geworden ist?"

„Nein. Ich habe gelernt, mich um mich selbst zu kümmern und damit habe ich genug zu tun. Und jetzt gehen Sie bitte."

Viktoria sah auf ihre Armbanduhr. Es war viertel vor acht am Sonntagabend. Es war zwar eine unchristliche Zeit, trotzdem mussten sie Philipp Graumann aufsuchen, denn nach dem, was sie nun wussten, gehörte er zum engsten Kreis der Verdächtigen.

Beide schwiegen und dachten über das Gespräch mit Marchl nach. Das waren die Momente, in denen Leo seinen Beruf hasste, denn sie drangen viel zu tief in solche Geschichten ein, die ihn anwiderten. Es war beinahe verständlich, dass sich Kinder als Erwachsene an denjenigen rächten, die ihnen Leid zugefügt und nicht geholfen hatten. Aber es ging nicht um Verständnis, sondern darum, dass hier drei Morde geschehen sind, und diese hatten sie aufzuklären.

Sie standen vor der verschlossenen Tür des Mehrfamilienhauses, sie klingelten, klopften und riefen. Die Tür der Nachbarwohnung wurde geöffnet.

„Was machen Sie denn für einen Lärm? Meine Fernsehsendung hat gerade angefangen und ich verstehe kein Wort, wenn Sie hier so einen Radau machen. Wenn Sie nicht augenblicklich damit aufhören, rufe ich die Polizei!" Die resolute alte Dame war sehr ungehalten.

„Wir sind die Polizei," sagte Viktoria.

„Das kann ja jeder behaupten, Ihre Ausweise bitte."

Sie zeigten ihre Ausweise, die die alte Dame sehr genau prüfte und sie ihnen dann wieder zurückgab.

„Mein Josef, Gott hab ihn selig, war früher bei der Bahn und daher weiß ich, dass man sich als Beamter immer ausweisen muss. Was um Himmels Willen sucht die Polizei hier am späten Sonntagabend?"

„Wir suchen Ihren Nachbarn Philipp Graumann."

„Herr Graumann ist nicht hier. Er wollte eine Freundin besuchen und ist schon seit fast einer Woche weg. Was wollen Sie denn von ihm?"

„Wissen Sie, wo er sich aufhält?"

„Er hat es mir gesagt, aber ich habe es wieder vergessen. Das Alter, wissen Sie. Ich bin nun schon 92 Jahre alt und da darf man schon das eine oder andere vergessen."

„Wissen Sie, wo Herr Graumann arbeitet?"

„Das mit der Arbeit ist bei dem Mann ein Problem. Er fängt mal da an und dann wieder da, er bleibt nie lange bei einer Arbeit. Ich verstehe das nicht, früher war das anders. Da hat man noch für seinen Arbeitgeber gelebt und ist mit ihm alt geworden. Heute werden die Arbeitsstellen gewechselt wie die Unterwäsche."

„Kennen Sie irgendwelche Freunde von ihm? Hat er mit Nachbarn engeren Kontakt?"

„Nein, nicht dass ich wüsste. Herr Graumann ist sehr ruhig und lebt zurückgezogen. Ich habe ja das Gefühl, dass er mit niemandem etwas zu tun haben möchte, ein richtiger Einzelgänger. Jesses! Meine Fernsehsendung." Ohne ein weiteres Wort schloss die Frau die Tür und ließ die beiden Polizisten einfach stehen.

Sie klingelten noch bei den anderen Nachbarn, die fast das Gleiche aussagten: Graumann hielt sich offenbar mit Gelegenheitsarbeit über Wasser und war ein Einzelgänger.

„Feierabend?" fragte Viktoria, die sehr müde aussah.

„Noch nicht ganz. Machen wir noch einen Abstecher ins Krankenhaus Altötting."

„Du willst doch nicht etwa an die Krankenakten der Pflegekinder ran? Das gelingt dir niemals, nicht ohne richterlichen Beschluss." Viktoria hatte mit ihrer Vermutung genau ins Schwarze getroffen, sie kannte Leo sehr gut. Obwohl sie bereits ebenfalls daran gedacht hatte, hielt sie diese spontane Aktion für reine Zeitverschwendung. Sie hatten keinen richterlichen Beschluss für die Einsicht der Krankenakten und dafür lagen auch keine ausreichenden Hinweise vor. Das, was Leo jetzt vorhatte, war riskant und illegal – und würde auf jeden Fall Ärger mit sich bringen, denn sie kannte ihren Chef, er würde niemals diese Eigenmächtigkeit dulden. Aber sie war erschöpft und müde und wollte jetzt keine große Diskussion mit Leo, der sich sowieso nicht von seinem Vorhaben abbringen lassen würde. Genervt stöhnte sie auf, was Leo nicht kommentierte, denn er überlegte bereits krampfhaft, wie er an die Krankenakten rankam – sofern es überhaupt welche gab.

Im Krankenhaus herrschte auch um diese Zeit immer noch Hochbetrieb. Sie mussten ihren Wagen sehr weit weg parken, aber der kleine Spaziergang an der frischen Luft tat ihnen gut. Sie gingen zur Information und Leo trug mit Engelszungen sein Anliegen vor, wobei ihm Viktoria mit ihrem missmutigen Gesicht keine große Hilfe war. Die junge Frau am Empfang war mit Leos Anliegen vollkommen überfordert und sprach den nächstbesten Arzt an, der an ihr vorbeikam.

„Haben Sie einen richterlichen Beschluss? Irgendein amtliches Dokument?" Der Arzt war in Eile und Leo wusste sofort, dass er mit ihm nicht reden und ihn auch nicht überzeugen konnte. Er schüttelte den Kopf. „Dann tut es mir leid. Sie werden verstehen, dass wir nicht einfach so Krankenakten rausgeben können, auch nicht an die Polizei. Es besteht schließlich Schweigepflicht unsererseits, da könnten wir richtig Ärger bekommen. Es sei denn, Sie kommen mit einem entsprechenden Beschluss."

„Mir würde schon die Information reichen, dass überhaupt Krankenakten vorliegen," versuchte Leo nochmals sein Glück.

„Tut mir leid," schüttelte der Arzt den Kopf und war auch schon verschwunden.

„Das hätte ich dir gleich sagen können," maulte Viktoria.

Sie gingen zum Ausgang und Leo konnte sein Glück kaum fassen: war das dort hinten nicht Dr. Leichnahm? Der Arzt, mit dem er während des Falles mit den geschminkten Leichen in Altötting zu tun hatte?

„Dr. Leichnahm," rief er laut durch den ganzen Eingangsbereich und rannte auf ihn zu, wobei er die verblüffte Viktoria einfach stehen ließ. „Dr. Leichnahm."

Der Arzt blieb stehen und blickte sich um.

„Herr Schwartz? Sie sind es wirklich, das ist aber ein Zufall."

„Arbeiten Sie hier? Wollten Sie nicht eine Zusatzausbildung oder so etwas ähnlich machen, um hier in Deutschland als Pathologe arbeiten zu können?"

„Ich arbeite nicht hier, ich besuche meine ehemaligen Kollegen und möchte mich von ihnen verabschieden. Meine Zusatzausbildung ist abgeschlossen und ich fange in zwei Wochen in Ulm an, bei Dr. Christine Künstle."

Leo war überrascht, davon hatte Christine überhaupt nichts erzählt. Also hatte es seine Freundin und frühere Ulmer Kollegin Christine tatsächlich geschafft, Dr. Leichnahm für ihre dortige Pathologie zu gewinnen. Christine stand kurz vor der Rente und ihr eigentlicher Nachfolger war in ihren Augen ein vollkommener Idiot und für ihre Pathologie mehr als ungeeignet, diese zu übernehmen und in ihrem Sinne fortzuführen. Auch sie war während des damaligen Falles in Altötting gewesen und hatte Dr. Leichnahm kennen und auch schätzen gelernt. Nachdem sie seine Geschichte erfahren hatte und sich persönlich von seiner Arbeit überzeugen konnte, hatte sie ihn unter ihre Fittiche genommen und ihn fortan nicht mehr aus den Augen gelassen.

„Ich brauche Ihre Hilfe," zog er Dr. Leichnahm zur Seite. „Ich hätte gerne die Krankenakten von drei Patienten und habe keinen richterlichen Beschluss. Den zu bekommen dauert viel zu lange. Draußen läuft ein Serienmörder frei rum und wir müssen verhindern, dass noch weitere Morde passieren."

„Sie gehen wieder sehr direkte Wege, die meines Erachtens nach nicht legal sind," sagte Dr. Leichnahm mit einem tiefen Seufzer. Eigentlich wollte er so schnell wie möglich ablehnen, aber er schätzte nicht nur Leo Schwartz sehr, sondern vor allem Dr. Christine Künstle, der er sehr viel zu verdanken hatte und die mit Leo auch noch sehr gut befreundet war. Und auch die geschätzte Ulmer Kollegin ging mitunter sehr unkonventionelle Wege, um der Gerechtigkeit auf die Sprünge zu verhelfen. Er befand sich in einer Zwickmühle, denn er wollte das Arbeitsverhältnis mit Frau Dr. Künstle nicht schon vor seinem Antritt vergiften und war auch der Mühldorfer Polizei, vor allem Rudolf Krohmer, ebenfalls sehr zu Dank verpflichtet. Auf der anderen Seite war diese Aktion illegal und er mochte so etwas überhaupt nicht. Er war nicht besonders mutig.

„Nun geben Sie mir schon die Namen," stimmte Dr. Leichnahm schließlich zu.

Leo notierte die Namen der drei Pflegekinder auf einem Notizzettel.

„Und wenn Sie sich vielleicht bei der Gelegenheit nach einer früheren Krankenschwester erkundigen? Ihr Name ist Babette Silberstein."

Dr. Leichnahm steckte den Zettel ein, ohne einen Blick darauf zu werfen.

„Sie erwarten jetzt aber nicht von mir, dass ich die Personalakte dieser Krankenschwester besorge?" Dr. Leichnahm sah Leo ängstlich an.

„Aber nein. Hören Sie sich um, fragen Sie Ihre früheren Kollegen so ganz nebenbei nach der Frau. Ihr Name ist Babette Silberstein," wiederholte Leo.

„Ich habe den Namen verstanden. Warten Sie hier im Foyer," sagte er mit einem deutlichen österreichischen Akzent. „Ich werde sehen, was ich tun kann."

„Vielen Dank Dr. Leichnahm, Sie haben einen gut bei mir."

„Danken Sie mir nicht zu früh. Ich werde versuchen, an die Krankenakten ranzukommen und etwas über Babette Silberstein zu erfahren, aber versprechen kann ich nichts."

Leo ging zu Viktoria, die immer noch am Ausgang stand.

„Sag mir jetzt bitte nicht, dass du den armen Dr. Leichnahm angestiftet hast, illegal an die Krankenakten der Pflegekinder zu kommen."

„Doch, habe ich. Und ich bat ihn, Informationen über diese Krankenschwester Silberstein rauszukriegen. Er versucht sein Glück – lass uns so lange einen Kaffee trinken."

„Du bist echt Unverbesserlich," stöhnte sie mit einem leichten Seitenhieb, denn eigentlich war diese Idee genial. „Wenn Krohmer davon erfährt, reißt er dir den Kopf ab."

„Er muss es ja nicht erfahren."

Viktoria und Leo tranken mehrere Kaffees und setzten sich ins Foyer des Krankenhauses, das erst kürzlich renoviert worden war. Die Neugestaltung war sehr gut gelungen, trotzdem war für Leo alles neu und er hatte vorher nichts auszusetzen gehabt und befand die Renovierung als überflüssig. Leo tat sich mit Neuerungen generell sehr schwer und hielt gerne an Altem fest.

Nach und nach hatten sich die Menschenmengen gelichtet und außer den beiden Polizisten hielten sich nur noch wenige Personen hier im Eingangsbereich auf. Viktoria war eingeschlafen und Leo vertrat sich die Beine. Was macht dieser Dr. Leichnahm so lange? Es waren bereits über drei Stunden, dass sie hier auf ihn warteten. Es war schon weit nach 23.00 Uhr. Leo mahnte sich zur Geduld, was hier in dieser langweiligen Umgebung nicht sehr einfach war, denn auch er war hundemüde, hatte einen Bärenhunger und sehnte sich nach seiner gemütlichen Couch.

Leo bemerkte Dr. Richard Leichnahm erst, als er direkt vor ihm stand, denn er hatte sich neben seine Viktoria gesetzt und war ebenfalls fast eingeschlafen. Er erschrak und sah auf seine Uhr: 23.42 Uhr. Bevor er etwas sagen konnte, gab ihm Dr. Leichnahm ein Zeichen. Leo weckte Viktoria und sie folgten dem kleinen, dicken, glatzköpfigen, 39-jährigen Mann in dem dunkelblauen Anzug nach draußen.

„Wo wollen Sie denn hin? Bleiben Sie endlich stehen, hier kann uns niemand sehen," sagte Viktoria genervt, als sie über den dunklen Parkplatz gingen, der mittlerweile bis auf wenige Fahrzeuge völlig leer war. Dr. Leichnahm dachte nicht daran, stehen zu bleiben, denn noch konnte man ihn von jedem x-beliebigen Fenster des Krankenhauses beobachten. Und außerdem gab es auch hier Überwachungskameras. Endlich, ganz am Ende des Parkplatzes, blieb er stehen.

„Ich habe die Akten," flüsterte er außer Atem.

„Respekt." Leo war beeindruckt, denn er hatte nicht mehr damit gerechnet, dass es diesem ängstlichen Mann gelingen würde, an die Krankenakten ranzukommen. Er streckte die Hand aus.

„Doch nicht hier," sagte Dr. Leichnahm empört.

„Dann schlage ich vor, dass Sie in unseren Wagen steigen, der dort hinten parkt. Dort können Sie uns die Unterlagen übergeben und in aller Ruhe berichten, was Sie erfahren haben."

„Nein, so geht das nicht, das fällt doch auf."

Viktoria zog den ängstlichen Mann mit sich.

„Steigen Sie ein, wir fahren an einen sicheren Ort." Viktoria hatte keine Geduld mehr. Ihr Nacken tat weh und sie fror – außerdem hatte sie Hunger und Durst. Sie gab Leo ein Zeichen, ebenfalls einzusteigen. Sie startete den Wagen und fuhr los.

„Wo willst du hin?"

„Nachhause, wohin denn sonst? Auf dem Hof sind wir absolut sicher und niemand kann uns hören oder stören."

„Warum der Aufwand? Dr. Leichnahm kann uns doch auch hier im Wagen die Unterlagen geben."

„Du hast doch gehört, dass er das nicht will. Er hat die Unterlagen besorgt und wir spielen nach seinen Spielregeln. Außerdem ist mir kalt und ich habe Hunger. Ich bin nicht scharf darauf, nach der langen Warterei auch noch hier im kalten Wagen zu sitzen. Wir fahren nach Hause und damit basta."

Während der Fahrt sprachen sie kaum ein Wort, aber Dr. Leichnahm sah sich ständig um. Viktoria parkte den Wagen und sie gingen direkt in die Wohnung auf Tante Gerdas Hof. Die Gute schlief schon längst, auch der Hund Felix gab kein Laut von sich. Leo hatte den Hund bei seinem ersten Fall hier bei der Kripo Mühldorf aus verwahrlostem, erbärmlichem Zustand gerettet und er führte seitdem hier bei Tante Gerda ein sehr gutes Leben – fast zu gut, denn Felix war mittlerweile kugelrund und bewegte sich nur noch, wenn es unbedingt sein musste.

Tante Gerda hatte Wort gehalten und den Ofen eingeheizt. Es war kuschelig warm in ihrer Wohnung, was vor allem die durchgefrorene Viktoria sehr freute.

„Setzen Sie sich," sagte Leo, der Wein und etwas zu knabbern holte, während Viktoria im Bad verschwand und im Jogginganzug wieder erschien. Bevor sie sich zu den beiden Männern auf die Couch setzte, nahm sie aus dem Eisfach eine Packung mit Pizzabrötchen und schob sie in den Backofen. Schon nach wenigen Minuten strömte ein verführerischer Duft nach Pizza durch den Raum.

„Nun geben Sie die Akten schon her," sagte Leo.

„Erst möchte ich anmerken, dass diese Aktion nicht leicht war, denn immer wieder war ich kurz davor, ertappt zu werden. Ich zittere jetzt noch am ganzen Leib. Ich bin für so etwas einfach nicht geschaffen. Bitte merken Sie sich das für die Zukunft. Von den drei Namen, die Sie mir aufgeschrieben haben, habe ich Akten von zwei Kindern gefunden – bitte sehr."

Leo und Viktoria griffen zu. Tobias Marchl wurde wegen einer Mandelentzündung behandelt.

„Das war zwar während der Zeit bei der Pflegefamilie – aber in dem Bericht ist kein Wort über Misshandlungen zu lesen. Nur eine Mandelentzündung, sonst nichts."

Leo war enttäuscht und auch erleichtert, denn alles was mit Misshandlungen von Kindern zu tun hatte, widerte ihn an und er bekam eine Stinkwut. Ein Klingeln zwang ihn, aufzustehen und die Pizzabrötchen aus dem Ofen zu nehmen, die er mitten auf den Tisch stellte, zusammen mit Tellern und Servietten. Dr. Leichnahm langte sofort zu, auch er hatte großen Hunger.

Viktoria schüttelte beim Lesen der zweiten Akte den Kopf.

„Ich habe hier die Krankenakte von Michael Bauer. Er wurde wegen einer Platzwunde und mehreren Prellungen behandelt. Offenbar hatte er sich auf dem Schulhof geprügelt."

„Und keine Akte von Philipp Graumann?"

Dr. Leichnahm schüttelte den Kopf.

„Ich habe zumindest nichts gefunden. Weder im Aktenschrank, noch im Computer ist ein Mann mit diesem Namen registriert. Aber vielleicht wurden diese Personen auch in einem anderen Krankenhaus behandelt? Mühldorf zum Beispiel? Oder Burghausen? So wie ich das verstanden habe, wuchsen diese drei Personen bei ein und derselben Pflegefamilie auf?" Leo nickte. „Und Sie gehen davon aus, dass diese Personen dort misshandelt wurden und suchen jetzt nach Beweisen dafür?"

„Sie liegen vollkommen richtig."

„Und Sie ermitteln im Todesfall der Pflegeeltern?"

„Nein, das ist es ja, was uns Kopfzerbrechen macht. Die Pflegeeltern sind beide tot, sind beide eines natürlichen Todes gestorben, der Mann vor einem halben Jahr und die Frau vor zwei Wochen. Wir ermitteln im Fall eines toten Kapuziners, des damaligen Leiters des Jugendamtes und eines Polizisten. Die einzige gemeinsame Spur von zweien der Getöteten führt zu den Pflegeeltern und den Pflegekindern."

„Ich verstehe. Und jetzt denken Sie, dass nach dem Tod der Pflegeeltern eines der Pflegekinder sich an den Menschen rächt, die ihnen während ihrer Zeit nicht geholfen haben? Warum nach der langen Zeit? Für mich klingt das nicht logisch. Aber bitte, ich bin kein Ermittlungsbeamter und habe von dem Metier keine Ahnung, das ist nur meine private Meinung."

So, wie Dr. Leichnahm das sagte, klang das tatsächlich nicht logisch und weit hergeholt. Aber es war die einzige Verbindung zwischen den drei Todesopfern. Mehr hatten sie nicht.

„Sie glauben nicht, wie unlogisch manche Morde sind und um wie viele Ecken man denken muss. Nicht jeder Mörder handelt logisch und rational." Leo schenkte Wein nach, der ihm nach diesem beschissenen Tag sehr gut schmeckte; auch Viktoria trank heute gerne.

„So wie ich das verstehe, bin ich privat hier und kann meine Gedanken frei äußern?" Dr. Leichnahm war schon leicht angetrunken, Leo öffnete die nächste Flasche Wein.

„Nur zu, tun Sie sich keinen Zwang an."

„Wieso sollte jetzt nach so vielen Jahren eines dieser Pflegekinder diese Menschen töten und die Peiniger verschonen? Ich an Ihrer Stelle würde so vorgehen: zuerst würde ich die Leichen der Pflegeeltern exhumieren und untersuchen, ob sie tatsächlich eines natürlichen Todes gestorben sind. Es sei denn, das wurde bereits überprüft?" Leo schüttelte den Kopf.

„Nein, das wurde nicht überprüft, denn es gab bisher keine Veranlassung dazu. Außerdem ist eine Exhumierung immer sehr schwierig. Bis die Genehmigungen da sind, braucht es stichfeste Gründe. Jeder Staatsanwalt drückt sich darum, denn das gibt nur negative Presse und schlägt hohe Wellen. Wissen Sie was passiert, wenn sich diese Exhumierungen als vollkommen überflüssig herausstellen?"

„Sind Sie so zart besaitet Herr Schwartz? So habe ich Sie gar nicht eingeschätzt. Natürlich stehen die Chancen 50:50, aber die sind immer noch deutlich höher als die Chancen auf einen Lottogewinn, und dieser Möglichkeit unterliegen Woche für Woche trotzdem Millionen von Menschen. Aber wenn Sie erlauben, würde ich meine Ausführungen gerne fortführen. Also, zuerst die Exhumierungen. Und dann würde ich bei anderen Krankenhäusern nach Krankenakten der Pflegekinder suchen, denn es wäre nicht das erste Mal, dass in solchen Fällen Krankenhäuser weit außerhalb aufgesucht werden. Außer Mühldorf und Burghausen als nächstliegende Krankenhäuser gibt es noch Eggenfelden, Pfarrkirchen und so weiter. Sie wissen da bestimmt mehr darüber. Wenn Sie in den Krankenhäusern nichts finden, suchen Sie bei niedergelassenen Ärzten."

„Was glauben Sie, was das für eine Menge Arbeit bedeutet. Vor allem liegt gegen diese ehemaligen Pflegekinder nichts vor. Einen entsprechenden Beschluss zu bekommen ist fast unmöglich." Für Viktoria wäre diese Spur undenkbar und sie war sich sicher, dass Krohmer das niemals genehmigen und gutheißen würde.

„Es sei denn, Sie bekommen die Einwilligung eines der Pflegekinder – dann könnten Sie zumindest nach diesem einen suchen. Würden Sie da etwas finden, wären die anderen Beschlüsse ein Klacks."

„Ist auch wieder wahr – Sie sind nicht schlecht Dr. Leichnahm. An Ihnen ist ein Ermittler verlorengegangen."

„Gott bewahre – das wäre nichts für mich! Ich habe meine Berufung gefunden und bin sehr zufrieden damit. Wenn ich fortfahren dürfte: darüber hinaus würde ich mit einer ganz bestimmten Krankenschwester sprechen, die Ihnen bezüglich dieser Frau Silberstein ganz sicher weiterhelfen kann."

„Sie haben etwas über die Frau erfahren? Wieso rücken Sie erst jetzt damit raus?"

„Nur die Ruhe, es eilt doch nichts. Ihre Personalakte habe ich natürlich nicht, da komme ich nicht ran. Aber ich habe unter anderem mit einer Kollegin gesprochen, die sehr gut mit ihr befreundet war. Sie hat zwar nur Andeutungen gemacht, aber mit der Frau sollten Sie sich näher unterhalten – hier ist die Adresse." Dr. Leichnahm kramte in seiner Hosentasche und zog einen Zettel hervor, den sich Leo sofort schnappte und einsteckte. Natürlich wäre es interessant, umgehend Näheres über diese Babette Silberstein zu erfahren, aber das konnte noch bis morgen warten.

Leo dachte an die Exhumierungen – wenn die tatsächlich eine unnatürliche Todesursache beweisen würden, wären die Pflegekinder Bauer und Graumann verdächtig, denn mit Graumann konnten sie noch nicht sprechen und Bauer hatte kein stichfestes Alibi.

„Aber wie Sie Ihre Arbeit machen, ist natürlich Ihre Sache, ich möchte mich da nicht einmischen. Gibt es noch Wein?" Dr. Leichnahm hatte sich festgesessen und wollte noch bleiben, denn er machte keinerlei Anstalten, zu gehen. Viktoria stand irgendwann auf und ging einfach ins Bett, was Dr. Leichnahm aber nicht zu stören schien. Leo unterhielt sich noch geraume Zeit mit dem angenehmen Gesprächspartner, bis auch er schließlich ins Bett ging – Dr. Leichnahm, den er inzwischen nur noch Richard nannte, bot er seine Couch an, denn nach dem Alkoholkonsum konnte er nicht mehr alleine fahren. Gleich morgen früh musste er Tante Gerda bitten, Richard zu seinem Wagen zu fahren, der immer noch beim Krankenhaus parkte. So, wie er Tante Gerda kannte, war das für sie kein Problem; auf sie konnte er sich immer verlassen.

Als Leo und Viktoria das Präsidium Mühldorf betraten, bemerkten sie sofort die miese Stimmung. Was war hier los?

„Krohmer möchte uns sprechen," sagte Hans und zog die beiden mit sich.

Im Besprechungszimmer waren die anderen bereits versammelt, Fuchs fehlte.

„Sie haben eine heiße Spur verfolgt und haben es nicht für nötig befunden, mich oder gar Dr. Weidinger zu informieren?" Krohmer hatte einen knallroten Kopf – er war stinksauer, was nicht sehr oft vorkam.

„Es tut mir leid, ich wusste nicht, dass ich jeden unserer Schritte absegnen lassen muss," sagte Viktoria patzig. „Ja es ist richtig, dass wir in den Unterlagen eine Gemeinsamkeit zwischen Kronwinkler und dem Jugendamt gefunden haben. Kronwinkler hat sich für Seiten interessiert, bei denen User über ihre Schicksale und auch über verschiedene Selbsttötungsmöglichkeiten diskutiert haben, natürlich anonym. Und auf einer der Seiten hat Kronwinkler das Wort Pflegeeltern und den Namen von Berta und Franz Schustereder in Altötting, sowie drei Namen von Pflegekindern notiert. Und dieser Spur sind wir selbstverständlich umgehend nachgegangen. Sie waren mit Frau Dr. Weidinger beim Essen und wir wollten nicht stören. Warum auch? Das sind normale Ermittlungsarbeiten, die nicht in Ihr Aufgabengebiet fallen, genauso wenig wie in das der Frau Dr. Weidinger. Was ist los mit Ihnen Chef? Sonst haben Sie doch auch nichts dagegen, wenn wir unsere Arbeit machen."

„Aber diesmal haben wir eine Profilerin vom Innenministerium für diese Mordfälle hier im Haus und sie arbeitet an diesen Fällen mit, ob Ihnen das passt, oder nicht. Was glauben Sie, wie das aussieht, wenn

Sie die Münchner Kollegin einfach links liegen lassen?"

Aha, daher weht der Wind! Der Chef bekam Druck von oben und hatte die Befürchtung, dass Frau Dr. Weidinger im Innenministerium petzte. Viktoria holte Luft und wollte sich verteidigen, als nun Frau Dr. Weidinger einschritt.

„Wenn ich Sie unterbrechen darf," sagte sie sehr laut. „Ich war sauer und enttäuscht, dass Sie mich nicht unterrichtet haben, obwohl ich extra hier in Mühldorf geblieben bin, um Sie zu unterstützen. Ich verstehe Ihre Ausführungen, kann sie aber aufgrund der Umstände nicht vorbehaltlos akzeptieren, da ich der Meinung bin, dass Sie mich absichtlich nicht unterrichtet haben. Sei's drum. Ich würde vorschlagen, wir einigen uns darauf, dass Sie mich in Zukunft nicht mehr übergehen – einverstanden?"

Viktoria nickte nur – die Frau war nicht nur sehr hübsch, sondern auch klug und besonnen, wieder eine Eigenschaft, die ihr nicht gegeben war.

„Sehr schön. Dann würde ich gerne erfahren, was Sie herausgefunden haben und ob das eine heiße Spur ist."

Viktoria erzählte nochmals ausführlich, wie sie beinahe zufällig auf die Gemeinsamkeit der Opfer Kronwinkler und Fischer stießen, von dem Gespräch mit zwei der Pflegekinder und sie ließ auch nicht aus, dass sie die Hilfe von Dr. Leichnahm in Anspruch genommen haben.

„Sie haben also keinen Beweis für diese ungeheuerlichen Anschuldigungen der Pflegekinder?" fragte Krohmer.

„Nein, aber wir sollten uns bei anderen Krankenhäusern und den niedergelassenen Ärzten umhören."

„Das können Sie vergessen, das kriege ich niemals durch. Gegen die drei Personen liegt nichts vor, was dieses Vorgehen begründen würde. Es sei denn, einer der Personen gibt sein Einverständnis." Für Krohmer waren die Gründe nicht ausreichend, Einblick in die Krankenakten zu nehmen, obwohl er erschrocken über die angeblichen Misshandlungen der Pflegekinder war. Viktoria und Leo hatten bereits damit gerechnet, trotzdem waren sie enttäuscht.

„Dr. Leichnahm meint, dass wir das Ehepaar Schustereder exhumieren sollten, um die eindeutige Todesursache abzuklären."

„Ich verstehe Ihre Gründe. Natürlich werde ich versuchen, den Staatsanwalt von der Notwendigkeit zu überzeugen, aber ich sehe keine großen Chancen, das durchzuboxen. Es liegen schließlich keine Verdachtsmomente vor, sondern nur reine Vermutungen Ihrerseits." Krohmer stöhnte auf. Aber auch er würde gerne die tatsächliche Todesursache der Schustereders abgeklärt wissen. Noch zwei Mordopfer wären eine Katastrophe, würden aber den Kreis der Tatverdächtigen eng einkreisen.

„Noch etwas?"

„Dr. Leichnahm hat sich wegen Babette Silberstein im Krankenhaus umgehört und eine Krankenschwester ausfindig gemacht, die mit dieser Silberstein früher offenbar näher befreundet war. Name und Adresse haben wir. Außerdem wäre es sehr hilfreich, wenn wir die Personalakte von Frau Silberstein bekommen würden."

„Ich werde sehen, was ich tun kann. War es das? Gut, zumindest stehen wir nicht mit leeren Händen da." Krohmer hatte außer dem Gespräch mit dem Staatsanwalt bezüglich der Exhumierungen und der Personalakte von Babette Silberstein auch noch einen Termin mit dem Bürgermeister der Stadt Mühldorf, was sich wieder endlos in die Länge ziehen würde – Zeit, die er eigentlich nicht hatte.

„Wenn es möglich ist, würde ich mich gerne mit diesen beiden ehemaligen Pflegekindern unterhalten," sagte Dr. Weidinger, die sich während den Ausführungen eifrig Notizen gemacht hatte. „Ich habe ein abgeschlossenes Psychologiestudium, das uns eventuell weiterhelfen könnte. Vielleicht gelingt es mir, von einem der beiden Personen das Einverständnis für die Einsicht ihrer Krankenakten zu bekommen oder herauszufinden, wo und von wem sie behandelt wurden."

Natürlich – jetzt präsentierte diese perfekte Frau auch noch ein Psychologiestudium, als wenn ihre Ausbildung und Promotion noch nicht genug wäre! Viktoria bekam Magenschmerzen. Was gab es denn, was diese Frau nicht hatte oder konnte?

„Sehr gut, das bringt ganz bestimmt etwas. Hiebler – übernehmen Sie das?"

Hans war nicht begeistert, nochmals zu diesem Michael Bauer gehen zu müssen, aber auf Tobias Marchl war er gespannt, denn so, wie Viktoria von ihm sprach, war das ein sehr interessanter Zeitgenosse.

Dr. Weidinger verzog angewidert das Gesicht, als Hans den Wagen in der schmuddeligen Gegend parkte und sie sich umblickte.

„Wie ich sehe, gefällt Ihnen die Gegend hier nicht. Früher in den 50er-Jahren während des Wirtschaftsaufschwungs und auch noch Jahre danach in den geburtenstarken Jahren waren diese Wohnungen sehr gefragt. Vor allem kinderreichen Familien wurde dieser Wohnraum zugewiesen und auch dankend angenommen. Ich bin in Mühldorf geboren und aufgewachsen und hatte hier viele Freunde, deshalb habe ich hier viel Zeit in meiner Kindheit verbracht und habe daran nur gute Erinnerung." Vor seinen Augen liefen viele Bilder seiner Kindheit ab und er dachte wehmütig an die schöne Zeit. Was wohl aus all den Freunden geworden ist? Einigen lief er heute noch über den Weg, andere waren längst in alle Winde zerstreut – und zwei von ihnen waren bereits verstorben. Dr. Weidinger spürte, was in Hans vorging und unterbrach ihn, denn sie fühlte sich in dieser Gegend nicht wohl, zumal sich immer mehr Personen für sie zu interessieren schienen. Neben den Personen, die nur wenige Meter von ihnen zusammenstanden, lehnten einige neugierig aus dem Fenster und bei anderen konnte sie sehen, wie sich die Vorhänge an den Fenstern bewegten. Der teure Wagen und sie beide fielen hier auf.

„Wollen wir?" fragte sie deshalb und Hans nickte.

Während sie zum Haus gingen, grüßten die Personen knapp und Frau Dr. Weidinger nahm ganz stark an, dass sie Hans Hiebler kannten und deshalb alle wussten, dass sie von der Polizei waren. Hans kümmerte sich nicht darum; ihm war es egal, ob die Menschen wussten, dass er Polizist war. Sie waren hier sicher. Vor allem tagsüber war es hier immer ruhig.

„In der Vergangenheit wurden keine Renovierungen oder Modernisierungen vorgenommen, wodurch diese Wohnungen nun in dem Zustand auf dem freien Markt nicht sehr begehrt und kaum zu vermitteln sind," erklärte Hans weiter, ohne sich weiter um die Neugierigen an den Fenstern zu kümmern, die er natürlich längst bemerkt hatte. „Um die Wohnungen nicht leer stehen zu lassen, werden sie zu sehr niedrigen Mietpreisen angeboten, wodurch sich mehr und mehr die miesesten Typen hier eingenistet haben. Im Grunde genommen sind das alles arme Schweine, die kaum eine Chance haben, wenn sie einmal hier gelandet sind. Die Gegend hier ist in Mühldorf und darüber hinaus bekannt. Wenn man diese Adresse angibt, bekommt man ganz bestimmt keine Arbeit; man ist gebrandmarkt und ist ganz unten angekommen."

„Ich verstehe," murmelte Dr. Weidinger die durchaus verstand, dass man sehr leicht abrutschen und hier landen konnte. Trotzdem vertrat sie die Meinung, dass jeder etwas aus sich machen konnte, sofern er es wollte und sich anstrengte. Aber auf diese Grundsatzdiskussion verzichtete sie jetzt, dafür war nicht die Zeit und auch nicht der richtige Ort.

„Ich möchte Ihnen lieber gleich beichten, dass ich die Frau von Michael Bauer kenne. Gabi ist die kleine Schwester eines ehemaligen Schulkameraden, zu dem ich keinen Kontakt mehr habe. Warum Gabi bei diesem miesen Typen gelandet ist, ist mir ein Rätsel, denn sie kommt aus einem behüteten Haus. Bauer schlägt seine Frau, die Spuren sind eindeutig. Lassen Sie sich nicht von Bauer provozieren und zeigen Sie ihm nicht, dass Sie mit seiner Frau Mitleid haben oder ihr gar helfen wollen. Spätestens wenn wir weg sind, lässt er sonst seine Wut an Gabi aus, und das müssen wir verhindern. Wir bleiben freundlich und höflich, am besten beachten wir Gabi nicht weiter. Ich habe ihr gestern meine Karte gegeben und wenn sie so weit ist und von ihrem Mann weg will, meldet sie sich hoffentlich. Aber wir dürfen keinen Druck ausüben, dann macht sie dicht. Vor allem darf ihr Mann nichts davon mitbekommen." Die letzten Sätze flüsterte er, denn sie standen nun direkt vor Bauers Wohnungstür.

„Herr Hiebler, Sie sind ein sehr warmherziger und intelligenter Mann. Aber Sie brauchen mir wirklich nicht zu sagen, wie ich meine Arbeit zu machen habe," lachte Frau Dr. Weidinger.

„Ich will es auch nur vorsichtshalber gesagt haben. Momentan sind wir Partner und mit meinen Partnern spreche ich mich immer ab."

Sie klingelten an der Wohnungstür und nach langen Minuten öffnete sich langsam die Tür. Gabi stand vor ihnen und war verunsichert.

„Du schon wieder? Du kannst jetzt nicht mit Micha sprechen, er schläft noch."

„Darauf können wir leider keine Rücksicht nehmen. Wärst du so freundlich und würdest deinen Mann wecken?" Hans sprach so ruhig wie möglich und lächelte.

„Bitte Frau Bauer, wir haben nur einige Fragen und sind dann so schnell wie möglich wieder weg. Es ist leider unvermeidlich und es tut uns sehr leid, dass wir Sie nochmals belästigen müssen." Frau Dr. Weidinger sprach sehr ruhig und setzte ihr freundlichstes Lächeln auf. Gabi Bauer musterte die elegante Frau von oben bis unten und war von ihrer Erscheinung eingeschüchtert. Instinktiv fuhr sie sich durchs unordentliche Haar und zuppelte an ihrer Kleidung herum.

„Na gut, kommen Sie rein," gab sie schließlich nach. Sie ging voraus in die unordentliche Küche, räumte rasch einige Dinge vom Küchentisch.

„Setzen Sie sich doch. Es tut mir leid, ich habe noch nicht aufgeräumt."

Es war Gabi peinlich, wie es hier aussah und sie schämte sich.

„Das macht doch nichts, bei mir sieht es oft ähnlich aus," log Dr. Weidinger und setzte sich. „Schön haben Sie es hier. Wenn Sie jetzt bitte Ihren Mann wecken?"

Die beiden saßen schweigend an dem schmutzigen Küchentisch und horchten, was in dem Raum neben ihnen vor sich ging – Hans war auf dem Sprung und jederzeit bereit, Gabi sofort zu helfen, falls ihr Mann ihr gegenüber ausfallend reagieren sollte. Aber Michael Bauer sagte nicht viel und nach wenigen Minuten stand er in Unterhemd und Jogginghose in der Küche. Er stank fürchterlich und hatte die fettigen Haare nur notdürftig mit den Händen in Ordnung gebracht. Beim Anblick von Frau Dr. Weidinger setzte er sein charmantestes Lächeln auf.

„Meine Frau sagt, Sie haben noch Fragen? Wollen Sie einen Kaffee?"

„Nein, bemühen Sie sich nicht, wir wollen Sie auch nicht lange aufhalten. Vielen Dank, dass Sie sich für uns Zeit nehmen. Und entschuldigen Sie bitte, dass wir Sie im Schlaf gestört haben."

Frau Dr. Weidinger unterhielt sich mit Michael Bauer einige Minuten über belanglose Dinge, bis sie auf die Pflegeeltern Schustereder zu sprechen kam. Bauer wurde zwar nervös und hektisch, aber Dr. Weidinger blieb ruhig und lächelte ab und an.

„Mussten Sie während Ihrer Kindheit aufgrund der Misshandlungen ärztlich behandelt werden?" kam sie schließlich auf den Punkt. Bauer wurde nervös, das Thema war ihm unangenehm.

„Nun sag schon Micha, natürlich musstest du ärztlich behandelt werden," flüsterte Gabi, die nun hinter ihm stand und ihm über die fettigen Haare strich. „Du kannst Hans vertrauen."

„Misch dich gefälligst nicht in Sachen ein, die du nicht verstehst," schrie er seine Frau an. „Was geht das denn die Polizei an?" schrie er nun. „Das ist lange vorbei und ich möchte nicht darüber sprechen. Ich habe mit dieser Zeit komplett abgeschlossen. Gehen Sie!"

„Dann danke ich Ihnen für die Zeit, die Sie geopfert haben. Einen schönen Tag noch."

„Das war's? Mehr wollten Sie nicht von Bauer? Wenn Sie drangeblieben wären, hätten wir vielleicht doch noch das Krankenhaus oder den Arzt herausbekommen." Hans war irritiert, denn im Grunde genommen waren Sie wegen nichts hier.

„Das können Sie vergessen Herr Hiebler. Er würde uns gegenüber niemals etwas von den Folgen der Misshandlungen aussagen. Es war ein Fehler, dass seine Frau sich eingemischt hat. Bauer möchte im Beisein seiner Frau vor anderen nicht schwach wirken und macht deshalb dicht. Er möchte uns gegenüber zeigen, dass er ein richtiger Mann ist und dazu passen diese Misshandlungen nicht, die holt er nur vor, wenn er seine Frau weichkochen will. Und da er nun uns gegenüber Stärke gezeigt hat, wird er auch nichts ausplaudern, wenn wir ihn vorladen und allein mit ihm sprechen. Dieser Punkt seines Lebens wird uns verschlossen bleiben und wir können ihn auch nicht zwingen, eine Aussage zu machen. Was ich wissen wollte, weiß ich. Fahren wir zu Herrn Marchl."

„Wie Sie wollen. Was halten Sie von Bauer?"

„Er ist eine verkrachte Existenz, sehr von sich eingenommen. Er gibt seinen Pflegeeltern für seine Lage die Schuld weil es immer einfacher ist, die Schuld bei anderen zu suchen, als bei sich selbst. Darüber hinaus ist er sehr aggressiv – Sie sollten Ihre Bekannte so schnell wie möglich da rausholen, denn ich würde bei diesem Bauer mit dem Schlimmsten rechnen. Für mich ist er eine tickende Zeitbombe, die irgendwann hochgeht."

„Sie meinen, er könnte unser Mörder sein?"

„Das glaube ich nicht, dafür ist er zu einfach gestrickt – und außerdem ist er viel zu faul, um aus dem Haus zu gehen, die Opfer aufzusuchen, die Morde zu begehen und dann seine Spuren zu verwischen. Ich halte ihn nicht für den Mörder, aber ich kann mich natürlich auch irren."

Da Tobias Marchl nicht zuhause war, fuhren sie in dessen Firma am Rande Altöttings. Tobias Marchl war selbständiger Zahntechniker mit drei Angestellten. Hans sah sich um und staunte nicht schlecht, denn alles hier war geschmackvoll, sehr sauber, fast steril und sicher auch teuer. Instinktiv fuhr er mit der Zunge über seine Zähne, die er schon immer sehr gepflegt hatte und auf die er auch stolz war. Lediglich drei falsche Zähne hatte er bislang, was in seinem Alter eine Leistung war.

„Was will denn die Polizei schon wieder von mir? Ich war gestern so freundlich und habe alle Fragen aus freien Stücken beantwortet, obwohl es Sonntag und dazu auch noch sehr spät war. Glauben Sie, dass ich nichts anderes zu tun habe, als Ihre Fragen zu beantworten? Das Ganze läuft jetzt anders: entweder, wir vereinbaren einen Termin, zu dem ich natürlich mit meinem Anwalt erscheine, oder aber Sie verhaften mich hier und jetzt." Tobias Marchl war vollkommen außer sich. Die dicke Ader an seinem Hals drohte gleich zu platzen.

„Ich möchte Ihnen nichts Böses und entschuldige mich für unser Eindringen," sagte Dr. Weidinger ruhig. „Sie haben jetzt keine Zeit für uns, das verstehe ich." Sie kramte in ihrer Tasche nach ihrem Kalender. „Dann bitte ich Sie, heute Nachmittag um 14.00 Uhr im Präsidium Mühldorf zu erscheinen, natürlich kann Ihr Anwalt Sie begleiten, das liegt ganz bei Ihnen. Wir sehen uns also heute Nachmittag. Auf Wiedersehen."

Mit dieser Reaktion hatte Marchl nicht gerechnet. Natürlich passte ihm weder die Uhrzeit, noch der ganze Termin. Wenn er den ganzen Aufwand mit der

Fahrt nach Mühldorf und zurück, das Warten und dann die Befragung zusammenrechnete, sah er schnell ein, dass ein Termin bei der Polizei nur unnötig viel Zeit kosten würde, abgesehen von den Anwaltskosten, die für einen so kurzfristigen Termin ganz sicher sehr hoch ausfallen würden.

„Jetzt fragen Sie schon," sagte er daher und sah demonstrativ auf seine Uhr.

Auch hier stellte Dr. Weidinger nur belanglose Fragen, die Marchl alle rasch beantwortete, wobei er fortwährend auf die Uhr blickte.

„Wie ich aus der gestrigen Befragung der Kollegen entnommen habe, wurden Sie während Ihres Aufenthaltes bei dem Ehepaar Schustereder körperlich misshandelt. Mussten Sie deshalb ärztlich versorgt werden?"

„Allerdings. Sie brauchen aber nicht glauben, dass das öffentlich passiert ist, nein, das ging unter der Hand. Irgendein Cousin kannte einen pensionierten Arzt, der regelmäßig Geld verzockte und daher scharf darauf war, Patienten schwarz zu behandeln, was meinen lieben Pflegeeltern natürlich entgegenkam. Dieser Quacksalber kam mehrfach zu uns ins Haus und hat uns da behandelt, natürlich immer im Beisein meiner Pflegeeltern, damit wir auch nichts Falsches erzählen. Dem Arzt, sein Name war Dr. Arnold, haben die Schustereders irgendwelche Lügen aufgetischt, woher die Verletzungen stammten. Entweder haben wir uns irgendwo gestoßen, sind die Treppen runtergefallen oder wir haben uns mit irgendjemand gekloppt. Natürlich habe ich diesem Dr. Arnold angesehen, dass er die Geschichten nicht geglaubt hat, aber er hat uns behandelt und hat das Geld gerne genommen. Diese Ärzte sind doch auch alle korrupt und käuflich, wie alle anderen Menschen auch. Wenn man genug Geld hat, kriegt man alles irgendwie hin."

Das klang sehr verbittert und Hans fühlte sich schlecht, während Dr. Weidinger keine Miene verzog und sich alles anhörte, ohne ein Wort zu sagen.

„Sehen Sie, und schon sind wir wieder weg. Vielen Dank für Ihre Kooperation und Ihre wertvolle Zeit Herr Marchl."

Hans hatte die ganze Zeit über geschwiegen und begann, Freude an der Vorgehensweise dieser Frau Dr. Weidinger zu bekommen, denn sie hatte eine Art an sich, die Menschen ihr gegenüber um den Finger zu wickeln und mit ihren Fragen geradezu einzulullen.

„Und was halten Sie jetzt von Marchl? Ich persönlich finde, dass er ein arrogantes Arschloch ist, der sich selbst viel zu wichtig nimmt. Obwohl es schon irgendwie bewundernswert ist, was er nach dieser beschissenen Kindheit und den schrecklichen Erlebnissen aus sich gemacht hat."

„Herr Hiebler, Sie überraschen mich, denn ich komme zu dem selben Ergebnis. Bis auf die Tatsache, dass ich ihm einen Mord, oder sogar alle drei, jederzeit zutraue."

„Vergessen Sie da nicht die Kleinigkeit, dass der Mann ein Alibi hat?"

„Wissen Sie, Alibis kann man konstruieren oder sogar kaufen, darauf gebe ich nichts. Sie haben Marchl doch gehört, auch er ist der Meinung, dass man mit Geld alles kaufen kann. Wir sollten Marchls Alibi nochmals genau überprüfen."

Viktoria und Leo fuhren in der Zwischenzeit zu der Adresse der Krankenschwester Svenja Krause, die sie leider aus dem Bett klingeln mussten. Die 44-jährige, alleinstehende Frau war über den Besuch der Polizei um diese Uhrzeit und nach der anstrengenden Nachtschicht nicht gerade begeistert, zog sich an und ließ dann in aller Ruhe einen Kaffee in der uralten Kaffeemaschine durchlaufen, trank einen Schluck und sah dann die Beamten fragend an.

„Es geht um Babette Silberstein," sagte Viktoria.

„Es geht um Babs? Komisch, erst gestern habe ich mit einem ehemaligen Kollegen über sie gesprochen. Na ja, was soll's, Zufälle soll es geben. Ich habe Babs seit dem August 2000 nicht mehr gesehen, sie hat von einem auf den anderen Tag gekündigt. Ich habe damals immer wieder versucht, sie telefonisch zu erreichen und bin sehr oft vor ihrer Wohnung gestanden, aber sie war verschwunden, einfach so. Nach einigen Monaten habe ich mitbekommen, dass ihre Wohnung geräumt wurde, da sie ihre Miete nicht bezahlt hat. Ob das Gerücht stimmt, weiß ich nicht, aber man sagt, sie lebt auf der Straße."

„Warum sind Sie sich so sicher, dass sie Frau Silberstein im August 2000 zuletzt gesehen haben?"

„Da habe ich meinen 30. Geburtstag gefeiert und da war Babs noch dabei. Warten Sie, ich habe Fotos." Sie stand auf und holte mehrere dicke Fotoalben, blätterte darin und legte schließlich eines der Alben vor sie. „Die wurden während meiner Geburtstagsfeier aufgenommen und das da ist die Babs." Auf dem Foto war eine pummelige, unscheinbare Frau mit kurzen braunen Haaren zu sehen. „Ich weiß noch, was ich für Überredungskünste aufbringen musste, denn Babs wollte eigentlich nicht zu meiner Feier kommen. Aber ich habe nicht aufgegeben und all meine Überredungskünste aufgefahren, bis sie schließlich tatsächlich zusagte und auch gekommen ist. Aber sie blieb nur kurz und wir hatten wegen der vielen Gäste kaum Gelegenheit, miteinander zu sprechen. Sie müssen wissen, dass Babs lange krank war und bei einer Verwandten irgendwo in Norddeutschland untergekommen war. Sie war erst wenige Tage wieder zurück und konnte wieder zur Arbeit gehen."

„Sie war krank?"

„Ja, aber was genau sie hatte, dürfen Sie mich nicht fragen, denn Babs schob immer andere Krankheiten vor. Ich glaube, sie wusste selbst nicht, was ihr fehlte – oder aber, sie wollte sich mir nicht anvertrauen, das kann auch sein. Sie war immer schon sehr verschlossen und schüchtern. Vielleicht war ihr das alles auch einfach nur unangenehm und sie wollte vergessen."

„Können wir das Bild mitnehmen? Sie bekommen es ganz bestimmt wieder, versprochen."

„Gerne, obwohl Babs darauf fürchterlich aussieht. Sehr aufgedunsen und auch sehr unglücklich. Sie war sonst zwar wie gesagt schüchtern, beinahe zurückhaltend, aber in den letzten Monaten bevor sie krank wurde lachte sie oft, ging aus sich raus und machte sogar Späße mit, was sonst nicht der Fall war. Ich bin mir ja sicher, dass sie sich verliebt hatte – aber bevor Sie mich fragen, einen Mann habe ich nie an ihrer Seite gesehen und sie hat nie ein Wort darüber verloren, obwohl ich sie natürlich oft darauf angesprochen habe. Und dann diese Krankheit, durch die sie nicht mal mehr arbeiten konnte. Vielleicht hat sie deswegen ihre Arbeit aufgegeben? Ich weiß es nicht. Was für ein Wahnsinn! Was glauben Sie, wie oft ich mir Vorwürfe gemacht habe, dass ich mich nicht mehr um sie gekümmert habe? Aber damals war ich jung und dumm, hatte mein eigenes Leben. Können Sie sich vorstellen, dass ich anfangs sogar etwas eifersüchtig war? Ja, diese unscheinbare, zurückhaltende Frau mit dem religiösen Tick war glücklich und hatte offenbar jemand gefunden – und ich hingegen hatte nur kurze Affären. Und dann ging sie einfach so, ohne ein Wort der Erklärung und ist dann komplett aus meinem Leben verschwunden. Anfangs war ich stinksauer, aber dann habe ich mir im Laufe der Zeit immer mehr Sorgen gemacht. Vor allem, als ich gehört habe, dass sie auf der Straße lebt. Schrecklich, ich kann mir das überhaupt nicht vorstellen."

„Was meinen Sie mit dem religiösen Tick?"

„Dass sie ein Kreuz um den Hals trug war ja nicht ungewöhnlich, das tun viele und ist auch okay, obwohl es für junge Leute früher nicht angesagt war und sie damit schon aus der Rolle fiel. Aber mit Patienten sprach sie oft auch nach Dienstschluss noch über Gott und betete mit ihnen. Und dann noch diese ständigen Gottesdienstbesuche, die ich nie verstanden habe. Für mich war das alles nicht nachvollziehbar und ich fand das langweilig und rückschrittlich. Mittlerweile denke ich anders darüber – Babs war einfach ein feiner Mensch. Sie war zu gut für diese Welt und ich weiß einfach nicht, was passiert ist, das sie so aus der Bahn geworfen hat. Ich hätte für sie da sein müssen."

„Machen Sie sich keine Vorwürfe. Wir werden alles dafür tun, dass wir Frau Silberstein finden. Dann klärt sich bestimmt das eine oder andere auf," sagte Viktoria, die die Gefühle der Frau absolut nachvollziehen konnte, während Leo gedanklich die Fakten sortierte, die aus der Frau geradezu heraussprudelten.

„Chef? Ist der Beschluss für die Personalakte von Babette Silberstein schon da?"

„Gerade reingekommen." Diesen Beschluss zu bekommen war das kleinste Problem. Viel mehr Probleme gab es bei den Exhumierungen der beiden Leichen. Der Staatsanwalt war außer sich und bat sich noch Bedenkzeit bis am nächsten Tag aus. Er wollte eine Nacht darüber schlafen und in einer stillen Stunde die Fakten prüfen.

„Wir fahren direkt ins Krankenhaus Altötting. Es wäre super, wenn Sie den Beschluss direkt dort hin faxen können, damit wir Zeit sparen."

Viktoria und Leo mussten ziemlich lange an der Information im Krankenhaus Altötting warten, der Betrieb war enorm. Sie konnten endlich ihr Anliegen vorbringen und wurden direkt in die Verwaltung geschickt. Der Beschluss lag tatsächlich schon vor und beide hatten den Eindruck, dass sie den für die alte Personalakte überhaupt nicht gebraucht hätten, denn diese wurde ihnen wortlos in die Hände gedrückt. Sofort begannen sie, die dünne Akte zu lesen.

„Nur lobende Worte für die Frau – zuverlässig und fleißig, blabla. Bezüglich dieser Krankheit stehen nur wenige Sätze, von denen ich kein Wort verstehe; hier brauchen wir Hilfe. Ein knappes Kündigungsschreiben der Frau liegt der Akte bei, keine Angabe von Gründen. Sonst nichts."

Viktoria sah sich die Notiz bezüglich Frau Silbersteins Krankheit an und verstand Leos Problem, nur medizinische Fachbegriffe, die auch sie nicht kapierte.

„Aber wir haben die frühere Adresse der Frau, vielleicht erfahren wir mehr."

Sie klingelten an sämtlichen Wohnungstüren des Mehrfamilienhauses in Neuötting und nur ein Nachbar konnte sich an Babette Silberstein erinnern.

„Ja, das war eine ganz liebe Frau. Immer sehr freundlich und hilfsbereit. Aber dann war sie auf einmal verschwunden. Das gab damals einen Riesenärger, denn die Hausverwaltung musste die Wohnung räumen lassen. Sie wurde nicht einmal renoviert, sondern dann an irgendwelche Grattler vermietet, die zum Glück nicht mehr hier wohnen. Unfreundliche Leute, überall nur Dreck und dieser schreckliche Lärm, der mich fast den letzten Nerv gekostet hat. Wie oft ich die Polizei rufen musste - aber die haben ja nie was gemacht. Sobald die weg waren, ging der Lärm wieder von vorn los. Als Normalbürger ist man da machtlos, während diese Grattler sich aufführen dürfen, wie sie wollen."

Leo unterbrach den Redefluss des alten Mannes, der sich mehr und mehr in Rage redete. Er verstand, dass er unter den Nachmietern sehr zu leiden hatte, aber deswegen waren sie nicht hier. Viktoria hatte kein Interesse an dem, was der Mann von sich gab und ging schon mal zum Wagen, während Leo geduldig zuhörte.

„Aber jetzt haben Sie ja endlich Ihre Ruhe. Können Sie sich noch an irgendetwas erinnern, das Frau Silberstein betrifft? Hatte sie mit jemandem Ärger? Bekam sie öfter Besuch von ein und derselben Person? Ein Wagen vielleicht, der Ihnen aufgefallen ist?"

Bei jeder einzelnen Frage schüttelte der Mann den Kopf, aber bei der Frage nach dem Wagen wurde er plötzlich stutzig.

„Da war mal ein Wagen, der die Einfahrt blockiert hat. Ich bin mir sicher, dass das ein Besuch von Frau Silberstein war, denn ich habe sie natürlich darauf angesprochen und sie hat mir versprochen, dass das nicht mehr vorkommt. Wissen Sie, die Leute denken ja nicht darüber nach, dass man als Fußgänger ungehindert passieren muss, da setzt der Verstand aus. Es gab mal den Fall, dass…"

„Ein Wagen sagen Sie? Um welchen Wagen handelte es sich? Fabrikat, Farbe, Kennzeichen?"

„Mit Autos kenne ich mich nicht gut aus, aber es war ein großer, dunkler Wagen, Sie wissen schon, ein sehr teurer eben, den man sich als Normalbürger niemals leisten könnte. Meine Frau hatte damals einen ganz besonderen Namen für solche Autos: Schlampenschlepper. Ja, meine Frau sagte Schlampenschlepper dazu. Das Kennzeichen war von hier, ganz sicher ein Altöttinger Kennzeichen. Aber mehr weiß ich nicht. Das ist alles schon so lange her."

„Würden Sie den Wagen auf Bildern erkennen?"
Der Mann schüttelte den Kopf.

„Auf keinen Fall. Wie gesagt: ich kenne mich nicht aus. Eine dunkle, teure Limousine mit Altöttinger Kennzeichen."

„Und Ihre Frau? Vielleicht erinnert die sich noch daran?"

„Sie können nicht mit ihr sprechen, Sie ist schon seit vielen Jahren ein Pflegefall und spricht nicht mehr. Sie leidet an Demenz, verfällt mehr und mehr. Noch kann ich für sie sorgen und ihr das Pflegeheim ersparen, aber ich weiß nicht, wie lange ich noch in der Lage bin, sie zu pflegen und mich um sie zu kümmern, ich bin schließlich auch nicht mehr der Jüngste."

„Wo bleibst du denn so lange?" fragte Viktoria genervt.

„Im Gegensatz zu dir bin ich ein höflicher Mensch, der die anderen ausreden lässt. Was spricht dagegen? Zumindest hat er sich noch daran erinnert, dass er einen Wagen gesehen hat, obwohl er ihn nicht mehr erkennen würde, da er sich mit Autos nicht auskennt. Sagt dir der Begriff Schlampenschlepper etwas?"

„So nannte meine Tante diese riesigen Cabrios, die es hauptsächlich in den 70er und 80er Jahren gab. Warum?"

„Weil die Frau des Nachbarn den Wagen so genannt hat. Leider können wir sie selbst nicht mehr dazu befragen. Aber der Nachbar sagt, der Wagen ist dunkel, hatte ein Altöttinger Kennzeichen und war sehr teuer – und ganz sicher ein Besucher von Frau Silberstein."

„Und das findest du interessant? Wie willst du den nach diesen vagen Angaben nach der Zeit noch finden? Du bist und bleibst ein Optimist."

Krohmer wartete bereits ungeduldig im Besprechungszimmer auf seine Leute, denn er war neugierig, was sich inzwischen ergeben hatte. Um seine Forderungen gegenüber dem Staatsanwalt durchzusetzen, hatte er ihm mehrfach versprochen, dass seine Beamten nicht nur mit Hochdruck an den Mordfällen arbeiteten, sondern er ihn ständig auf dem Laufenden halten werde.

„Babette Silberstein ist vor 14 Jahren verschwunden. Die Freundin sagte aus, dass Frau Silberstein lange krank war, vermutlich war sie während der Zeit bei einer Verwandten in Norddeutschland, sicher ist sie sich da aber nicht, denn Frau Silberstein hat sich hierüber nie deutlich ausgedrückt. Nach ihrer Rückkehr hat sie dann wenig später gekündigt. Ihre Wohnung musste wohl zwangsgeräumt werden, wie der Nachbar aussagte. Die Personalakte bestätigt die Kündigung im Jahr 2000. Die Akte enthält nur lobende Worte, auch die Freundin und der Nachbar sprachen nur gut von der Frau. Allerdings brauchen wir bezüglich der Krankheit von Frau Silberstein Hilfe, nur Fachchinesisch."

„Ich konnte Dr. Leichnahm erreichen, der sich dafür gerne zur Verfügung stellt. Sobald er Zeit hat, kommt er gerne vorbei," sagte Leo, der das Problem gerne am Telefon geklärt hätte, aber Dr. Leichnahm ließ sich nicht darauf ein, sondern bestand darauf, auf dem Präsidium vorbeizukommen. Gerade bei Fachbegriffen ist es besser, wenn man diese direkt vor sich hat, denn es gab hin und wieder Übermittlungsfehler am Telefon, die er vermeiden wollte.

„Dr. Leichnahm kommt zu uns? Wie schön, ich freue mich. Vergessen Sie ja nicht, ihn zu mir zu schicken, ich würde ihn gerne begrüßen," sagte Krohmer, der den Mann wegen dessen Hilfe in dem Fall mit den geschminkten Leichen in sehr guter Erinnerung hatte.

„Philipp Graumanns Aufenthaltsort ist unbekannt. Nach Aussagen seines Arbeitgebers hat er Urlaub und wollte an den Gardasee. Ich habe die dortigen Behörden bereits eingeschaltet, die sämtliche Hotels, Pensionen und Campingplätze überprüfen werden. Kollegen und Nachbarn sprechen nur gut von ihm, obwohl er ein Einzelgänger ist und sehr zurückgezogen lebt."

„Ich war mit Frau Dr. Weidinger bei Bauer und Marchl," sagte Hans. „Die Misshandlungen wurden von beiden nochmals bekräftig. Auf die Frage nach dem Krankenhaus oder Arzt, der sie behandelte, machte Bauer dicht. Aber Marchl hat uns den Namen Dr. Arnold genannt, der die Kinder damals aus finanziellem Interesse schwarz behandelt hat. Der Spur gehe ich sofort nach der Besprechung nach, obwohl ich nicht glaube, dass dieser Arzt irgendwelche Aufzeichnungen über die Pflegekinder hat – sofern er überhaupt noch lebt."

„Wie ist Ihr Eindruck von Bauer und Marchl Frau Dr. Weidinger?" Man konnte spüren, dass Krohmer Frau Dr. Weidinger gegenüber nicht mehr ganz so negativ eingestellt war. Hatte sie ihn während des gemeinsamen Essens von sich überzeugen können?

„Die beiden sagen glaubhaft aus, dass sie von ihren Pflegeeltern misshandelt wurden. Bauer ist eine verkrachte Existenz und gibt seinen Pflegeeltern die Schuld für sein Scheitern, was ja zum großen Teil der Wahrheit entspricht. Er hat in seiner Kindheit Gewalt erfahren und übt diese gegenüber seiner Frau aus, die er dazu noch psychisch unter Druck setzt. Ich gehe davon aus, dass er auch das während seiner Zeit bei den Schustereders gelernt hat. Tobias Marchl ist das andere Extrem, sehr fleißig und sauber, fast pingelig – ebenfalls ein Ergebnis der fürchterlichen Erlebnisse. Und um es kurz zu machen: Bauer traue ich die Taten nicht zu, aber Marchl sollten wir im Auge behalten."

Viktoria stöhnte genervt auf, was von den anderen natürlich bemerkt wurde.

„Wollen Sie uns an ihrer Skepsis teilhaben lassen?" fragte Krohmer.

„Das ist doch reine Mutmaßung. Wie kommen Sie darauf? Nur, weil Sie sich mit Verdächtigen unterhalten, können Sie doch nicht einfach so aus dem Handgelenk entscheiden, ob jemand einen Mord begehen kann, oder nicht. Wir arbeiten seit vielen Jahren in unserem Job und ich könnte niemals einschätzen, ob jemand ein Mörder ist, oder auch nicht. Das wäre auch unprofessionell, denn es zählt immer noch die Unschuldsvermutung und letzten Endes nur Beweise. Mit reinen Vermutungen kann man keinen Mörder überführen. Es tut mir leid, aber ich finde Ihre Aussage einfach nur schwachsinnig." Viktoria sprach laut und deutlich. Und das, was sie sagte, klang einleuchtend.

„Sie haben absolut Recht Frau Untermaier. Ich wollte damit nicht zum Ausdruck bringen, dass ich einschätzen kann, ob jemand ein Mörder ist oder nicht, das kam jetzt echt falsch rüber. Natürlich zählen Fakten und Beweise und ich stimme Ihnen zu, dass man einen Mörder nicht an der Nasenspitze erkennen kann. Aber ich kann einschätzen, ob jemand in der Lage ist, einen Mord auszuführen und dann seine Spuren zu beseitigen. Und Michael Bauer ist dazu nicht in der Lage, er ist dazu nicht nur zu faul, sondern auch zu dumm, um es einmal drastisch auszudrücken."

„Oder, er gibt sich nur so, um uns das glauben zu lassen. Vielleicht ist er so gerissen und clever, dass er alle in seinem Umfeld, und damit auch Sie geschickt manipulieren kann. Schon mal daran gedacht?"

Dr. Weidinger lehnte sich zurück und überlegte.

„Nein, das glaube ich nicht, so schätze ich Bauer nicht ein. Ich bleibe dabei, er ist dumm und einfältig."

„Und ich denke, dass wir diesen Bauer trotzdem als Verdächtigen im Auge behalten sollen und uns nicht davon irritieren lassen, wie Sie diesen Mann einschätzen."

Der Schlagabtausch zwischen den Frauen wurde von den anderen nicht unterbrochen. Beide Seiten hatten Recht. Frau Gutbrod hingegen fand das sehr interessant und aufschlussreich. Sie hatte sich wie so oft einfach zu den Kripobeamten gesetzt, da sie nach dem verpassten Wochenende, wo sie zuhause war und nicht mitbekommen hatte, was hier alles passiert war, sich jetzt wieder aufs Laufende bringen wollte. Sie hatte sich sehr über sich selbst geärgert, dass sie zuhause Zeit vertrödelt hatte, während hier die Post abging. Ihre Nichte Karin hatte keine Zeit für sie, sie lag krank im Bett und verzichtete auf ihre Pflege. Frau Gutbrod hatte sich heute früh bereits durch die vorhandenen Akten gelesen und war noch nicht ganz im Bilde. Spätestens nach dieser Besprechung und nach der folgenden Durchsicht der kompletten Unterlagen war sie wieder umfangreich informiert. Diese Mordfälle waren sehr interessant, aber diese Antipathie der Frauen und die spürbare Rivalität war noch viel interessanter. Was war los zwischen den Frauen? Frau Untermaier war zwar noch nie die freundlichste gewesen, aber von dieser Frau Dr. Weidinger, die auch heute wieder wie aus dem Ei gepellt war, wusste sie eigentlich überhaupt nichts. Das musste sich schleunigst ändern und sie wusste auch schon wie: sie kannte von einer Fortbildung eine Sekretärin im Innenministerium und die würde sie nach der Besprechung so schnell wie möglich kontaktieren.

„Ich bin auch der Meinung, dass auch Bauer einer unserer Verdächtigen bleibt." Krohmer war überrascht, wie verfeindet die Frauen waren. Anfangs war nur Frau Untermaier bissig, beinahe neidisch. Nun schoss auch diese Dr. Weidinger ziemlich scharf und auch ihr Ton wurde rauer. Das konnte ja heiter werden.

Während Werner und Hans sich amüsierten, nahm Leo die Auseinandersetzung nicht einmal wahr. Für ihn waren das nur normale Gespräche unter Kollegen.

„Ich habe eine Theorie," sagte Leo ziemlich leise, wodurch er nun die komplette Aufmerksamkeit hatte. „Babette Silberstein war offenbar in den letzten Monaten dick geworden, das sagte die Freundin und Kollegin Svenja Krause aus. Was, wenn sie ein Kind entbunden hat, das durch das Jugendamt und somit durch Xaver Fischer vermittelt wurde? Ich weiß, das klingt jetzt sehr konstruiert, aber das würde die lange Abwesenheit wegen einer vermeintlichen Krankheit erklären und wäre eine Möglichkeit der Verbindung zum Jugendamt. Damals vor 14 Jahren wäre Frau Silberstein 38 Jahre alt gewesen, ein durchaus gebärfähiges Alter."

„Der Name Silberstein existiert in den Unterlagen nicht," sagte Werner, der diese Theorie äußerst interessant fand. „Aber das heißt nichts, denn Säuglinge kann man problemlos anonym vermitteln. Ich gehe sofort die Unterlagen nach einem Säugling in diesem Zeitraum durch."

„Gleich nach der Überprüfung von diesem Dr. Arnold werde ich dir dabei helfen, denn wenn das nicht sauber abgelaufen ist, hätte Frau Silberstein ein fettes Motiv," sagte Hans begeistert.

„Und wie passt da dieser Kapuziner und der Fonse rein?" Krohmer war skeptisch bezüglich Schwartz's Theorie. Früher wären solche Abwicklungen vielleicht möglich gewesen, aber vor 14 Jahren im Jahr 2000? Viktoria dachte ähnlich, obwohl sie Leos Theorie nicht uninteressant fand.

Die Antwort blieben die Beamten schuldig, das war jetzt nicht wichtig.

„Was ist mit den Exhumierungen?"

„Der Staatsanwalt sträubt sich mit Händen und Fußen, er hat sich bis morgen Vormittag Bedenkzeit erbeten. Die Herren Grössert und Hiebler suchen nach diesem vermeintlichen Säugling, von dem ich nicht glaube, dass es ihn gibt. Sie Herr Schwartz suchen diese Babette Silberstein. Es wird doch möglich sein, diese Frau endlich ausfindig zu machen. Frau Dr. Weidinger, Sie und Frau Untermaier bleiben bitte noch. Frau Gutbrod, Sie haben bestimmt noch jede Menge Arbeit und ich möchte Sie nicht davon abhalten."

Alle wussten sofort, was Krohmer vorhatte, er würde sich die beiden Damen vornehmen, denn so konnte es nicht weitergehen. Frau Gutbrod war enttäuscht, denn sie wäre bei der Standpauke gerne dabei gewesen. Sie wartete, bis die Kollegen weg waren, ging um die Ecke und schlich sich zurück an die Tür des Besprechungszimmers. Vielleicht konnte sie so mitbekommen, was da drin vor sich ging. Sie nahm ihren riesigen Ohrring ab und presste das Ohr an die Tür.

„Frau Gutbrod," hörte sie eine Stimme hinter sich. Erschrocken drehte sie sich abrupt um. Hans Hiebler stand hinter ihr. Gerade der Mann hatte sie bereits schon einmal beim Lauschen an genau dieser Tür erwischt.

„Ich bin enttäuscht von Ihnen, Sie hatten mir doch versprochen, nicht mehr zu lauschen," sagte Hans mit verschränkten Armen. Er genoss diese Situation bis in den kleinen Zeh.

Frau Gutbrod überlegte krampfhaft, was sie darauf erwidern sollte. Es gab nichts zu sagen, die Situation war schließlich eindeutig. Sie winkte nur ab, senkte den Kopf und klapperte auf ihren hohen Schuhen davon.

Hans musste lachen und hoffte inständig, dass das der neugierigen Frau Gutbrod eine Lehre sein würde. Aber so, wie er sie kannte, hatte sie das schnell wieder vergessen. In ihrem Alter lernte man eben nicht mehr so schnell um.

In ihrem Büro angekommen schämte sie sich tatsächlich im ersten Moment, ärgerte sich aber dann über Hiebler, der ihr die Chance genommen hatte, der Standpauke zuzuhören. Aber ein Gutes hatte das Ganze: sie hatte jetzt Ruhe vorm Chef und rief ihre Bekannte im Innenministerium an. Sie unterhielten sich über eine halbe Stunde und endlich hatte sie die Frau auf ihrer Seite, die ihrerseits bezüglich Frau Dr. Weidinger Informationen einholen wollte, denn sie selbst kannte die Frau nicht, war aber mit einer Kollegin befreundet, die für Frau Dr. Weidinger arbeitete. Es dauerte tatsächlich nicht lange und Frau Gutbrod bekam einen Rückruf. Sie bekam Informationen über Frau Dr. Weidinger, die sie bei nächster Gelegenheit, natürlich im Vertrauen, an Frau Untermaier weitergeben würde.

Krohmers Standpauke war kurz und bündig.

„Und Sie beide bleiben jetzt so lange hier, bis sie sich ausgesprochen und ihre Differenzen beseitigt haben."

„Das können Sie nicht einfach so anordnen! Schließlich bin ich kein kleines Kind mehr und lasse mich auch so nicht behandeln," maulte Frau Dr. Weidinger. Auch Viktoria protestierte und fand diese Anordnung einfach nur lächerlich.

„Dann führen Sie sich auch nicht auf wie kleine Kinder," sagte Krohmer ruhig. „Am liebsten würde ich Sie beide mit der Kamera aufnehmen und ihnen vorführen, wie Sie sich benehmen. Glauben Sie mir, Sie würden sich beide in Grund und Boden schämen, wenn Sie sich selbst sehen und hören könnten."

Krohmer schloss die Tür, nahm einen Stuhl und setzte sich ans andere Ende des Raumes.

„Sie haben jetzt Zeit, Ihre Differenzen zu beseitigen und sich auszusprechen. Niemand wird Sie stören. Ich nehme dieses Benehmen in meiner Polizei nicht länger hin. Los, fangen Sie an, tauschen Sie sich aus, diskutieren Sie oder schreien Sie sich an – das ist mir vollkommen egal. Die Hauptsache ist, dass endlich Ruhe herrscht und Sie beide normal miteinander umgehen und nicht weiter das Klima meiner Polizei vergiften. Ich sitze nur hier und achte darauf, dass Sie sich nicht zerfleischen."

Es war tatsächlich lächerlich, aber trotzdem stand er hinter seiner Entscheidung.

Frau Dr. Weidinger und Viktoria schwiegen lange, beiden war die Situation unangenehm.

„Was haben Sie eigentlich gegen mich? Habe ich Ihnen irgendetwas getan oder fühlen Sie sich durch mich einfach nur bedroht? Ich möchte Ihnen nichts Böses, sondern hier nur meine Arbeit vernünftig machen. Wir beide müssen auch keine Freundinnen werden, aber ein respektvoller Umgang wäre schön," sagte Frau Dr. Weidinger ruhig und traf damit den Nagel auf den Kopf.

„Warum sollte ich mich bedroht fühlen?" konterte Viktoria viel zu laut. „Ich zweifle nur an Ihrer Arbeit. Gegen Sie persönlich habe ich überhaupt nichts." Das war gelogen, denn insgeheim beneidete Viktoria die Frau, für ihr perfektes Aussehen, ihre Ausbildung und auch für die Familie, die ihr verwehrt geblieben ist. Das ist der einzige Punkt in ihrem Leben, den sie bereut hatte: eine Familie zu gründen, Kinder zu haben. Dafür war nie der richtige Zeitpunkt und jetzt war es zu spät dafür, sie war nun zu alt. Natürlich hörte sie immer wieder von Frauen, die auch in ihrem Alter oder auch später noch Kinder bekamen, aber sie hielt nichts davon: Kinder sollte man in jungen Jahren bekommen. Außerdem wären diese Kinder dem Spott der anderen ausgesetzt, denn gerade hier auf dem Land war die Toleranz auch in diesem Bereich noch sehr niedrig. Aber all das dachte sie sich nur. Dieser perfekten Frau gegenüber würde sie nie ein Wort darüber verlieren.

„Wir sollten uns auf den Fall konzentrieren und unsere Zeit nicht mit diesem Schmarrn vergeuden. Wenn ich Sie schlecht behandelt habe, möchte ich mich entschuldigen." Allein dieser Satz kostete Viktoria einiges an Überwindung, was Frau Dr. Weidinger durchaus klar war. Längst hatte sie bemerkt, wie die Mühldorfer Polizistin dachte, bis auf die Sache mit dem unerfüllten Kinderwunsch. Hätte sie davon geahnt, wäre sie ihr gegenüber vielleicht milder gestimmt gewesen, aber so schätzte sie Frau Untermaier zwar als gute Polizistin, aber menschlich als zickig, neidisch und arrogant ein.

„Ich nehme Ihre Entschuldigung gerne an. Auch ich möchte mich bei Ihnen entschuldigen, falls ich mich zu sehr in Ihre Ermittlungsarbeit eingemischt haben sollte. Manchmal sage ich einfach, was ich denke, und schieße vielleicht ab und an übers Ziel hinaus." Auch diese Entschuldigung war nicht ehrlich gemeint, denn Frau Dr. Weidinger stand zu dem, was sie sagte. Aber sie spürte, was diese Untermaier hören wollte und sie tat ihr den Gefallen.

Die beiden gaben sich die Hände.

„Na also," sagte Krohmer erleichtert, für den das Thema damit endgültig aus der Welt war. „Dann können wir jetzt alle endlich wieder an die Arbeit gehen."

Hans lag mit Dr. Arnold richtig – er war längst tot. Er hatte mit dessen Tochter gesprochen, die vor Jahren den Nachlass ihres Vaters geregelt hatte. Die Praxis war längst geschlossen und die Krankenakten hatte sie damals den Patienten übergeben. Die Namen Schustereder, Graumann und Marchl sagten ihr nichts, und Bauers gab es wie Sand am Meer.

„Nach unseren Recherchen hatte ihr Vater damals aufgrund von Spielschulden gerne Patienten schwarz behandelt – gegen Bargeld," sagte Hans.

„Davon weiß ich nichts, aber das würde ich meinem Vater jederzeit zutrauen. Er war ein Spieler, dem das Geld nur so durch die Finger rann. Damals habe ich ihn dafür verflucht, denn er hatte unser Haus und das ganze Vermögen verspielt, meine Mutter ist daran zugrunde gegangen, bekam Krebs, woran sie kurz darauf gestorben ist. Ich bin mir heute noch sicher, dass diese schreckliche Krankheit durch die Sorgen hervorgerufen wurde, auch wenn das allen wissenschaftlichen Grundlagen widerspricht. Wie gesagt, habe ich meinen Vater für seine Spielsucht gehasst, heute bin ich schlauer und weiß, dass es eine Krankheit ist."

„Und es gibt keine Aufzeichnungen mehr aus der damaligen Zeit?"

„Ich habe nichts aufbewahrt. Damals war ich so wütend, dass ich alles weggeworfen habe, was mich an meinen Vater erinnert, denn er hat mir nichts als Schulden hinterlassen. Heute bereue ich diesen Schritt, denn es existiert nichts mehr aus früheren Tagen. Bis auf die Krankenakten, die ich an die Patienten zurückgegeben habe, ist alles beim Sperrmüll und auf der Müllkippe gelandet."

Hans informierte die Kollegen und half dann Werner, nach einem Säugling zu suchen, der im Jahr 2000 durch das Jugendamt Altötting, hauptsächlich durch Xaver Fischer vermittelt wurde. Sie fanden nur zwei Säuglinge, deren Herkunft aber einwandfrei nachgewiesen werden konnte.

Auch diese Spur führte ins Leere.

Spät am Abend kam Dr. Leichnahm ins Präsidium, auf den Leo bereits schon ungeduldig gewartet hatte.

„Na endlich, ich dachte schon, du kommst überhaupt nicht mehr," begrüßte er den Pathologen.

„Du wirst es nicht glauben, aber ich habe auch noch andere Dinge zu erledigen. Schließlich ziehe ich um und muss nicht nur alle meine Habseligkeiten packen, sondern mich auch noch um die Renovierung meiner Wohnung, die Organisation der Übergabe und um sonstige Kleinigkeiten kümmern, die mich noch den letzten Nerv kosten. Ich mache drei Kreuze, wenn ich alles hinter mir habe. Am Samstag geht es endlich los und bis dahin ist noch jede Menge zu tun."

Leo beneidete den Mann nicht, er hasste solche Arbeiten.

„Hier ist die Personalakte von Babette Silberstein. Uns interessiert die darin beschriebene Krankheit, weshalb die Frau einige Monate nicht arbeiten konnte. Wir verstehen nur Bahnhof."

Dr. Richard Leichnahm setzte sich und las die entsprechende Passage.

„Die gute Frau hatte ein Burnout – sie ist ausgetickt. Das kann verschiedene Gründe und Auslöser haben."

„Das ist alles? Mehr hatte sie nicht?"

„Ich bitte dich Leo, red keinen Blödsinn, gerade von dir habe ich mehr erwartet. Diese Krankheit ist kein harmloser Schnupfen, der nach wenigen Tagen verheilt. Ich kenne Patienten, die so sehr unter dieser Krankheit leiden, dass sie nicht in der Lage sind, auch nur ansatzweise mit ihrem Leben zurecht zu kommen. Ich kenne viele, die sich deshalb das Leben nahmen."

„Entschuldige, so habe ich das nicht gemeint."

Sie unterhielten sich noch eine Weile und Dr. Leichnahm war enttäuscht, dass außer Leo niemand mehr hier war. Alle hatten bereits Feierabend, auch

Krohmer, den er gerne begrüßt hätte. Auch wegen Krohmer, dem er sehr zu Dank verpflichtet war, war er extra hergekommen. Gut, sein Vermieter hatte ihn aufgehalten und er war wirklich sehr spät hier, aber trotzdem wussten doch alle, dass er herkommen würde. Er war nicht nur enttäuscht, sondern fast beleidigt.

6.

Die Beerdigung von Xaver Fischer auf dem Friedhof in Kastl lief in kleinem Rahmen ab. Es waren nur wenige Nachbarn und ehemalige Kollegen gekommen, und die Familie bestand nur aus wenigen Personen: Florian Fischer, der allein kam, sein Bruder Hartmut Fischer mit Frau und Tochter, ein Bruder und eine Cousine des Verstorbenen, die beide in Altötting wohnten, zu Xaver Fischer aber schon viele Jahre keinen Kontakt mehr hatten. Ganz am Rand standen mehrere Personen, denen man aufgrund ihrer großen Ähnlichkeit sofort ansah, dass sie zu einer Familie gehörten: das war eindeutig die Familie von Katja Fischer, die geschlossen an der Beerdigung teilnahm.

Die Beamten der Mordkommission waren alle hier, bis auf Frau Dr. Weidinger, die wegen einem dringenden Termin nach München musste und erst wieder morgen erwartet wurde.

Die Beamten beobachteten alle Personen, die an der Beerdigung teilnahmen, ganz genau. Besonders nach Babette Silberstein hielten sie Ausschau, aber es war niemand hier, der ihr auch nur annähernd ähnelte. Überhaupt lief die ganze Trauerfeier sehr kühl ab und nur wenige trauerten tatsächlich. Gegen die Ansprache des früheren Kollegen Fischers, der im Namen des Landratsamtes einen Kranz mitgebracht hatte, war zwar nichts einzuwenden, aber man hörte heraus, dass Fischer zwar seine Arbeit stets zufriedenstellend erfüllte, aber private Worte fielen nicht. Das geschah nicht aus Bosheit, sondern der Mann kannte den Verstorbenen privat schlichtweg einfach nicht, hatte außerhalb der Arbeit nie mit ihm zu tun. Viktoria war erschrocken über diese Tatsache, aber Leo hatte die passende Erklärung:

„Wenn du dein Leben als arrogantes, egoistisches Arschloch führst, brauchst du dich nicht wundern, wenn am Ende niemand um dich trauert und dich auch niemand vermisst."

Die Beamten saßen frustriert im Besprechungszimmer, denn in allen drei Mordfällen ging es nicht voran. Wieder und wieder hatten sie das Umfeld der Toten umgegraben und die Verdächtigen immer und immer wieder überprüft – nichts, nicht der geringste Hinweis. Auch die Exhumierungen waren abgelehnt worden, da der Staatsanwalt negative Publicity befürchtete.

„Was ist mit Marchls Alibi?"

„An dem ist nicht zu rütteln, Marchl ist raus."

„Informationen vom Gardasee?"

„Nein, Philipp Graumann wurde noch nicht gefunden."

„Hinweise auf einen Säugling, der eventuell von Babette Silberstein sein könnte?"

„Nein. Während der Zeit wurden nur zwei Säuglinge übers Jugendamt vermittelt, deren Herkunft aber einwandfrei nachgewiesen werden kann. Beide haben definitiv nichts mit Frau Silberstein zu tun."

„Und was ist mit diesem Dr. Arnold, der die Pflegekinder damals wegen der Misshandlungen behandelt hat?"

„Leider vor acht Jahren bereits verstorben. Alle Krankenakten wurden an die Patienten übergeben, der Rest liegt auf dem Müll. Dr. Arnolds Tochter kennt die Namen Schustereder, Graumann und Marchl nicht, Bauer kann sein, aber sie ist sich nicht sicher, weil Bauer ein Allerweltsname ist."

„Gestern war Dr. Leichnahm spät abends noch hier und hat sich die Personalakte von Frau Silberstein vorgenommen. Sie hatte ein Burnout und musste deshalb für einige Monate aussetzen."

„Schade, dass ich ihn nicht begrüßten konnte. Ich hatte gestern Abend noch einen dringenden Termin, den ich nicht verschieben konnte. Ich hoffe, Dr. Leichnahm war nicht all zu enttäuscht?"

„Schon, aber er war wie gesagt sehr spät hier, außer mir war niemand mehr da. Er wird es verschmerzen können."

„Das gibt es doch nicht, so viele Spuren und alle führen in eine Sackgasse. Es ist zum Kotzen!"

Es war still im Besprechungszimmer.

„Verdammt nochmal, wenn wir das Ehepaar Schustereder wenigstens exhumieren und untersuchen könnten," sagte Leo und sah Krohmer vorwurfsvoll an.

„Ich kann nichts dafür, ich bin ja auch Ihrer Meinung. Wenn wir ein Tötungsdelikt in beiden Fällen ausschließen könnten, stünde nicht länger diese Möglichkeit im Raum."

„Oder, wir könnten den Kreis der Verdächtigen eingrenzen."

„Das weiß ich auch. Aber wenn der Staatsanwalt eine Exhumierung nun mal ablehnt, kann ich da nichts machen. Er ist heute und morgen außer Haus, übermorgen versuche ich mein Glück erneut, obwohl ich keine großen Chancen sehe, diese Exhumierungen durchzubringen."

„Moment mal," sagte Leo. „Das heißt also, dass der Staatsanwalt nicht erreichbar ist und wir zwei Tage gewonnen haben?"

„Ich hoffe nicht, dass Sie das meinen, was ich befürchte," sagte Krohmer erschrocken. „Sie werden doch nicht allen Ernstes vorhaben, die Exhumierungen auf eigene Faust vorzunehmen?"

„Warum nicht? Wir haben mit Dr. Leichnahm einen Pathologen an der Hand, den ich ganz bestimmt auf unsere Seite ziehen kann. Sein Umzug ist erst am Samstag. Bis der Staatsanwalt zurück ist, ist doch längst alles vorbei. Außerdem braucht doch niemand etwas davon mitbekommen. Frau Dr. Weidinger ist in München und kommt erst morgen wieder. Wenn wir vorsichtig vorgehen, erfährt niemand etwas davon."

Leo war Feuer und Flamme und sah seine Kollegen an, die von dem Vorschlag begeistert waren – bis auf Krohmer, denn der schlug die Hände über den Kopf.

„Ich will überhaupt nichts davon wissen," rief er aus und stand auf. „Ich von meiner Seite weiß davon nichts und möchte auch nichts wissen," sagte er und ging einfach durch die Tür.

„Also Leute, das ist quasi ein Freibrief. An die Arbeit!"

Leo rief sofort Dr. Leichnahm an, der gerade dabei war, die letzten Kartons zu packen. Außerdem wartete er auf den Nachmieter, um mit ihm die letzten Details zu besprechen, denn Dr. Leichnahm würde gerne das eine oder andere Möbelstück hier lassen. Leo sprach mit Engelszungen auf den genervten Dr. Leichnahm ein, der überhaupt keine Zeit und auch keine Lust auf diese Leo-Schwartz-typische Aktion hatte. Er ließ sich erweichen und willigte dann doch schließlich ein.

„Dann rufe ich den Nachmieter an und verschiebe den Termin auf morgen. Gerne mache ich das nicht."

„Vielen Dank Richard, du tust uns allen einen riesigen Gefallen. Du kannst dir sicher sein, dass wir dir helfen werden, wenn du mal in der Klemme steckst. Versprochen!"

„Du weißt genau, dass das niemals passieren wird. Trotzdem werde ich vielleicht irgendwann darauf zurückkommen. Und jetzt lass mich telefonieren, wir sehen uns später."

„Dr. Leichnahm ist dabei," rief Leo aufgeregt.

„Ich suche nach einem geeigneten Raum," sagte Hans und war auch schon verschwunden.

„Ich informiere Fuchs und seine Leute. Ihm gegenüber aber kein Wort darüber, dass die Aktion nicht genehmigt ist. Ich hoffe inständig, dass wir nicht auffliegen." Viktoria war froh darüber, dass Frau Dr. Weidinger gestern nach München gefahren ist. Wenn sie anwesend gewesen wäre, hätte Krohmer niemals so gehandelt und ihnen quasi freie Hand gelassen.

Werner kümmerte sich um die Friedhofsverwaltung und brachte das Vorhaben so geschickt vor, dass der dortige Sachbearbeiter überhaupt nicht nach einer Genehmigung fragte. Der Sachbearbeiter versprach, dass seine Friedhofsarbeiter samt Bagger auf sie warten würden.

„Das sind doch echt gute Neuigkeiten – ich hole Dr. Leichnahm ab, wir treffen uns allesamt auf dem Parkfriedhof in Altötting."

Dr. Richard Leichnahm stand mit einem riesigen Koffer an der Straße und macht durch Winken auf sich aufmerksam. Er stieg ein und sie sprachen bis zum Friedhof kein Wort miteinander – Leo war gespannt darauf, was ihn erwartete und Dr. Leichnahm betete darum, dass er heil aus dieser ganzen Geschichte herauskam. Nicht auszudenken, was mit seiner Zukunft als Pathologe passieren würde, wenn diese ganze Aktion aufflog!

Leo blickte sich an ihrem Ziel um und war erstaunt über die wunderschöne Lage dieses Friedhofes weit außerhalb von Altötting. Hier war es ruhig, selbst die Bundesstraße, die sich in Sichtweite befand, konnte man hier nicht hören, dafür sorgte ein extra angelegter Erdwall. Nur der leichte Güllegeruch, der von einem der umliegenden Bauernhöfe herüberwehte, störte etwas die Idylle.

„Ein wunderschöner Platz für eine letzte Ruhestätte," sagte Dr. Leichnahm und sog die Landluft tief ein. Roch er die Gülle nicht? Waren seine Geruchsnerven durch seinen Job schon so abgestumpft, dass er den Gestank nicht mehr wahrnahm?

„Es ist doch letztendlich völlig egal, wo man begraben wird – tot ist tot," murmelte Leo und stapfte auch schon davon.

Tatsächlich standen die Friedhofsarbeiter samt Bagger schon an dem Schustereder-Grab, wo nun auch die anderen langsam eintrudelten. Friedrich

Fuchs drängelte sich nach vorn und ließ ein Absperrband ziehen, um die Kollegen und sonstige unbefugte Menschen fernzuhalten. Fuchs hatte zum Glück nicht nach einer Genehmigung gefragt und machte sich nun wie üblich wichtig. Viktoria hatte überlegt, Fuchs und die Spurensuche komplett aus der Sache rauszulassen, verwarf den Gedanken aber wieder. Erstens wäre es möglich, dass die Spezialisten Spuren am und im Grab entdeckten, die sie sonst übersehen hätten. Und zweitens würde Fuchs ganz schön Staub aufwirbeln, wenn er von dieser Aktion hier Wind bekommen würde und er wäre nicht dabei gewesen. Nein, es war sicherer, ihn mit einzubinden und alles so ablaufen zu lassen, als läge tatsächlich eine Genehmigung vor.

Nachdem Fuchs den Friedhofsarbeitern Anweisungen gegeben hatte, setzte sich der Bagger in Bewegung und fing an, die lockere, schwarze Erde Schaufel für Schaufel abzutragen. Das Grab war nur mit einem vertrocknetem Kranz und einigen längst verwelkten Blumen geschmückt gewesen, was in dieser Umgebung mit den üppigsten Blumen, Gestecken und verschiedenen Skulpturen irgendwie schäbig aussah. Eins war klar: hier kümmerte sich niemand um das Schustereder-Grab.

Endlich stieß der Bagger auf den harten Gegenstand, wodurch nun die beiden anderen Friedhofsarbeiter mit ihren Schaufeln die restliche Erde beseitigten, bis man einen Sarg erkennen konnte.

„Das genügt, vielen Dank," rief Fuchs. Er und seine Mitarbeiter übernahmen die weitere Freilegung des obersten Sarges, was sehr schnell vonstatten ging. Der untere Sarg des Herrn Franz Schustereders war fest in der Erde und es dauerte einige Zeit, bis dieser schließlich mit Hilfe des Baggers nun ebenfalls geborgen werden konnte, was nicht ohne Blessuren am Sarg möglich war.

Fuchs ließ beide Särge säubern, die sich deutlich voneinander unterschieden. Während der ältere von beiden erstaunlicherweise noch sehr gut in Schuss war, sah der andere dagegen billig, beinahe schäbig aus. Aber deshalb waren sie nicht hier, es ging nur um die beiden Leichen. Friedrich Fuchs übernahm selbstverständlich die Aufgabe, beide Särge persönlich zu öffnen, was er so theatralisch und spannend wie möglich machte. Die anderen waren dadurch absolut genervt. Endlich gab Fuchs das Zeichen, dass sich die Beamten die Leichen ansehen konnten.

„Franz Schustereder sieht noch ziemlich gut aus. Ich hätte ihn mir schlimmer vorgestellt," sagte Viktoria.

„Das macht in diesem Fall die Beschaffenheit des Sarges," sagte Dr. Leichnahm, der sich an Fuchs vorbeidrängelte. „Dieser hier konserviert den Körper deutlich besser als das billige Modell der Frau. Wie lange sagten sie, ist der Tod der Frau her?"

„Inzwischen drei Wochen."

„Naja, vielleicht war nicht mehr Geld da. Aber eigentlich ist es eine Schande, dass man die Frau in diesem sehr billigen Sarg bestattet hat. Noch niemals vorher habe ich so ein schäbiges Modell gesehen und es ist auch nicht üblich, dass Verstorbene in solchen Pappkisten beerdigt werden. Sehen Sie selbst, wenn ich hier dran ziehe, habe ich sogar jetzt schon nach drei Wochen ein Stückchen von diesem billigen Material in der Hand. Das ist kein Holz, das ist billigste Presspappe. Das darf nicht sein. Dem müssen Sie unbedingt nachgehen, schließlich haben wir in Deutschland Bestattungsvorschriften." Dr. Leichnahm ärgerte sich maßlos über diesen Billigsarg und Leo versprach, dem nachzugehen. Er nahm Dr. Leichnahm das ausgebrochene Stück aus der Hand und gab es vorsichtig in ein Plastiktütchen. Aber deshalb waren sie nicht hier, es ging einzig und allein um die Leichen.

Friedrich Fuchs stand die ganze Zeit hinter Dr. Leichnahm und beobachtete mit Argusaugen, was er da machte. Eigentlich wollte er protestieren, denn es wäre auch seine Aufgabe gewesen, sich die Leichen anzusehen. Aber da nun mal ein Pathologe vor Ort war, den er von einem früheren Fall in Altötting kannte und ihn auch schätzte, überließ er ihm gerne die Leichen.

Fuchs gab seinen Leuten Zeichen, dass ihre Aufgabe hier beendet war und sie fahren konnten. Tatsächlich schöpfte er nicht für eine Sekunde Verdacht, denn alles lief so ab wie immer – bis auf diesen Dr. Leichnahm, aber dabei dachte er sich nichts.

Dr. Leichnahm machte mehrere Aufnahmen von beiden Leichen, sah sich die Hände und den Mund genauer an und schnitt dann jeweils ein Büschel Haare ab.

„Das hätten Sie doch alles später machen können," maulte Viktoria, die sich fortwährend umsah und Angst hatte, irgendwie entdeckt zu werden. Außerdem fror sie in ihrer dünnen Jacke erbärmlich und es sah so aus, als würde es gleich anfangen zu regnen.

„Man weiß nie, was unterwegs verloren geht. Was ich habe, habe ich. Außerdem mache ich meine Arbeit so, wie ich möchte. Wenn Ihnen das nicht passt, kann ich gerne wieder gehen und Sie können sich jemand anderen suchen," sagte Dr. Leichnahm, der durch das Gemecker dieser Frau schon lange genervt war.

Viktoria wollte etwas darauf erwidern, aber Leo hielt sie zurück. Es war nicht der richtige Ort, um jetzt mit Dr. Leichnahm zu streiten. Vor allem brauchten sie den Mann, sie hatten sonst niemanden.

Der Baggerfahrer fing an, das Grab notdürftig wieder zuzuschaufeln. Nach wenigen Minuten sah alles wieder einigermaßen sauber und ordentlich aus, niemand der Friedhofsbesucher könnte darauf kommen, dass hier soeben ein Grab geräumt wurde.

Rudolf Krohmer war mit seinen Gedanken bei den Kollegen und ihm war nicht wohl bei der ganzen Sache. Natürlich war ihm klar, dass vor allem dieser Schwartz sich umgehend an die Arbeit machen würde. Krohmer musste schmunzeln. Dieser Schwabe war wirklich eine Bereicherung für die Mühldorfer Kriminalpolizei. Aber er war sich auch sicher, dass die unkonventionelle Arbeitsweise und die spontanen, teilweise illegalen Ideen irgendwann große Probleme mit sich bringen würden. Krohmer hoffte inständig, dass diese Exhumierungen unentdeckt bleiben würden. Vor allem aber hoffte er darauf, dass bei beiden

Verstorbenen keine unnatürliche Todesursache nachgewiesen würde.

Auf direktem Weg wurden die Leichen ins Präsidium nach Mühldorf gebracht. Viktoria fuhr voraus und lotste den Konvoi direkt in die hintere Einfahrt. Sie benutzten den Hintereingang, der unmittelbar in den Kellertrakt führte. Dort waren wenige Zellen untergebracht, die momentan nicht belegt waren. Daneben gab es einen größeren Abstellraum, den Hans räumen und für die Obduktionen herrichten ließ. Werners Aufgabe war nun, Fuchs und seine Leute von hier fernzuhalten. Er bat die Kollegen um ein ausführliches Gespräch bezüglich dieser Exhumierungen, bat sie in den Besprechungsraum und löcherte alle geschickt mit den dümmlichsten Fragen. Irgendwann ging Fuchs genervt an die Arbeit.

„Meine Leute können Ihnen gerne Auskunft geben, ich habe Besseres zu tun," sagte er nur und war auch schon verschwunden. Die anderen waren über die willkommene Abwechslung und das Gespräch mit Werner sehr erfreut und dachten nicht daran, an die Arbeit zu gehen, sondern gaben bereitwillig und ausführlich Auskunft.

Viktoria hatte sich einen Stuhl geholt und saß nun am Treppenabgang. Niemand kam an ihr ungesehen vorbei und keiner getraute sich das, denn Viktoria sah die wenigen Kollegen, die auch nur in die Nähe des Kellers kamen, mit einem strafenden Blick an, wodurch sie sofort abgeschreckt wurden.

Hans übernahm die Aufgabe, an der Obduktion direkt teilzunehmen, während sich Leo lieber im Hintergrund aufhielt und das Geschehen von Weitem betrachtete. Er hasste die Pathologie und alles, was damit zusammenhing; er verstand nicht, wie man diese Arbeit überhaupt machen konnte. Schon allein der Geruch und die Gedanken an die Arbeit bereiteten ihm Magenschmerzen und Übelkeit. Daran würde er sich niemals gewöhnen können.

Viktoria hörte Schritte, die eindeutig von einer Frau waren. Das konnte nur Frau Gutbrod sein. Genervt stand sie auf und erwartete die neugierige Sekretärin – und war erschrocken, als Frau Dr. Weidinger vor ihr stand. Hektisch suchte Viktoria nach einer Möglichkeit, aus dieser bescheidenen Situation irgendwie herauszukommen. Frau Dr. Weidinger spürte sofort, dass hier etwas Seltsames im Gange war, verschränkte die Arme vor der Brust und wartete, denn das schlechte Gewissen stand Viktoria förmlich ins Gesicht geschrieben. Viktoria spürte, dass Leugnen zwecklos war.

„Wir haben das Ehepaar Schustereder exhumiert, die Obduktion läuft," sagte sie kleinlaut und deutete die Treppen nach unten. Jetzt würden sie auffliegen und sie würden alle ihren Job verlieren. Sofort entschied Viktoria für sich, dass sie die ganze Schuld auf sich nehmen würde, schließlich leitete sie die Mordkommission und war somit auch für diese illegale Aktion verantwortlich. Was würde jetzt aus ihr werden? Mit welchen Konsequenzen musste sie rechnen? Und wie konnte sie diese Frau davon überzeugen, ihre Kollegen und vor allem Dr. Leichnahm aus dem Ganzen rauszuhalten? Frau Dr. Weidinger konnte beinahe lesen, was in Viktorias Kopf vor sich ging, sagte aber immer noch kein Wort, was Viktoria fast wahnsinnig machte. Frau Dr. Weidinger genoss diese Situation in allen Zügen und rächte sich dadurch an der biestigen Viktoria, die ihr das Leben hier sehr schwer gemacht hatte. Schließlich entschied sie, dass es nun genug Strafe war.

„Wo sagten Sie finden die Obduktionen statt?" fragte sie ruhig, was Viktoria sehr überraschte, denn sie hatte eine Standpauke, Vorwürfe oder irgendetwas in der Richtung erwartet. Stattdessen reagierte die Frau ziemlich gelassen.

„Die Treppe runter, dann rechts an den Zellen vorbei, wieder rechts, der Raum auf der linken Seite. Soll ich's Ihnen zeigen?"

„Nicht nötig, ich finde mich schon zurecht. Bleiben Sie hier auf Ihrem Posten."

Verdammt, verdammt, verdammt! Was wollte diese Frau hier? Sie sollte doch noch in München sein. Jetzt war alles aus! Die wildesten Gedanken gingen ihr durch den Kopf und trotz des Rauchverbotes zündete sie sich eine Zigarette an. Jetzt war auch schon alles wurscht. Was sollte ihr jetzt noch passieren? Sie war verzweifelt und dachte überhaupt nicht daran, irgendeinen Kollegen zu warnen oder zumindest zu informieren. Sie lehnte sich zurück und rauchte ihre Zigarette, ohne imstande zu sein, irgendetwas zu tun.

Die Tür öffnete sich ohne Klopfen und Leo erschrak.

HOLZPERLENSPIEL

„Frau Dr. Weidinger? Was machen Sie denn hier?"

Erschrocken kam Hans auf sie zu und führte sie und Leo nach draußen. Dr. Leichnahm sollte ungestört seine Arbeit fortführen können, denn er war kurz davor, seine Arbeit zu beenden. Zumindest hatte er ihm das eben gesagt, als er um Ruhe bat. Auch Hans konnte sich für diese Arbeit nicht begeistern und hatte nicht zugesehen, was Dr. Leichnahm machte. Er blieb in seiner Nähe, schaute weg und schloss ab und zu die Augen, denn die Geräusche allein reichten ihm durchaus. Für Details interessierte er sich erst später.

„Haben Sie irgendetwas herausbekommen, das das hier im Nachhinein rechtfertigt?" fragte Frau Dr. Weidinger.

Hans schüttelte den Kopf.

„Leider nein – oder soll ich sagen: Gott sei Dank? Aber Dr. Leichnahm ist noch nicht fertig, wir müssen uns noch gedulden."

„Gut, dann warten wir ab. Weiß Herr Krohmer von all dem hier?"

„Nein," riefen Hans und Leo im Chor – sie wollten dem Chef aus allem raushalten. Es genügte vollkommen, dass sie jetzt alle dran waren.

Leo konnte kaum glauben, was da eben vor ihm passierte. Anstatt lautstarken Vorwürfen war Dr. Weidinger überhaupt nicht aufgeregt oder gar empört. War es möglich, dass die Frau auf ihrer Seite war? Er sah Hans an, der ähnlich zu denken schien, denn noch wusste niemand, wie Frau Dr. Weidinger tatsächlich dachte. Er wählte die einfachste Variante und preschte nach vorn.

„Sind Sie Freund oder Feind?" war Leos knappe Frage.

Dr. Weidinger war über diese Frage sehr amüsiert.

„Sie machen nicht gerne große Worte Herr Schwartz, kommen gerne gleich auf den Punkt, das gefällt mir. Ich antworte direkt auf Ihre Frage: ich bin Freund. Obwohl ich schon gekränkt bin, dass man mich abermals ausgeschlossen hat. Gut, ich war nicht vor Ort, das werte ich zu Ihren Gunsten, aber trotzdem leben wir in einem Zeitalter der uneingeschränkten Kommunikationsmöglichkeiten."

„Stimmt, Sie haben Recht und ich entschuldige mich. Wenn wir gewusst hätten, wo Sie stehen, hätten wir Sie natürlich unterrichtet. Aber Sie sind hier nun mal so etwas wie ein Fremdkörper und man befürchtet, dass Sie Internas an das Innenministerium ausplaudern."

„Sie denken, ich bin so etwas wie ein Spion?" Leo nickte und auch Hans stimmte zu. „Jetzt verstehe ich langsam, was hier vor sich geht. Wenn das hier," und dabei zeigte sie auf die Kellertür, hinter der Dr. Leichnahm die Obduktionen vornahm, „vorbei ist, dann werden wir alle ein ernstes Wort reden müssen."

„Ich hoffe, Sie sind jetzt nicht beleidigt."

„Beleidigt ist nicht das richtige Wort, aber auch das klären wir später. Sie geben mir Bescheid, wenn Sie hier fertig sind? Ich bin in der Kantine, ich habe einen Bärenhunger und heute soll es Quarkstrudel geben, den habe ich ewig nicht gegessen."

Leo und Hans sahen der Frau hinterher, die heute ganz in hellblau gekleidet war und wieder umwerfend aussah.

„Meinst du, wir können ihr trauen?"

„Es wird uns nichts anderes übrig bleiben."

Krohmer hatte seine Leute gesehen, als sie im Konvoi vorgefahren waren und war anfangs erschrocken. Die werden doch diese Obduktionen nicht hier im Präsidium vornehmen? Je länger er darüber nachdachte, desto mehr war er davon überzeugt, dass das die beste Lösung war, denn das schränkte den Kreis der Personen ein, die vielleicht Wind von der Sache bekommen könnten. Seine Neugier trieb ihn nach zwei Stunden nach draußen auf den Gang in Richtung Keller. Schon von Weitem hatte er Frau Untermaier am Absatz der Kellertreppe entdeckt, die dort auf einem Stuhl saß. An ihr war kein Vorbeikommen. Krohmer war kurz versucht, zu ihr zu gehen, entschied aber dann, dass er von dem Ganzen nicht alles wissen musste und machte sich wieder an die Arbeit, die vor allem darin bestand, Frau Gutbrod mit Arbeit einzudecken und sie davon abzuhalten, ihre Nase in Dinge zu stecken, die sie nichts angingen.

„Chef, wir haben Neuigkeiten," sagte Viktoria knapp. Krohmer konnte ihren Gesichtsausdruck nicht deuten und war neugierig. Was hatte die Untersuchung der Leichen ergeben?

„Dann nichts wie ab ins Besprechungszimmer. Sind die anderen informiert?"

„Sie warten schon. Was ist mit Frau Gutbrod?"

„Die ist mit Arbeit eingedeckt, sie wird uns nicht stören."

Krohmer war erschrocken, als er Frau Dr. Weidinger entdeckte. Was machte sie hier? Viktoria schloss die Tür, wartete einige Minuten und mahnte die Kollegen zur Geduld, die nicht verstanden, was sie bewog, an der Tür stehen zu bleiben. Die anderen waren neugierig und wollten endlich wissen, was die Obduktionen ergeben haben. Viktoria hatte ein Klappern auf dem Flur gehört und wollte auf Nummer Sicher gehen.

Spontan öffnete sie die Tür und Frau Gutbrod stand vor ihr.

„Was fällt Ihnen ein, mich so zu erschrecken?" schrie sie erschrocken.

„Und was fällt Ihnen ein, hier zu lauschen?"

Krohmer war aufgestanden und stürmte zur Tür und sah seine Sekretärin wütend an.

„Sie gehen jetzt sofort an die Arbeit Frau Gutbrod! Und wagen Sie es nicht, sich nochmals erwischen zu lassen! In letzter Zeit übertreiben Sie es mit Ihrer Neugier und ich habe endgültig die Nase voll. Sie reißen sich jetzt zusammen und machen gefälligst Ihre Arbeit, wofür Sie auch bezahlt werden. Hört Ihr Verhalten nicht sofort auf, werde ich dafür sorgen, dass Sie vorzeitig in den Ruhestand geschickt werden. Haben wir uns verstanden?" Krohmer schrie sie nicht nur an, sondern drohte auch noch mit dem Finger – etwas, was Frau Gutbrod bisher nur sehr selten an ihm sah und sie wusste, dass sie es jetzt wirklich übertrieben hatte. Natürlich hatte sie gehört, was

Frau Untermaier vorhin im Büro des Chefs von sich gab und sie verstand kein Wort. Eine Besprechung stand an und sie war nicht erwünscht. Was ging hier vor sich? Schon den ganzen Tag hatte sie die Nervosität des Chefs bemerkt. Und natürlich war es seltsam, dass sie mit den belanglosesten Arbeiten zugemüllt wurde, wobei Krohmer immer wieder nach ihr sah. Es war ganz klar, dass er sie im Auge behalten wollte. Und jetzt diese Besprechung! Von welchen Neuigkeiten hatte Frau Untermaier gesprochen und was zum Teufel machte eigentlich dieser Dr. Leichnahm hier im Besprechungszimmer? Das war doch auch einer dieser Leichenfledderer wie diese schreckliche Frau Dr. Künstle. Sie sah ihren Chef an, der immer noch dicht vor ihr stand. Sie murmelte einige Worte und zog sich zurück. Das alles war sehr verwirrend für sie und sie musste überlegen, wie sie weiter vorgehen sollte, denn sie musste auf jeden Fall dringend herausfinden, was da ablief. Und dass da etwas Wichtiges lief, lag auf der Hand. Warum verhielt sich der Chef Ihr gegenüber so heftig? Noch niemals vorher hatte er mit einem vorzeitigen Ruhestand gedroht. Schon allein das Wort verursachte bei ihr eine Gänsehaut. Sie wollte noch nicht in Rente gehen. Sie war schließlich viel zu jung dafür!

„Das haben wir geklärt, die kommt so schnell nicht wieder," schnaubte Krohmer, als er sich wieder setzte.

„Sind Sie sich da ganz sicher? Ich bin davon überzeugt, dass sie nicht so schnell aufgibt. Sie wird mit allen Mitteln versuchen herauszufinden, warum Sie wie ein Wilder auf sie losgegangen sind." Frau Dr. Weidinger sprach ruhig und Krohmer sah sie erschrocken an.

„Denken Sie wirklich? War ich zu schroff zu ihr?"

Dr. Weidinger und die anderen nickten. Auch sie waren davon überzeugt, dass Frau Gutbrod jetzt erst Recht nicht aufgeben würde. Aber das war ein Problem, das sie momentan nicht belastete. Jetzt gab es Wichtigeres. Dr. Leichnahm interessierte sich nicht für die Belange der Beamten. Für ihn gab es nur seine Arbeit und dafür war er hier. Er wollte seinen Bericht abliefern und dann so schnell wie möglich wieder von hier verschwinden, denn er fühlte sich während dieser ganzen Aktion nicht wohl in seiner Haut und war froh, dass die Leichen bereits wieder auf dem Weg zum Friedhof waren.

„Wenn ich jetzt berichten könnte, was ich herausgefunden habe, wäre ich dankbar, denn diese Frau Gutbrod interessiert mich überhaupt nicht, das können sie doch später klären. – Bei beiden Verstorbenen konnte ich keine Fremdeinwirkung feststellen. Allerdings ist bei Franz Schustereder der Bereich um den Mund sehr ordentlich gereinigt worden, etwa mit Terpentin oder Ähnlichem. Hierzu müsste man in einem Labor aufwendige Tests durchführen. Bei der Frau waren um die Mundpartie deutliche Kleberückstände festzustellen. Überhaupt war die Frau für die Beerdigung sehr schlecht zurecht gemacht, eine sehr schlampige Arbeit, der Sie unbedingt nachgehen sollten."

„Sie meinen, Sie wurden geknebelt?"

„Nach der langen Zeit ist das kaum mehr feststellbar, das ist aber anzunehmen. Außer diesen beiden Punkten habe ich bei meinen beschränkten Mitteln nichts weiter feststellen können. Es könnte sein, dass bei einer ordentlichen Obduktion mit aufwändigen Tests vielleicht Fremdeinwirkung festgestellt werden kann, aber ich bezweifle, dass man nach der Zeit noch ein vernünftiges Ergebnis erzielen kann. Alle gebräuchlichen Gifte habe ich getestet, sie sind negativ. Spuren am Körper, die von Gewalt herrühren, sind nicht feststellbar."

„Sind Sie sich ganz sicher?"

„Natürlich bin ich sicher. Wollen Sie mich beleidigen? Sie können sicher sein, dass ich sauber und gründlich gearbeitet habe - natürlich unter den gegebenen, eingeschränkten Möglichkeiten. Eine Merkwürdigkeit habe ich allerdings noch und weiß nicht, was das zu bedeuten hat. In der rechten Hand beider Leichen befand sich jeweils eine kleine Holzperle." Dr. Leichnahm holte ein kleines Tütchen aus seiner Jackentasche und legte sie auf den Tisch. „Vielleicht handelt es sich um einen Brauch, der mir nicht bekannt ist und sich auf diese Region oder auf einen bestimmten Glauben bezieht."

„O mein Gott," rief Krohmer und griff sich das Tütchen mit den Holzperlen.

„Was hat es damit auf sich?" Dr. Leichnahm verstand die Aufregung nicht.

„Auch bei den anderen Leichen haben wir Holzperlen gefunden und es handelt sich keineswegs um irgendeinen Brauch. Der Serienmörder hinterlässt uns damit seine Visitenkarte."

„Dann war die Obduktion nicht umsonst?"

„Auf keinen Fall."

„Gut. Einzelheiten erfahren Sie in meinem Bericht, den ich in der kurzen Zeit noch nicht fertigen konnte. Bevor ich mir die Mühe mache, möchte ich erst wissen, ob ein Bericht überhaupt erforderlich ist?"

„Ich denke, es ist besser, wenn wir über diese Obduktionen nichts Schriftliches haben. Nicht, dass das noch in die falschen Hände kommt," sagte Krohmer, der nicht genau wusste, ob er sich freuen oder enttäuscht sein sollte. Was sollte er jetzt machen? Seine Bedenken wegen der Klebereste, den Reinigungsspuren und natürlich die Tatsache bezüglich der Holzperlen, die bei beiden Leichen gefunden wurden, konnte er gegenüber dem Staatsanwalt nicht anbringen. Wenn es rauskommt, dass eigenmächtig eine Exhumierung stattgefunden hatte, würde er es sich beim Staatsanwalt auf alle Zeiten verscherzen. Aber was jetzt? Er könnte zumindest bezüglich einer ordentlichen Exhumierung Druck machen, obwohl das beim zuständigen Friedhofsamt und den Friedhofsmitarbeitern bestimmt nicht gut käme. Dann würden ganz sicher Fragen auftauchen, die er vermeiden musste. Er war in einer Zwickmühle.

„Ihrem Einverständnis vorausgesetzt sind die Leichen bereits auf dem Weg zurück zum Friedhof. Ich dachte, es ist besser, wenn sie wieder dort hinkommen, wo sie hingehören. Es sei denn, Sie bekommen einen entsprechenden Beschluss. Aber wie wollen Sie den jetzt mit dem Wissen rechtfertigen?" Hans hatte Druck gemacht und dafür gesorgt, dass dem Friedhofspersonal ein ordentliches Trinkgeld ausgehändigt wird.

„Das weiß ich Herr Hiebler. Denken Sie, ich bin blöd? Natürlich dürfen wir kein Wort über die Exhumierungen und allem, was damit zusammenhängt, auch nur andeuten. Ich zähle auf Sie alle, dass darüber äußerstes Stillschweigen gewahrt wird!"

„Konnten Sie etwas bezüglich dieses lumpigen Sarges erreichen Herr Schwartz?" Dr. Leichnahm unterbrach an dieser Stelle, denn die Umstände der Exhumierung und was damit zusammenhing, interessierte ihn herzlich wenig, er war in Eile.

„Nein, ich hatte noch keine Zeit dafür. Ich kümmere mich darum. Ehrenwort!" Leo hatte nicht mehr daran gedacht und schämte sich, denn er hatte es Dr. Leichnahm versprochen.

„Worum geht es da genau? Klären Sie mich auf." Krohmer war ungehalten, denn darüber hatte er bislang kein einziges Wort gehört.

„Der Sarg von Frau Schustereder war nicht nur billig, sondern von meinem Standpunkt aus nicht zulässig. Nach der kurzen Zeit, und ich spreche von drei Wochen, war er bereits in so einem desolaten Zustand, dass ich das nicht einfach so hinnehmen kann. Wir haben in Deutschland ein Bestattungsgesetz und egal, wie der Mensch sich zu Lebzeiten verhalten und gelebt hat, finde ich es unmöglich, dass ein Verstorbener in einem so würdelosen Sarg, der einem Pappkarton nicht unähnlich ist, bestattet wird." Dr. Leichnahm regte sich maßlos auf. „Darüber hinaus war die Leiche nicht hergerichtet worden, denn sonst wären wohl kaum die Klebereste noch so deutlich zu erkennen – keine Schminkrückstände, nichts! Es war auch keine Deckengarnitur vorhanden."

„Das heißt, die Frau wurde einfach so in einen billigen Pappsarg gelegt?"

„So ist es. Ich sehe, dass Sie sich auch darüber aufregen und bitte Sie deshalb, dass hier recherchiert wird und die Verantwortlichen zur Rechenschaft gezogen werden."

„Sie haben absolut Recht, das darf es nicht geben. Kümmern Sie sich umgehend darum Herr Schwartz. Aber diskret, wenn ich bitten darf."

„Wenn Sie mich nicht mehr brauchen, würde ich gerne gehen. Auf mich wartet jede Menge Arbeit, schließlich steht mein Umzug kurz bevor."

Krohmer und die anderen bedankten sich überschwänglich, was Dr. Leichnahm nicht nur auf die Nerven ging, sondern wertvolle Zeit kostete. Zeit, die er nicht hatte.

Nun, wo Dr. Richard Leichnahm weg war, konnte Leo endlich über die Krankheit von Babette Silberstein sprechen, was er auf keinen Fall in Beisein Richards machen wollte, der sich deswegen sehr aufgeregt hatte und er darum einer Diskussion aus dem Weg gehen wollte. Leo kannte seine unsensiblen Kollegen, die leider ähnlich dachten wir er, was auch verständlich war, denn sie waren täglich mit Schrecklichem konfrontiert und waren dadurch abgehärtet und sahen Vieles deshalb sehr nüchtern.

„Ich habe noch etwas: Dr. Leichnahm hat sich die Personalakte von Babette Silberstein angesehen, die mit medizinischen Fachbegriffen gespickt war. Frau Silberstein litt unter einem Burnout und wurde deshalb über einen längeren Zeitraum behandelt. Vielleicht war sie auch deshalb für das Krankenhaus nicht mehr tragbar und man hat ihr nahegelegt, zu kündigen."

„Offiziell hat sie gekündigt," sagte Viktoria.

„So steht es in der Akte. Die Wahrheit kennen nur die Beteiligten. Wie sieht es denn aus, wenn ein Krankenhaus einer Angestellten kündigt, die unter dieser Krankheit leidet? Ich bin mir sicher, dass sie überredet worden ist, zu kündigen." Auch Werner hatte in seinem Bekanntenkreis einen Freund mit dieser Krankheit, dem es ähnlich gegangen ist und der auch noch nach vielen Jahren immer wieder psychische Probleme hatte. Er ärgerte sich darüber, wie mit psychisch Kranken in der Gesellschaft umgegangen wird und nahm regelmäßig an Veranstaltungen teil, die Gelder für diese Erkrankung sammelten.

„Das ist nicht unser Thema Kollege Grössert. Wir wissen jetzt, dass Frau Silberstein eine psychische Erkrankung hatte und vielleicht deshalb abgestürzt ist." Krohmer wollte keine Grundsatzdiskussion wegen diesem Thema, deswegen waren sie nicht hier.

„Obwohl wir nicht den Grund für diese Erkrankungen kennen, was äußerst interessant wäre," sagte Frau Dr. Weidinger, die sehr oft auch während ihrer Ausbildung ebenfalls mit dieser Erkrankung zu tun hatte, die viel mehr Menschen betraf, als öffentlich bekannt ist. Viele Betroffene kämpfen sich tagtäglich mit dieser Belastung durchs Leben, ohne dass das direkte Umfeld auch nur die leiseste Ahnung davon hätte.

„Nochmal: das ist nicht unser Thema!" sagte Krohmer energisch. Für ihn galt primär, dass da draußen ein Serienmörder herumlief und seine Holzperlen verteilte.

Alle saßen nun schweigend im Besprechungszimmer, unfähig, auch nur ein Wort zu sprechen. Auch wenn noch nicht vollkommen bewiesen war, dass beide Personen ermordet wurden, war es sicher, dass der Täter hier seine Finger im Spiel hatte. Jetzt konnten sie sicher sein, dass der Mörder im unmittelbaren Umfeld der Schustereders zu suchen war. Was sollten diese Kleberückstände am Mund von Frau Schustereder? Und die übertriebenen Reinigungsrückstände bei Herrn Schustereder? Wurden Sie tatsächlich geknebelt? Oder arbeiteten die Bestattungsunternehmen einfach nur schlampig und diese Kleberückstände hatten eine ganz logische Erklärung? Nein, bei beiden Leichen war die Mundpartie in Mitleidenschaft gezogen, das konnte doch kein Zufall sein!

„Was machen Sie eigentlich schon hier Frau Dr. Weidinger? Sie wollten doch erst morgen von München zurück sein," unterbrach Werner die Stille.

„Mir hat ein Detail die ganze Zeit keine Ruhe gelassen und endlich, als ich in München im Wartezimmer des Kinderarztes saß, ist mir eingefallen, was mich die ganze Zeit gestört hat: die Holzperle. Während bei dem ersten Mordopfer und auch bei dem dritten die Holzperle jeweils in der rechten Hand gefunden wurde, wie nun auch beim Ehepaar Schustereder, lag diese Holzperle bei dem zweiten Opfer einige Meter entfernt im Gras. Ich habe mir die Berichte der Spurensicherung nochmals angesehen und es ist so, wie ich eben sagte. Bei Mord eins und drei hat der Täter die Holzperlen in die rechte Hand gelegt, wie nun auch beim Ehepaar Schustereder, bei Mord zwei lag sie entfernt und wurde erst später gefunden. Sie verstehen, was ich meine?"

„Vielleicht hatte der Täter keine Zeit mehr für dieses Detail," sagte Krohmer.

„Das glaube ich nicht. Denn er hat sich die Mühe gemacht, den Mord als Unfall darzustellen, da wäre eine lächerliche Holzperle doch ohne Weiteres noch drin gewesen," sagte Leo.

„Richtig, so denke ich auch." Frau Dr. Weidinger konnte sehen, wie die Beamten der Mordkommission ihren Gedanken langsam folgen konnten. „Das würde auch erklären, warum sich diese Holzperlen nicht gleichen."

„Sie meinen also, dass der Täter beim zweiten Mord die Perle erst viel später am Tatort platziert hat?" Dr. Weidinger nickte. „Wenn das tatsächlich stimmt, dann haben wir es mit zwei Tätern zu tun, wobei einer auf die Schiene des anderen aufgesprungen ist," folgerte Viktoria, wobei sie eine Gänsehaut bekam und ihr kotzübel wurde.

„Was reden Sie denn für einen Unsinn," rief Krohmer. „Es gibt Rosenkränze, die aus unterschiedlich große Holzperlen bestehen. Was sagt denn die Spurensicherung bezüglich dieser Holzperlen? Gehören sie zusammen oder nicht?"

Alle sahen sich ratlos an.

„Sagen Sie bitte nicht, dass der Bericht noch nicht vorliegt," schnaubte Krohmer wütend und rief umgehend Fuchs an. „Was ist mit dem Bericht wegen der Holzperlen? Der sollte doch schon längst vorliegen?"

„Ich warte auch darauf. Wir konnten einige Tests nicht selbst durchführen und haben die Perlen deshalb nach München geschickt. Ich hake nach."

„Tun Sie das, und zwar so schnell wie möglich!" Krohmer war außer sich, denn wenn sich tatsächlich herausstellen sollte, dass diese Perlen nicht zusammen gehören, hätten sie es vielleicht doch mit zwei Tätern zu tun – und das wäre eine Katastrophe. Was war das für ein beschissener Tag: erst diese unsäglichen Obduktionen direkt hier im Haus, deren deutlicher Spur sie unmöglich nachgehen konnten, und dann auch noch die Vermutung von zwei Tätern.

Fuchs war erschrocken, wie der Chef mit ihm gesprochen hatte. Er musste unbedingt Druck machen, denn so eine lange Bearbeitung durfte es nicht geben. Schließlich hatte er den Vorgang als dringend eingestuft.

„Glauben Sie denn, wir warten nur auf Sie? Wir haben auch noch andere Dinge zu tun. Eins nach dem anderen, wir bevorzugen niemanden und arbeiten alle Fälle nacheinander ab," schrie ihn der Mann am anderen Ende der Leitung an.

„Dieser Bericht ist sehr dringend, das habe ich doch mehr als deutlich gemacht," schrie nun Fuchs zurück. „Hier läuft ein Serienmörder herum und diese Holzperlen sind ein entscheidender Punkt, der uns direkt zum Täter führen könnte. Wollen Sie, dass weitere Menschen sterben müssen, nur weil sie meinen, Sie könnten die Fälle so abarbeiten, wie Sie es für richtig erachten? Es gibt nun mal Fälle, die dringend sind und vorgezogen werden müssen. Wenn Sie sich nicht sofort die Holzperlen vornehmen, wende ich mich an Ihren Vorgesetzten und werde Sie melden. Und Sie können sich sicher sein, dass ich persönlich dafür sorge, dass alle weiteren Morde auch Ihnen angelastet werden."

„Ist ja schon gut. Beruhigen Sie sich! Ich sehe mir die Holzperlen sofort an und verspreche, dass Sie den Bericht so schnell wie möglich auf dem Tisch haben."

„Es widerstrebt mir zwar, aber gehen wir davon aus, dass wir zwei Täter haben. Woher wusste der zweite Täter von diesen Holzperlen? Das waren doch Polizei-Interna, die nicht an die Öffentlichkeit gelangt sind." Krohmer war zwar von dieser Möglichkeit nicht überzeugt, wollte sie aber mit den Kollegen diskutieren. Was hatten sie sonst?

„Bruder Siegmund wusste davon, und der Guardian," sagte Werner.

„Selbst wenn wir davon ausgehen, dass das komplette Kapuziner-Kloster davon wusste, glaube ich nicht, dass diese Information weitergegeben wurde." Krohmer schüttelte den Kopf. „Nein, wir müssen bei Xaver Fischer ansetzen, denn der hatte die Perle nicht in der Hand, sondern sie wurde erst viel später im Gras gefunden. Ich fürchte, wir haben eine undichte Stelle, und das ist eine Sauerei!"

Viktoria war sehr still geworden und hatte einen knallroten Kopf. Sie räusperte sich, denn sie konnte sich denken, wer von dieser Perle wusste.

„Ich fürchte, ich habe geplaudert, ich bin die undichte Stelle," flüsterte sie.

Die anderen starrten sie an und konnten nicht glauben, was sie hörten. Viktoria war immer korrekt und zuverlässig – warum sollte sie solche sensiblen Informationen ausplaudern? Da alle Augen auf sie gerichtet waren, musste sie jetzt Farbe bekennen und die Wahrheit sagen.

„Ich habe im Beisein von Florian Fischer mit Leo über diese Holzperle gesprochen, er könnte es gehört haben." Viktoria könnte sich ohrfeigen, denn so etwas durfte ihr eigentlich nicht passieren; aber es war nun mal passiert.

„Ich glaube nicht, dass er es gehört hat," meinte Leo, der sich ebenfalls schämte.

Die anderen sahen die beiden erschrocken an. Es war still und Frau Dr. Weidinger musste einschreiten, bevor die Situation eskalierte.

„Es ist verständlich, dass man an so einem Punkt der Ermittlungen dünnhäutig ist und der eine oder andere vielleicht überreagiert. Frau Untermaier und Herr Schwartz haben einen Fehler gemacht und diesen auch zugegeben. Hat in diesem Raum noch niemand einen Fehler gemacht?" Sie blickte in die Runde und spürte, dass die Anspannung langsam nachließ. „Wir atmen jetzt alle tief durch, und zwar bevor irgendein unüberlegter Kommentar ausgesprochen wird." Sie schenkte reihum Kaffee nach und langsam lockerte sich die Stimmung. Hans, der neben der niedergeschlagenen Viktoria saß, klopfte ihr auf die Schultern.

„Wenn ich hier erzählen würde, welche Fehler ich schon gemacht habe, würde Krohmer mich auf der Stelle entlassen. Ich könnte euch Geschichten erzählen…"

„Lieber nicht, sonst müssen wir alle unsere Sünden beichten," sagte Werner.

„Zu Beginn meines Jobs habe ich im Übermut ein Täterprofil erstellt," sagte Frau Dr. Weidinger, „und viel zu sehr daran festgehalten. Ich war überzeugt von mir und meinem Können, man könnte es auch überheblich nennen. Dadurch habe ich die Ermittlungen erheblich verschleppt, vielleicht sogar sabotiert. Zum Glück ist nichts weiter passiert, aber das war mir eine Lehre."

„Ich habe meinen Job in Ulm verloren, weil ich mit Hilfe eines Zeugen dem Täter eine Falle gestellt habe und dabei ist der Zeuge getötet worden," sagte Leo ruhig und hatte die volle Aufmerksamkeit, denn noch nie vorher hatte er über den Grund seiner Versetzung nach Mühldorf gesprochen. Jetzt war der richtige Zeitpunkt gekommen. „Ja, es ist wahr, das ist der Grund meiner Versetzung und Degradierung. Diese Falle vor über einem Jahr lief völlig aus dem Ruder. Der Zeuge wurde erschossen und ich konnte das nicht verhindern, obwohl ich direkt daneben stand. Ich wurde verletzt und durch die Narbe werde ich tagtäglich daran erinnert, dass durch meine Schuld dieser Mensch getötet wurde. Im Nachhinein betrachtet war das viel zu riskant gewesen und hätte niemals passieren dürfen."

Jetzt war es raus und Leo fühlte sich erleichtert, dass alle nun von seinem Geheimnis wussten – auch Viktoria, deren Fragen nach den Hintergründen seiner Narbe er immer geschickt ausgewichen war.

Nur Krohmer wusste bislang von den Hintergründen. Die anderen waren bestürzt und spürten, dass Leo sehr darunter litt. Jetzt verstanden sie auch sein Stillschweigen über die Hintergründe seiner Versetzung.

Frau Dr. Weidinger stand auf und öffnete alle Fenster. Es war heute sehr kalt und die frische Luft verbreitete sich rasch im Raum.

„Wir lassen die schlechten Gedanken aus dem Raum und füllen ihn mit frischer Luft," sagte sie mit einem Lächeln.

„Ihr Psychologen habt doch alle einen an der Klatsche," sagte Hans und musste lachen. Da Frau Dr. Weidinger ebenfalls lachte und keineswegs beleidigt war, mussten nun auch die anderen lachen – und das tat so unsagbar gut.

„Sie sehen, Psychologen sind nicht so dumm, wie man allgemein denkt: es funktioniert!" Sie schloss nun wieder alle Fenster. „Jetzt können wir uns wieder dem Fall zuwenden, schließlich haben wir einen ganz neuen Ansatzpunkt."

„Florian Fischer müssen wir so schnell wie möglich vorladen und in die Mangel nehmen." Werner war euphorisch, denn vielleicht konnten sie zumindest einen der Morde schnell aufklären.

„Und wir müssen uns nochmal die Pflegekinder Bauer und Marchl vornehmen. Und wo zum Teufel ist dieser Graumann? Wurde der endlich gefunden?"

„Noch nicht, die italienischen Kollegen arbeiten auf Hochtouren."

„Ihr Wort in Gottes Ohr," sagte Krohmer, der von der Arbeit der Italiener nicht überzeugt war, denn sie hätten Graumann doch längst finden müssen. Schließlich war um diese Jahreszeit keine Hauptsaison mehr und es waren nur noch wenige Touristen am Gardasee.

„Trotz dem, was wir eben gehört haben, habe ich einen Vorschlag," sagte Hans und blickte dabei Leo an. „Wir könnten dem Täter eine Falle stellen."

Die Begeisterung der anderen hielt sich in Grenzen, aber sie wollten sich den Vorschlag des Kollegen Hiebler zumindest anhören.

„Wenn wir davon ausgehen, dass der Mord an Bruder Benedikt eine Verwechslung war und eigentlich dem alten Bruder galt, dann ist das eine Schwachstelle des Mörders und wir könnten das zu unserem Vorteil nutzen. Das funktioniert allerdings nur, wenn dessen Tod noch nicht an die Öffentlichkeit gelangt ist." Hans blickte in die Runde und langsam verstanden die Kollegen, worauf er hinauswollte.

„Das wäre mit einem Anruf festzustellen," sagte Krohmer. „Bevor ich meinen alten Schulkameraden mit Ihrem Vorschlag konfrontiere, möchte ich erst mehr davon hören."

„Einen genauen Plan habe ich noch nicht, ich finde nur die Möglichkeit interessant. Irgendwie müsste man publik machen, dass der alte Bruder Benedikt an einer bestimmten Stelle anzutreffen ist – und bang, wir haben den Mörder oder die Mörderin."

„Ganz so einfach ist das nicht, wir brauchen einen handfesten Grund für eine derartige Veröffentlichung. Vor allem müssen wir irgendwie die Kapuziner auf unsere Seite ziehen, die nicht so leicht von solchen Dingen zu überzeugen sind, schließlich handelt es sich um eine faustdicke Lüge, die auch noch auf dem Rücken eines Toten konstruiert wird. Wir brauchen einen guten Plan, einen sehr guten Plan, mit dem die Kapuziner gut leben können." Werner fand diese Idee genial, hatte aber auch noch keinen blassen Schimmer, wie sie vorgehen sollten.

„Wie dem auch sei," unterbrach Krohmer, der noch vor dem Feierabend einen dringenden Termin hatte. „Überlegen Sie sich etwas Vernünftiges, mit dem ich einverstanden bin und den ich guten Gewissens Bruder Paul vorlegen kann. Morgen früh 8.00 Uhr treffen wir uns wieder hier. Und sehen Sie zu, dass dieser Bericht über die Holzperlen endlich zur Verfügung steht. Vielleicht unterscheiden sie sich doch nicht so gravierend, gehören irgendwie doch zusammen und wir liegen mit einem zweiten Täter völlig auf dem Holzweg."

Die Beamten machten sich sofort auf die Suche nach Florian Fischer. Telefonisch war er nicht zu erreichen. Schließlich erfuhren sie vom Arbeitgeber, dass er Urlaub hatte. Werner rief dessen Bruder Hartmut Fischer an.

„Der Flori ist ein paar Tage weggefahren, er kommt morgen wieder."

„Wir können ihn auf dem Handy nicht erreichen. Hat er eine Adresse oder eine Telefonnummer hinterlassen?"

„Nein, das macht er nie. Sicher ist er wieder auf einer seiner Anglertouren, da möchte er nicht gestört werden. Er kampiert bestimmt irgendwo an einem See, angelt den ganzen Tag und möchte niemanden sehen. Der Tod unseres Vaters hat ihm ordentlich zugesetzt. Flori ist ein Einzelgänger und braucht ab und an seine Ruhe. Für mich wäre das nichts."

Die Beamten waren niedergeschlagen: die Vernehmung von Florian Fischer mussten sie notgedrungen verschieben und der Bericht der Holzperlen war immer noch nicht da. Auch fiel ihnen kein vernünftiger Plan ein, mit dem sie den Täter stellen könnten. Er musste hieb- und stichfest sein und vor allem, und das war der schwierigste Punkt: er musste von den Kapuzinern angenommen werden.

„Was halten Sie von einem kühlen Bier? Ich würde Sie gerne alle einladen," sagte Frau Dr. Weidinger. „Hier herumzusitzen und sich den Kopf zu zerbrechen, bringt doch nichts. Wir sind alle müde, ausgelaugt und frustriert, eine Abwechslung wird uns guttun. Vielleicht fällt uns in einer gelösten Atmosphäre ein phänomenaler Plan ein. Alkohol kann dabei durchaus eine Unterstützung sein."

„Verstehe einer diese Psychologen," lachte Hans, dem die Frau immer sympathischer wurde. Er hatte ihren tiefgründigen, trockenen Humor erkannt, der nicht leicht zu entdecken war.

Alle stimmten sofort zu. Alles war besser, als hier noch länger untätig herumzusitzen. Geschlossen fuhren sie zu einer urigen Kneipe am Mühldorfer Stadtplatz, die um diese Uhrzeit schon sehr gut besucht war.

„Ich möchte mich bei Ihnen bedanken, Frau Dr. Weidinger, Sie haben mich vorhin spontan in Schutz genommen, obwohl ich Ihnen gegenüber nicht immer freundlich war," sagte Viktoria vor den Kollegen zu der bis dato ungeliebten Profilerin, nachdem diese eine Runde Bier bestellt hatte.

„Das ist sehr milde ausgedrückt," lachte Frau Dr. Weidinger.

„So schlimm war ich nun auch wieder nicht," konterte Viktoria sofort.

„Doch, noch viel schlimmer. Du warst geradezu kratzbürstig, fast feindselig," sagte Hans. Viktoria war erschrocken und blickte Werner an, der sofort zustimmte – und auch Leo war zu ihrem Entsetzen der gleichen Meinung. Hatte sie sich wirklich so schlimm verhalten? Gut, sie war von der Frau nicht gerade begeistert, aber so drastisch war ihr Verhalten nun auch wieder nicht. Oder doch?

„Schwamm drüber Frau Untermaier! Ich bin Gegenwind gewöhnt, und wenn er noch so heftig weht. Durch meine Erscheinung und mein Auftreten wecke ich Misstrauen, Angst und Neid, aber damit kann ich gut leben. Ah, das Bier kommt, endlich! Prost allerseits – und ab sofort bin ich die Annemie; natürlich nur, wenn das für alle in Ordnung ist."

Und ob das für alle in Ordnung war! Reihum wurde Brüderschaft getrunken, wie es in Bayern sowieso eine übliche Umgangsform war. Vor allem die älteren und die Landbevölkerung duzten sich untereinander alle, auch Fremde. Nur Respektpersonen gegenüber wurde die Sie-Form gewählt, und das waren Ärzte, Lehrer, Geistliche und Polizisten, die vor allem früher und in manchen Gegenden auch heute noch einen besonderen Ruf und einen gesonderten Respekt genossen.

Obwohl sie sich die erdenklichste Mühe gaben, einen perfekten Plan auszuarbeiten, fanden sie keinen gemeinsamen Nenner, denn die Faktoren, auf die sie zu achten hatten, waren sehr umfangreich. Immer wieder fielen sie in allgemeines Geplänkel und Gelächter, was an der lockeren Umgebung und dem immer freundschaftlicheren Umgang, und natürlich auch am Alkohol lag. Als Werner sich verabschiedete, beschlossen sie, die Angelegenheit auf den nächsten Tag zu verschieben. Viktoria, Annemie, Hans und Leo saßen noch lange zusammen, lachten, diskutierten und tranken. Sie trennten sich erst weit nach Mitternacht. Selbstverständlich nahmen sie sich ein Taxi und Annemie ging zu Fuß in ihr Hotel, denn nüchtern war keiner mehr.

7.

Als Leo und Viktoria die Polizeiinspektion Mühldorf betraten, stand Frau Gutbrod bereits wartend im Eingang und zog Viktoria zur Seite.

„Was gibt es denn?"

„Hier, nehmen Sie," flüsterte Frau Gutbrod und übergab ihr einen gefalteten Zettel. „Das wollte ich Ihnen gestern schon geben."

„Und was bitte soll das sein?"

„Informationen über diese aufgeblasene Frau Dr. Weidinger. Mir können Sie nichts vormachen, ich habe gemerkt, dass Sie die Frau nicht leiden können, daher habe ich meine Kontakte spielen lassen." Viktoria sah ungläubig in das triumphierende Gesicht von Frau Gutbrod. Also hatte sie sich tatsächlich Annemie gegenüber mies verhalten, sodass es sogar die Sekretärin bemerkt hatte. Demonstrativ hielt sie den immer noch gefalteten Zettel vor Frau Gutbrods Gesicht, zerriss ihn und drückte der verblüfften Frau die Papierfitzel in die Hand.

„Machen Sie das nie wieder," zischte Viktoria leise. „Es ist eine Unverschämtheit, Intrigen gegen eine Kollegin zu spinnen. Mich können Sie dafür nicht benutzen, merken Sie sich das für die Zukunft. Und jetzt machen Sie, dass Sie aus meinem Blickfeld verschwinden, bevor ich mich vergesse."

Frau Gutbrod stöckelte erschrocken davon. Mit dieser Reaktion hatte sie nicht gerechnet. Schließlich wollte sie Frau Untermaier nur einen Gefallen tun. Sie verkroch sich hinter ihrem Schreibtisch und verzichtete auf die Teilnahme an der bevorstehenden Besprechung, denn in nächster Zeit musste sie um diese Frau Untermaier einen riesigen Bogen machen. Nicht auszudenken, was passiert, wenn die Kollegin das gegenüber den anderen ausplauderte. Wie stünde sie denn da? Es würde ja so aussehen, als wäre sie nicht nur neugierig, sondern auch eine Intrigantin! Sie musste sich erst einmal sammeln und überlegen, was hier eigentlich vor sich ging, denn so langsam blickte sie überhaupt nicht mehr durch!

Krohmer sah in die übernächtigten Gesichter seiner Beamten und wusste sofort Bescheid.

„War der Abend wenigstens schön und ist etwas Vernünftiges dabei herausgekommen?"

Alle schüttelten den Kopf.

„Das hätte ich mir ja denken können, aber darauf kommen wir später zurück. Haben Sie Florian Fischer schon vernommen?"

„Nach Aussage seines Bruders ist er beim Angeln und soll heute wieder zurückkommen, sein Aufenthaltsort ist nicht bekannt. Telefonisch ist er nicht erreichbar, ich habe mehrere Nachrichten auf die Mailbox gesprochen."

„Naja, dann müssen wir wohl oder übel abwarten. Aber dafür habe ich eine Nachricht vom Kollegen Fuchs bekommen, dass der Bericht über die Holzperlen endlich vorliegt, er bringt ihn umgehend zu uns." Ohne zu klopfen öffnete sich die Tür und wie aufs Stichwort erschien Friedrich Fuchs mit einer dünnen Mappe in der Hand. Er grüßte knapp und setzte sich.

„Es ist tatsächlich so, dass sich die Holzperlen nicht nur in der Größe unterscheiden. Zwar werden beide für die Herstellung von Rosenkränzen benutzt, aber sie gehören nicht zusammen. Die Perlen waren mit einer dünnen Schutzlasur überzogen, wodurch man mit bloßem Auge den Unterschied nicht sofort feststellen konnte. Aber nicht nur die Beschaffenheit der Schutzlasur ist sehr unterschiedlich. Während wir es in Mord eins und drei mit einem Olivenholz zu tun haben, handelt es sich bei der Holzperle in Mord zwei um das wesentlich teurere Rosenholz. Vom Alter unterscheiden sich die Hölzer nur unwesentlich."

Fuchs stand auf und übergab Krohmer den Bericht. „Wenn Sie keine weiteren Fragen haben?"

„Danke, Sie können gehen," sagte Krohmer, während er mit gerunzelter Stirn nochmals den Bericht ansah. „Ich habe mich täuschen lassen. Ich bin allein durch die Tatsache, dass Holzperlen gefunden wurden, davon ausgegangen, dass wir es deshalb mit ein und demselben Täter zu tun haben. Aber wie dem auch sei: wir haben zwei unterschiedliche Holzperlen, die nicht zu ein und demselben Rosenkranz gehören. Wir müssen also davon ausgehen, dass wir es tatsächlich mit zwei Mördern zu tun haben."

„Was machen wir nun mit dem Plan? Obwohl wir uns gestern echt angestrengt haben, ist uns nichts Vernünftiges eingefallen. Aber grundlegend finde ich die Idee hervorragend, vor allem, wenn wir davon ausgehen müssen, dass der Täter oder die Täterin den Irrtum bemerkt und deshalb nochmals zuschlagen könnte."

„Während Sie gestern beim Feiern waren," diesen Seitenhieb musste Krohmer unbedingt nochmals loswerden, „habe ich mich um die Angelegenheit gekümmert. Ich habe lange mit meinem früheren Schulkameraden Bruder Paul gesprochen. Die Information bezüglich des Todes von Bruder Benedikt ist glücklicherweise noch nicht veröffentlicht worden und die Kapuziner halten sich diesbezüglich noch zurück. Wie ich in dem Gespräch mit Bruder Paul erfahren habe, wäre in zwei Tagen der Geburtstag von Bruder Benedikt. Mein Vorschlag ist nun: es wird ein Gottesdienst zu dessen Geburtstag veranstaltet, zu dem die Öffentlichkeit eingeladen wird. Wir und alle verfügbaren Beamten sind während dieses Gottesdienstes anwesend und sehen, was passiert. Es war nicht leicht, den Guardian davon zu überzeugen, aber die Tatsache, dass ein Serienmörder draußen frei herumläuft und eventuell nochmals, eventuell sogar bei einem Kapuziner-Bruder zuschlagen könnte, ist auch ihm nicht geheuer. Wir haben uns deshalb auf den Kompromiss mit dem Gottesdienst geeinigt, mehr ist nicht drin. Kurz darauf wird der Tod des Bruder Benedikt bekannt gegeben und dann findet auch die Beerdigung auf dem Kapuziner-Friedhof statt."

Gespannt hörten die Beamten den Ausführungen zu und fanden die Idee geradezu genial, wenn auch die Vorbereitungszeit sehr kurz war.

„Wo und wann?" war Leos kurze Frage.

„In der Magdalenenkirche, übermorgen 9.00 Uhr. Es werden mehrere Anzeigen unsererseits geschaltet, Bruder Paul möchte damit nichts zu tun haben. Er hat darum gebeten, die Gestaltung des Gottesdienstes den Kapuzinern zu überlassen, was ich sehr begrüße, denn da würde ich mich nur ungern einmischen. Außerdem ist es ihm ein Anliegen, dass wir versprechen, die Kirche zu respektieren und den Ablauf des Gottesdienstes nicht zu stören."

„Er meint, keine Waffen? Das kann er vergessen, schließlich suchen wir einen Serienmörder. Wir müssen notfalls mit Waffengewalt eingreifen." Für Leo war klar, dass er auf jeden Fall eine Waffe tragen würde, so wie die anderen auch.

„Natürlich gehen wir dort nicht ohne Schusswaffen rein, aber man muss sie ja nicht unbedingt sichtbar tragen. Ich bitte also um Diskretion. Heute Nachmittag 14.00 Uhr findet bei den Kapuzinern eine Besprechung statt, bis dahin steht der Plan," sagte Krohmer und blickte in die erschrockenen Gesichter.

„Bis 14.00 Uhr? Das ist viel zu wenig Zeit Chef, das muss Ihnen doch klar sein."

„Die Ansage war klar und deutlich: heute Nachmittag 14.00 Uhr in Altötting steht der Plan und wird mit den Kapuzinern abgesprochen. An die Arbeit Leute! Wir treffen uns um 13.00 Uhr wieder hier, um alles nochmals durchzusprechen und eventuell kleine Änderungen vorzunehmen." Dass der Guardian noch nicht vollständig zugestimmt hatte und sich erst einmal den Plan anhören wollte, verschwieg Krohmer, denn irgendwie fand er bestimmt eine Möglichkeit, den Guardian zu überzeugen.

Sofort machten sich die Beamten an die Arbeit und mussten auch auf die Mittagspause verzichten, aßen nur einige belegte Brote, die sie sich von der Kantine bringen ließen.

Pünktlich um 13.00 Uhr trafen sie sich mit Krohmer im Besprechungszimmer und standen um den

Einsatzplan, gingen die Vorgänge mehrmals durch, besprachen Details wie Platzierungen der Kameras, der Kollegen und der Scharfschützen reihum auf den umliegenden Gebäuden. Krohmer hatte keine Einwände und war einverstanden.

„Aber kein Wort zum Guardian wegen den Scharfschützen! Wenn er davon erfährt, macht er sich in die nicht vorhandenen Hosen und bläst das Ganze ab. Niemals würde er die vielen Wallfahrer in Gefahr bringen. Er tut sich schon schwer mit den Gottesdienst-Besuchern. Er ist ein Angsthase und wir müssen uns ihm gegenüber ganz locker geben und keine Anzeichen von Anspannung zeigen."

„Alles klar Chef."

„Was ist mit Florian Fischer? Hat er sich schon gemeldet oder konnten Sie ihn erreichen?"

„Leider nein. Ich habe seinen Bruder informiert, er gibt ihm Bescheid. Und falls er während unserer Abwesenheit hierherkommt, sorgen die Kollegen dafür, dass er hier bleibt. Vorsichtshalber habe ich einen Streifenwagen zu seiner Adresse geschickt."

„Sehr gut! Mehr können wir nicht tun. Sollte er sich nach unserer Rückkehr noch nicht gemeldet haben, geben Sie ihn sofort in die Fahndung. – Und jetzt los Leute, wir sind zeitlich schon ziemlich knapp dran, die Kapuziner warten nicht gerne."

Bruder Andreas hatte die Beamten bereits erwartet, denn er winkte schon von weitem vor seiner Pforte und hielt die Tür weit offen. Neben ihm stand Bruder Siegmund und strahlte übers ganze Gesicht.

„Ich grüße Sie. Ich darf vorausgehen?" Sie folgten dem kleinen, dicken Mönch mit dem flotten Gang durch die dunklen Flure und traten durch die geöffnete Tür von Bruder Pauls Büro, der bereits nervös auf sie wartete. Nach einer knappen Begrüßung, bei der man sofort merkte, dass Bruder Paul von dem Vorhaben absolut nicht begeistert war, breitete Krohmer den Plan auf dem ordentlichen Tisch aus und informierte über den geplanten Einsatz. Bruder Paul nickte nur. Die Beamten gaben sich so ruhig wie möglich und lächelten ab und zu.

„Du bist der Experte Rudolf, ich vertraue dir und natürlich deinen Beamten. Trotzdem möchte ich nochmals darauf hinweisen, dass das alles in einem Gotteshaus stattfinden soll und deshalb bitte ich darum, die Gottesdienstordnung zu respektieren und nicht zu stören. Und wenn es nicht zu viel verlangt ist, bitte ich darum, keine Schusswaffen oder irgendwelche anderen Waffen mit in den Gottesdienst zu bringen. Das ist ein Ort der inneren Einkehr, Ruhe und Stille, dort zählt nur Gottes Wort."

„Ich verstehe dich, aber du musst auch uns verstehen. Falls wirklich ein Mörder diesen Gottesdienst besucht, und davon gehen wir aus, dann ist es unvermeidbar, dass meine Leute Schusswaffen tragen. Ich verspreche dir, dass wir sie nicht sichtbar tragen werden. Und jetzt schau nicht so düster, du wirst uns Polizisten von den anderen Gottesdienstbesuchern nicht unterscheiden können, wir werden beinahe unsichtbar sein." Krohmer sprach so ruhig wie möglich und lächelte. „Denk daran, dass auch deine Glaubensbrüder in Gefahr sind. Wie sollen wir die ohne Schusswaffen schützen?"

„Gut, ich bin einverstanden. Aber ich möchte noch bitten, dass Sie sich an die Kleiderordnung halten," sagte Bruder Paul mit einem Blick auf Leos T-Shirt, auf dem obskure Gestalten abgebildet waren. Noch bevor Leo protestieren konnte, denn schließlich handelte es sich um ein nagelneues T-Shirt, das er mitten in Florenz gekauft hatte, schritt Krohmer ein.

„Selbstverständlich werden wir uns alle dem Anlass entsprechend kleiden, du hast mein Wort drauf," sagte Krohmer mit einem strengen Blick auf Leo.

„Wenn ich etwas sagen dürfte," meldete sich Bruder Siegmund aus dem Hintergrund.

„Bitte."

„So wie ich das verstanden habe, ist Ihr Plan, dass dieser Gottesdienst zu Ehren des Geburtstages vom seligen Bruder Benedikt abgehalten wird, um den Mörder zu täuschen und aus seinem Versteck zu locken. Meinen Sie nicht, dass es reichlich komisch aussieht, wenn Bruder Benedikt nicht anwesend ist?"

„Ich glaube nicht, dass das den Gottesdienstbesuchern auffällt," meinte Viktoria genervt, der das alles hier viel zu lange dauerte, denn sie musste dringend mit Florian Fischer sprechen, der sich immer noch nicht gemeldet hatte und den die Altöttinger Polizisten nicht angetroffen hatten.

„Und ob das auffällt. Bei uns wird in solchen Fällen dem zu Ehrenden immer ein besonderer Platz an der rechten, hinteren Seite des Altars zugewiesen. Und übermorgen soll dort niemand sitzen?"

„Das wusste ich nicht. Paul, wieso weiß ich davon nichts?" Krohmer war verärgert, denn diese Information hätte er vorher wissen müssen, dadurch konnte der ganze Plan schiefgehen und der ganze Aufwand wäre völlig umsonst.

„Wir können ja schlecht einen Toten auf den Platz setzen," sagte Bruder Paul fast patzig.

„Wenn ich noch etwas sagen dürfte," trat Bruder Siegmund nun einen Schritt nach vorn. „Ich könnte doch den Platz anstelle von Bruder Benedikt einnehmen. Somit wäre der Platz besetzt." Seine Augen leuchteten und er wartete gespannt, was die Beamten und vor allem der Guardian zu seinem Vorschlag zu sagen hatten. Nur zu gerne würde er den Lockvogel spielen.

Leo sah den kleinen, dicken Bruder Siegmund von oben bis unten an.

„Mit ein bisschen Schminke und einer Perücke könnte das machbar sein. So, wie ich das mitbekommen habe, wurde Bruder Benedikt schon lange nicht mehr in der Öffentlichkeit gesehen?"

„Richtig. Und für die Bürger Altöttings sehen wir doch mit unserem Habit alle gleich aus. Ich könnte wirklich so tun, als wäre ich Bruder Benedikt, ich habe schauspielerisches Talent. Schon damals in der Schule war ich für meine Aufführungen bekannt." Bruder Siegmund sprach sehr aufgeregt, er war seinem Ziel ganz nah.

„Also ich bin dafür, der Vorschlag ist grandios," sagte Hans und klopfte dem kleinen Bruder Siegmund anerkennend auf die Schulter.

„Das ist doch viel zu gefährlich, das kommt überhaupt nicht in Frage!" sagte Bruder Paul. „Ich kann es nicht erlauben, dass sich einer unserer Brüder im Dienste der Polizei in Gefahr begibt. Rudolf, du musst dir etwas anderes einfallen lassen."

„Bitte Bruder Paul, ich würde das so gerne machen..." Bruder Siegmund flehte den Guardian an. Der sah den festen Willen in den Augen seines Mitbruders und sah die anderen an. Auch sie warteten nur noch auf seine Einwilligung.

„Gut, dann gebe ich mich geschlagen. Aber Sie alle sind für die Sicherheit Bruder Siegmunds verantwortlich."

„Keine Sorge. Die Kirche ist voller Polizisten und außerdem bekommt Bruder Siegmund eine kugelsichere Weste."

„Wirklich? O prima!" Er klatschte in die Hände und tanzte auf der Stelle.

„Ich bitte dich Bruder Siegmund, mäßige dich. Du führst dich ja auf wie ein kleines Kind."

Nun gingen sie vorsichtshalber nochmals den Plan durch, wobei nun Bruder Siegmund quasi als Hauptperson vorn stand und die Beamten durch seine Fragen ganz schön viel Zeit kostete. Eigentlich waren sie froh über die vielen Fragen, denn wenn Bruder Siegmund über alles haarklein Bescheid wusste, fühlte er sich sicherer.

Viktoria und Hans fuhren zu der Adresse von Florian Fischer, während die anderen zurück ins Präsidium fuhren und alles andere vorbereiteten. Vorm Haus stand ein Streifenwagen.

„Der Gesuchte ist nicht aufgetaucht," sagte einer der Uniformierten.

„Trotzdem bleiben Sie hier und beobachten weiter, wir brauchen diesen Fischer dringend. Sobald er hier auftaucht, bringen Sie ihn umgehend zur Kripo nach Mühldorf, verstanden?"

Da sie nun mal hier vor Ort waren, klingelten Viktoria und Leo trotzdem an der Wohnungstür des Mehrfamilienhauses in Kastl, aber auch jetzt wurde die Tür nicht geöffnet. Dann wandten sie sich an die Nachbarn, die ihnen auch nicht weiterhelfen konnten.

Viktoria war sauer. Was war mit diesem Fischer los? War es so, dass er die Nachrichten abgehört hatte und untergetaucht ist? Oder hatte seine Verspätung und die Tatsache, dass er nicht erreichbar war, eine ganz simple Erklärung?

Viktoria rief nochmals bei Fischers Arbeitgeber und bei seinem Bruder Hartmut an, aber auch dort hatte er sich nicht gemeldet. Sie wählte zum x-ten Mal Fischers Handynummer – wieder nur die Mailbox.

„Was überlegst du solange?" sagte Hans mit einem Blick auf die Uhr, denn im Büro war noch viel zu tun und sie vergeudeten hier nur unnötig viel Zeit. „Du hast Krohmer gehört, schreiben wir diesen Fischer zur Fahndung aus!"

Den nächsten Tag über wurde das Vorhaben in der Magdalenenkirche bis ins kleinste Detail geplant und mehrmals durchgespielt, Krohmer wollte kein

Risiko eingehen, denn es war nicht auszudenken, was passieren würde, wenn das schief ging.

Florian Fischer hatte sich weder gestern noch heute gemeldet, auch die Fahndung ergab bislang nichts. Mehr und mehr wurde den Beamten klar, dass sie bei ihm auf der richtigen Spur waren. Am Abend rief Leo abermals bei Hartmut Fischer an.

„Wir sind immer noch auf der Suche nach Ihrem Bruder. Hat er sich wirklich noch nicht bei Ihnen gemeldet?"

„Nein, sonst hätte ich mich gemeldet, das habe ich versprochen. Aber was wollen Sie denn vom Flori?"

Leo hörte sofort die Besorgnis in dessen Stimme.

„Sollte er sich bei Ihnen melden, geben Sie uns umgehend Bescheid."

Leo dachte noch lange über das eben geführte kurze Gespräch mit Hartmut Fischer nach. Irgendetwas passte ihm daran nicht.

„Meditierst du?" riss ihn Hans aus seinen Gedanken. „Ist irgendetwas?"

„Nein, passt schon."

„Dann mach, dass du nach Hause kommst! Der morgige Tag wird anstrengend und wir sollten alle ausgeruht und frisch sein."

„Du hast Recht, ich sollte mich ausruhen, aber ich bin mit meiner Arbeit noch nicht ganz fertig. Ich habe das Bestattungsunternehmen endlich ausfindig gemacht, das die Beerdigung von Frau Schustereder durchgeführt hat. In einer halben Stunde kann ich mit dem Verantwortlichen sprechen. Du wirst es nicht glauben, aber es handelt sich um keine ortsansässige

Firma, sondern um einen Bestattungs-Discounter, die es zu Hauf im Internet gibt. Die machen Pauschalangebote, mit denen die örtlichen Unternehmen nicht mithalten können."

„Davon habe ich schon gehört, aber grundsätzlich spricht nichts dagegen. Wir haben eine freie Marktwirtschaft und eine Beerdigung ist letzten Endes auch nur ein Geschäft."

„Stimmt, das sehe ich auch so. Obwohl diese Vorstellung schon gruselig ist, dass es vielleicht auch in diesem sensiblen Bereich irgendwann auch über die örtlichen Discounter Gutscheine oder sogar Angebote gibt, so wie bei Urlaubsreisen, Bahntickets, Eintrittskarten für Musicals und so weiter."

„Warum auch nicht? Wenn man damit Geld sparen kann."

Hans verabschiedete sich, er hatte genug für heute. Er war nicht so ehrgeizig wie seine Kollegen und kümmerte sich schon immer um ein ausgleichendes Privatleben, auf das er sich heute ganz besonders freute: seine Freundin Lucrezia Mandola hatte morgen einen Termin in München und war auf dem Weg zu ihm, um den Abend und die Nacht mit ihm zu verbringen, bevor sie morgen früh pünktlich in München ihren Termin wahrnehmen konnte. Mit viel Geschick hatte sie diesen Besuch einrichten können und freute sich ebenso sehr wie Hans. Anfangs fand sie diese Heimlichkeiten ihrer Beziehung dämlich, mittlerweile hatte sie sich daran gewöhnt und hatte eine Freude daran, Kollegen und Freunde an der Nase herumzuführen und sich geheimnisvoll zu geben. Natürlich hatten alle längst bemerkt, dass sich in ihrem Privatleben etwas verändert hatte, aber sie lächelte nur auf Anfragen und sagte kein Wort. Auch Hans hielt seine neue Beziehung bisher geheim und war sich sicher, dass seine Freunde und Kollegen nichts ahnten, obwohl er damit völlig falsch lag. Leo wusste längst Bescheid, denn er hatte die beiden gesehen, als sie in ein Restaurant gingen. Natürlich hatte er Lucrezia sofort erkannt und er freute sich für Hans, aber solange Hans kein Wort darüber verlor, würde auch er nichts ausplaudern.

Hans sah auf die Uhr und musste sich beeilen, Lucrezia war bald hier. Und ihre Ankunft und den Aufenthalt wollte er ihr so angenehm wie möglich machen, musste noch Blumen, Champagner und etwas zu essen besorgen. Pfeifend und gut gelaunt verließ er das Polizeigebäude.

Leo war allein im Büro, die anderen waren längst gegangen.

„Herr Küstermann? Leo Schwartz, Kripo Mühldorf."

„Herr Schwartz, ich grüße Sie, meine Kollegin hat das Telefongespräch mit Ihnen bereits angekündigt. Zunächst möchte ich mich für die späte Stunde entschuldigen, aber ich hatte noch einen Termin. Es geht um Berta Schustereder, Altötting, Bärenstraße 12? Ich habe den Vorgang vor mir liegen."

Leo war beeindruckt. Herr Küstermann hatte eine angenehme, warme Stimme und war vorbereitet.

„Nach unseren Unterlagen gibt es in dem Fall keine Verwandten. Wer hat die Beerdigung in Auftrag gegeben und bezahlt?"

„Wir wurden am 23.09. dieses Jahres per Mail angeschrieben und haben daraufhin ein Angebot erstellt. Der Auftraggeber wollte unser günstigstes Paket und das haben wir dann auch ausgeführt."

„Der Name des Auftraggebers?"

„Sie bringen mich jetzt aber wirklich in eine sehr schwierige Lage Herr Schwartz. Ohne irgendein behördliches Papier in meiner Hand kann ich Ihnen wirklich nicht weiterhelfen. Auch ich bin zur Diskretion verpflichtet. Das ist eines unserer Credos."

„Auch nicht, wenn ich Ihnen sage, dass wir das Grab von Frau Schustereder während laufenden Ermittlungen öffnen mussten und dabei den Zustand des Sarges und auch der Leiche entdeckt haben? Sie haben gegen bestehende Bestattungsgesetze verstoßen."

„Wie…was…," Herr Küstermann stotterte und räusperte sich. „Gut Herr Schwartz, ich verstehe. Ich gebe zu, dass wir bei unserem günstigsten Sargmodell Qualitätsprobleme hatten. Aber ich kann Ihnen versichern, dass diese Probleme beseitigt wurden. Aber was hat es mit dem Zustand der Leiche auf sich? Welche Beanstandungen haben Sie konkret?"

„Abgesehen davon, dass keine Deckengarnitur vorhanden war, was nach Ihren Internet-Angeboten im Komplettpreis auch für das günstigste Sargmodell enthalten sein sollte, war die Leiche nicht hergerichtet worden. Ich könnte Ihnen Fotos schicken, aber dann bin ich genötigt, dem Ganzen eine Vorgangsnummer zu geben, was natürlich weitere Ermittlungen in Gang setzten würde."

Leo konnte hören, wie Herr Küstermann hektisch in seinen Unterlagen blätterte.

„Nein, bitte, keine Vorgangsnummer und keine Ermittlungen, ich glaube Ihnen auch so. Das ist eine Schlamperei, die nicht vorkommen darf. Natürlich werden bei uns immer Deckengarnituren mitgeliefert. Die Leichen werden selbstverständlich hübsch hergerichtet, darin unterscheiden wir uns nicht von ortsansässigen Unternehmen. Ich werde sofort unseren zuständigen Mitarbeiter in Burghausen informieren, der für diese Beerdigung verantwortlich war. Ich rufe ihn umgehend an und ich verspreche Ihnen, dass das lückenlos aufgeklärt wird. Herr Schwartz, ich kann Ihnen versichern, dass wir ein seriöses Unternehmen sind und dass das eine einmalige Sache war."

„Halten Sie mich auf dem Laufenden und ich entscheide dann, ob ich rechtliche Schritte gegen Ihr Unternehmen einleite. Und jetzt hätte ich gerne den Namen des Auftraggebers."

„Der Name ist Philipp Graumann."

8.

Den ganzen Abend über ließ ihn das Gespräch mit diesem Küstermann und auch Hartmut Fischer nicht in Ruhe. Wieder und wieder ging er beide Gespräche durch und sie ließen ihn nicht los. War dieser Graumann der Täter oder war er nur so gutmütig und hatte nur die Beerdigungskosten übernommen? Was war mit dieser Babette Silberstein? Konnte sie die Täterin sein? Ja, sie litt unter dieser Krankheit, aber trotzdem war auch sie tatverdächtig. Und dann noch Florian Fischer, der sich einfach nicht meldete. Es sah fast so aus, als wäre er untergetaucht. War er der Täter? Hatte er seinen Vater erschlagen?

Leo spürte, dass ihn der ganze Fall ziemlich mitnahm und sein Nervenkostüm immer dünner wurde. Sah er jetzt auch schon überall Gespenster und witterte an allen Ecken Verbrechen? Er beschloss, nach Klärung dieses Falles dringend Urlaub zu nehmen und sich auszuruhen, denn es war lange her, dass er so richtig ausspannen konnte. Sein letzter Urlaub war in Kos, der ihm zumindest in der ersten Woche einiges abverlangte, denn seine Exfrau hatte ihn um Hilfe gebeten und ihn ganz schön an der Nase herumgeführt. Die zweite Woche hingegen war herrlich. Er konnte zusammen mit Viktoria so richtig ausspannen und sie hatten eine sehr schöne Zeit miteinander verbracht. Aber das war nun auch wieder Monate her und er entschied, dass er nach diesem Fall Urlaub nehmen und ausspannen musste.

Als Leo nach Hause kam, lag Viktoria auf der Couch und sah fern. Leo holte sich einen Teller und schöpfte aus dem Topf auf dem Herd eine riesige Portion Gulasch, das Tante Gerda gekocht hatte. Er setzte sich zu Viktoria und erzählte ihr ausführlich von dem Gespräch mit diesem Bestattungsunternehmen.

Zusammen sahen sie sich eine Gameshow an. Irgendwann schlief Viktoria ein und er legte eine Decke über sie. Leo zappte durch die Programme und blieb an einem Film aus den 80er-Jahren hängen, bis auch er schließlich endlich abschalten konnte und müde wurde, seine Viktoria schlaftrunken mit ins Schlafzimmer zog und er in einen unruhigen Schlaf fiel.

Der Wecker klingelte erbarmungslos und nachdem beide geduscht hatten, tranken sie nur einen schnellen Kaffee, auf ein Frühstück verzichteten beide. Sie waren zu nervös und würden keinen Bissen herunterbringen. Viktoria bemerkte anerkennend, dass Leo zum heutigen Anlass ein einfarbiges Hemd gewählt hatte, aber auf seine Jeans, die Lederjacke und diese Cowboystiefel konnte und wollte er nicht verzichten. Die gehörten zu ihm und darin fühlte er sich wohl. Leo blätterte in der Tageszeitung und las zufrieden die großzügige Anzeige bezüglich des Gottesdienstes, die er zusammen mit Hans entworfen hatte.

Um 10.00 Uhr begann der Gottesdienst zu Ehren von Bruder Benedikt und vorab gab es noch jede Menge zu tun. Sie hatten sich um 8.00 Uhr im Kapuziner-Kloster verabredet, um die letzten Vorbereitungen zu treffen. Leo und Viktoria trafen zuerst ein und bemerkten zufrieden, dass die Kameras im Umfeld der Magdalenenkirche bereits installiert waren. Auch in der Kirche selbst waren an strategischen Punkten Kameras angebracht, die geschickt in Blumenschmuck, hinter Gemälden und an geschnitzten Heiligenfiguren platziert wurden.

Nach und nach trafen die anderen ein und Bruder Siegmund wurde nicht nur geschminkt, sondern bekam auch eine Perücke auf, damit er dem alten Bruder Benedikt wenigstens annähernd ähnelte – bis auf die üppige Statur natürlich, aber dafür sorgte ein weiterer Blumenschmuck, der bereits vor dem Ehrenplatz stand.

„Und? Wie sehe ich aus?" Bruder Siegmund war sichtlich aufgeregt und Leo klopfte ihm auf die Schulter.

„Hervorragend. Noch können Sie sich überlegen, ob Sie das auch wirklich machen möchten?"

„Auf jeden Fall. Ich habe die Schutzweste bereits an und bin geschminkt. Von mir aus kann es losgehen."

Auch Bruder Paul, der den Gottesdienst persönlich abhalten wollte, war sehr nervös und sah immer wieder durch das kleine Fenster, das einen direkten Blick ins Innere der Magdalenenkirche erlaubte. Je näher sich der Zeitpunkt des Gottesdienstes kam, desto mehr füllte sich die Kirche.

„Jetzt beruhige dich Paul, es kann nichts passieren. Meine Leute sind bis auf die wenigen hier schon alle in der Kirche verteilt. Wir haben alles im Griff."

Bruder Paul zog sich vor dem Gottesdienst zurück, um sich zu sammeln - und schließlich war es so weit. Die Orgel spielte das vereinbarte Stück und die Kapuziner-Mönche zogen geschlossen in die Kirche ein. Krohmer und die Beamten der Mordkommission traten als letzte ein und mussten stehen, was ihnen sehr gelegen kam.

Die Kirche war rappelvoll und Bruder Siegmund verschwand fast hinter dem üppigen Blumenschmuck und verhielt sich ruhig und unauffällig. Vorsorglich hatte Hans darauf bestanden, dass er sich die Kapuze des Habits überzog. Bruder Siegmund war nicht begeistert davon gewesen, denn dadurch wurde sein Sichtfeld eingeschränkt und er bekam nicht alles mit, was um ihn herum passierte. Vor allem hinter diesem riesigen Blumenschmuck, der extra dort hingestellt wurde, verschwand er fast vollständig. Aber die Anweisung der Polizisten war, dass er sich ruhig verhalten sollte, und daran hielt er sich. In seinem direkten Blickfeld stand Werner Grössert, der sein persönlicher Schutz und als moralische Unterstützung für ihn bereitstand. Bruder Siegmund zwinkerte ihm mehrfach zu, und Werner musste sich ein Lächeln verkneifen. Dieser Kapuziner war eine wahre Frohnatur.

Die Orgelmusik verstummte und der Gottesdienst begann.

Bruder Paul war nervös, stotterte, verhaspelte sich und musste immer wieder in seinen Unterlagen blättern, da er oft den Faden verlor. Er zog die Blicke auf sich, die Gottesdienstbesucher begannen zu tuscheln und wurden unruhig, denn sie hatten eine besondere Predigt erwartet, aber der Guardian war unkonzentriert. Man verstand kaum ein Wort und ständig wischte er sich den Schweiß von der Stirn.

Innerlich fluchten die Beamten und besonders Krohmer war enttäuscht, der viel mehr von seinem früheren Schulkameraden erwartet hatte. Mit seinem Verhalten vermasselte er noch die ganze Aktion!

Auch Bruder Siegmund bemerkte den Zustand des Guardians und sah Werner erschrocken an. Sollte er etwas unternehmen und einschreiten? Werner zögerte und gab Bruder Siegmund Zeichen, sich weiter ruhig zu verhalten. Aber es wurde nicht besser. Bruder Siegmund befürchtete, dass der Guardian den Gottesdienst abbrach und alles umsonst war. Alle Augen waren auf den Guardian gerichtet. Er stand wie auf dem Präsentierteller.

Werner Grössert war keine Hilfe, deshalb wanderten Bruder Siegmunds Augen unruhig in der Kirche umher, wobei er sich leicht nach vorn bücken musste, um an den Blumen vorbeisehen zu können. Endlich fanden Bruder Siegmunds Augen Leo, der durch seine Körpergröße und der Tatsache, dass er stand, alle überragte. Leo stand ganz hinten und war unbeobachtet von den anderen Gottesdienstbesuchern. Sie verständigten sich durch Zeichen, was für Leo leichter war, denn niemand achtete auf ihn. Aber Bruder Siegmund konnte nur ganz vorsichtig Zeichen geben und keiner wusste, ob er die Zeichen des anderen richtig deutete. Leo ermunterte Bruder Siegmund, etwas zu unternehmen, was dieser dann endlich auch verstand.

Aber was sollte er tun? Er konnte doch nicht einfach den Guardian unterbrechen und ans Mikrofon treten, dann würde sofort die Täuschung auffallen. Schließlich war Bruder Benedikt ein sehr bekannter und angesehener Mann in Altötting. Bruder Siegmund zog alle Register seines schauspielerischen Talents und gab theatralisch vor, dass es ihm nicht gut ging und winkte Bruder Andreas zu sich, der von allen der naivste war und von dem er annahm, dass er nicht verstanden hatte, um was es hier überhaupt ging. Sofort ging Bruder Andreas zu ihm und stützte ihn. Werner hatte die Verständigung zwischen Bruder Siegmund und Leo beobachtet und verstand, was Bruder Siegmund vorhatte. Sofort eilte er ebenfalls zu ihm und stützte ihn auf der anderen Seite, wodurch er ihn mit seinem Körper schützen konnte. Die drei gingen durch die Bankreihen der Magdalenenkirche und viele Augenpaare folgten dem Geschehen: dem Jubilar ging es offensichtlich nicht gut und er wurde mit der Kapuze tief im Gesicht von einem jüngeren Glaubensbruder und einem Fremden, der vorn neben dem Alter stand, gestützt aus der Kirche geleitet. Alle hatten Verständnis und zeigten Mitgefühl für den alten Mann. Nur der Guardian wurde noch nervöser und verstand nicht, was hier vor sich ging. Er unterbrach schließlich seine Predigt und sah dem Geschehen untätig zu. Es folgte eine gespenstische Stille in der Magdalenenkirche. Leo und Hans traten sofort zu den dreien, schützten sie mit ihren Körpern und geleiteten sie nach draußen. Die anderen Polizisten hielten jeder sein ihm zugeteiltes Stück in der Magdalenenkirche im Auge. Krohmer war bis aufs äußerste angespannt und hätte diesen Bruder Paul in Stücke reißen können. Warum sagte er denn nichts mehr? Krohmer hatte die Nase voll, ergriff die Initiative und ging zu Bruder Paul, der wie versteinert am Altar stand und hektisch um sich blickte.

„Jetzt sprich endlich weiter," zischte er ihn an. „Du versaust noch alles. Los, mach weiter!"

Bruder Paul hielt sich an Krohmers Arm fest und Krohmer spürte jetzt, dass der Guardian am ganzen Leib zitterte, er hatte schreckliche Angst. Also blieb Krohmer neben ihm stehen und das beruhigte Bruder Paul, der nun langsam wieder zu sich kam und mit der Predigt fortfuhr. Aber was dachten die Gottesdienstbesucher? Für Krohmer war es ungewohnt, hier am Altar zu stehen und auf die Gottesdienstbesucher zu blicken, die ihn anstarrten. Und Krohmer konnte nun direkt sehen, wie sie alle miteinander tuschelten, aber es half nichts, er musste hier stehenbleiben. Er konnte Bruder Paul in diesem Zustand nicht alleine lassen. Einer der Gottesdienstbesucher machte ein Foto und obwohl das sich in Kirchen nicht gehörte, vor allem nicht bei einem Gottesdienst, machten ihm es immer mehr Gottesdienstbesucher nach. Immer wieder klickte und blitzte es. Krohmer war stinksauer. Morgen würde ganz bestimmt ein Foto vom Guardian und ihm in der Presse auftauchen, zusammen mit einem Bericht, der ihm ganz bestimmt nicht gefiel.

Bruder Siegmund hatte die Kirche verlassen und einige Beamte waren ihnen gefolgt. Aber war die Gefahr dadurch gebannt? War der vermeintliche Täter immer noch hier in der Kirche? War er überhaupt gekommen?

Plötzlich bemerkte Krohmer, dass eine Person aus dem Beichtbereich auf seiner rechten Seite heraustrat und sich Richtung Ausgang bewegte. Er konnte die Person nicht erkennen, die sich durch die Menschenmenge den Weg nach draußen bahnte. Hektisch suchte Krohmer nach Viktoria Untermaier, die noch hier in der Kirche links hinten stand. Endlich kreuzten sich ihre Blicke. Aber Viktoria verstand nicht und Krohmer musste deutlicher werden. Er zeigte auf die Person und beinahe alle Gottesdienstbesucher folgten nun der Stelle, auf die er zeigte. Verdammt, das ging in die Hosen, das ging mächtig in die Hosen! Krohmer löste Bruder Pauls Hand, die immer noch seinen Arm festhielt und lief los. Die Gottesdienstbesucher wurden unruhig und standen nun nacheinander auf, fingen an, zu rufen und immer panischer zu werden. Einige Besucher hatten offenbar entschieden, ebenfalls die Kirche zu verlassen und versperrten somit Viktoria den Weg. Auch Krohmer wurde von einigen Personen aufgehalten.

Der Guardian unterbrach abermals seine Predigt und sah ungläubig zu, was sich nun vor seinen Augen abspielte: beinahe alle Gottesdienstbesucher liefen durcheinander auf den Ausgang zu, während sie immer lauter riefen und schließlich anfingen zu schreien. Die Polizisten versuchten vergeblich, die Menschen zu beruhigen – es ist wie so oft: einige rennen und schreien panisch, worauf die anderen folgen. Schließlich konnten die Beamten nur noch dafür sorgen, dass alle Personen möglichst unbeschadet die Kirche verlassen konnten. Draußen vor der Kirche wurde der Verkehr angehalten und in Windeseile hatte sich eine riesige Menschentraube versammelt, die kaum glauben konnte, was hier vor der Magdalenenkirche gerade vor ihren Augen passierte: Massen von Menschen liefen schreiend und in Panik aus der Kirche. Was war hier los?

Leo und Hans hatten Bruder Siegmund und seinen Mitbruder Andreas sofort nun mit ihren Waffen in den Händen zum Eingang des Kapuziner-Klosters gleich nebenan begleitet. Die beiden waren zum Glück in Sicherheit. Leo befahl ihnen, sich unter keinen Umständen auf der Straße blicken zu lassen.

Sofort rannten Leo und Hans zurück zum Eingang der Magdalenenkirche, von der sie einen immer stärker anwachsenden Geräuschpegel hörten.

Vor der Kirchentür angekommen lief ihnen eine Person direkt in die Arme: es war unschwer die gesuchte Babette Silberstein, die fürchterlich nach Alkohol stank. Sie mussten zur Seite gehen, denn nun folgten beinahe alle Gottesdienstbesucher, die panisch die Kirche verließen. Endlich kamen nun auch Krohmer und die anderen, die erleichtert feststellten, dass Hans und Leo die Person festhielten, die drinnen aus dem Beichtbereich herausgetreten war und die Krohmer im Visier gehabt hatte.

„Was war denn da drin los?" fragte Leo, der immer noch ungläubig die vielen Menschen beobachtete, die hier ein regelrechtes Chaos verursacht hatten.

„Frag mich. Du weißt doch, wie so etwas läuft: einer fängt das Spinnen an und die anderen tun es ihm gleich, es ist immer dasselbe!" schimpfte Viktoria. „Und wenn dieser Guardian sich anders aufgeführt hätte, wäre überhaupt nichts passiert."

„Er hatte Angst, einfach nur Angst," sagte Krohmer. „Ich ärgere mich, dass ich das nicht vorher bemerkt habe. Bringt die Frau hier weg, aber warten Sie auf mich, ich möchte bei der Befragung dabei sein. Und sorgen Sie dafür, dass das Areal hier geräumt wird und endlich wieder Ruhe ist. Dieser Tumult und das Geschrei sind ja nicht zum Aushalten. Ich habe noch etwas zu erledigen, brauche aber nicht lange und komme dann nach." Krohmer ging zurück in die Kirche, wo Bruder Paul ganz allein in einer der Bankreihen saß.

„Es tut mir schrecklich leid," sagte er, als er Krohmer erblickte. „Ich wollte diese Predigt keinem der Mitbrüder zumuten und habe die Situation vollkommen unterschätzt. Als ich da vorn stand und mir vorstellte, dass zwischen den Gottesdienstbesuchern ein Mörder sitzt und vielleicht um sich schießen könnte, habe ich Panik bekommen. Ich weiß, mein Verhalten ist unentschuldbar, trotzdem bitte ich dich, mir zu verzeihen."

„Jetzt mach dich nicht fertig, es ist nichts passiert. Du hast dich überschätzt, das kann vorkommen. Irgendwie auch verständlich, denn wie oft kommst du in so eine Situation?"

„Ich weiß nicht, wie du es schaffst, mit so einem Beruf leben zu können. Ich könnte das nicht."

„Und für mich wäre dein Leben nichts. Jeder sucht sich zum Glück das aus, was für ihn das Richtige ist. Und jetzt denk nicht länger darüber nach, es ist vorbei. Allerdings musst du mit einer schlechten Presse in den kommenden Tagen leben. Ich beneide dich nicht darum, denn die Presse ist gnadenlos und kann einem ganz schön zusetzen. Ich kann dir nur raten, das Lesen der Zeitung in den nächsten Tagen zu unterlassen. Das mache ich zumindest immer so. Was ich nicht weiß, macht mich nicht heiß."

Jetzt musste Bruder Paul lachen. Dieser Rudolf war früher schon ein lustiger Mensch und nahm auch heute noch immer manches auf die leichte Schulter, aber in seinem schrecklichen Beruf brauchte man offenbar dieses Gemüt.

„Hat diese Aktion wenigstens etwas gebracht?"

„Allerdings, ganz umsonst war es nicht. Wir konnten die Person dingfest machen, die sich offenbar in dem Beichtbereich aufgehalten hat."

„Der Mörder? Ihr habt den Mörder? Er war hier in der Kirche?"

„Jetzt beruhige dich. Ob es sich bei der Person um einen Mörder handelt, werden wir rausfinden. Bis jetzt ist noch nichts bewiesen. Dein Bruder Siegmund war fabelhaft und hat durch sein Verhalten diese Person aus der Reserve gelockt."

„Bruder Siegmund ist wirklich ein Phänomen; ich habe ihn und seinen Wagemut unterschätzt. Ich hingegen bin für so etwas denkbar ungeeignet."

Krohmer machte sich auf den Weg ins Präsidium, denn er wollte unbedingt bei der Vernehmung dieser Frau dabei sein und hören, was sie zu sagen hatte. Bevor er in den Raum eintrat, erkundigte er sich bei den dort wartenden Werner und Leo, denn Hans und Viktoria saßen Frau Silberstein bereits gegenüber und warteten auf den Chef.

„Haben Sie schon etwas von diesem Florian Fischer gehört? Und Graumann? Sind die italienischen Kollegen endlich fündig geworden?"

Beide schüttelten den Kopf.

„Warum stehen Sie dann hier rum? Sehen Sie zu, dass Sie beide Männer finden und herbringen."

Wütend trat Krohmer in den Vernehmungsraum – Werner und Leo dachten nicht einmal daran, ihren Posten jetzt zu verlassen, denn schließlich wollten auch sie hören, was die Frau zu sagen hatte.

Der Geruch im Vernehmungszimmer war zum Schneiden, denn die Frau stank erbärmlich. Hans versuchte mit Engelszungen, die Frau dazu zu bekommen, mehr und mehr Kaffee zu trinken.

„Können wir mit ihr sprechen?" fragte Krohmer.

„Ich bin anwesend. Reden Sie nicht so, als wäre ich nicht hier. Natürlich können Sie mit mir sprechen, warum auch nicht?"

„Wegen dem Alkohol junge Frau," sagte Krohmer und stellte sich vor.

„Heute habe ich noch nicht viel getrunken. Jetzt möchte ich endlich wissen, warum Sie mich wie eine Schwerverbrecherin abgeführt haben. Was habe ich getan, dass man mich so behandelt?"

„Ganz von vorn. Was wollten Sie in der Kirche und vor allem, was wollen Sie von Bruder Benedikt?"

„Ich habe mitbekommen, dass ein Gottesdienst für Bruder Benedikt abgehalten wird und zum Glück habe ich es gerade noch geschafft. Ich wollte mit Bruder Benedikt sprechen, wollte bei ihm noch ein einziges Mal beichten. Er ist der einzige, dem ich von all den Brüdern vertraue. Man kann diesen Brüdern nicht trauen, sie lügen und betrügen. Ein anderer hat sich als Bruder Benedikt ausgegeben, aber mich kann man nicht täuschen, ich habe gleich gesehen, dass der Mann nicht der richtige Bruder Benedikt ist. Sie müssen sich vor diesen Kapuziner-Brüdern in Acht nehmen." Sie flüsterte die letzten Worte und blickte um sich.

„Keine Sorge, wir werden vorsichtig sein."

„Gut, machen Sie das. Ich gehe weg von hier, wollte mich von Altötting und von Bruder Benedikt verabschieden. Er war immer sehr gut zu mir und hat mir in schweren Zeiten geholfen, gab mir Ratschläge und spendete Trost. Aber jetzt wird alles anders." Sie strahlte übers ganze Gesicht und erst jetzt konnte man die schlechten Zähne der Frau sehen, von denen einige fehlten.

„Was meinen Sie damit? Was ändert sich?"

„Ich habe eine echte Wahrsagerin getroffen, die mir vorausgesagt hat, dass ich reich und berühmt werde. Weit weg von hier wohne ich dann in einem Schloss und habe einen Mann und viel Geld. Ich brauche nicht mehr frieren und habe Leute um mich herum, die mich bedienen und das machen müssen, was ich ihnen sage." Babette Silberstein lachte und schwärmte von ihrem zukünftigen Leben. Jetzt bemerkte die Frau die skeptischen Blicke der Beamten. „Sie glauben mir nicht? Ich kann es beweisen." Sie kramte in ihrer Tasche und zog ein zusammengefaltetes Papier heraus, faltete es auseinander und schob es den Beamten rüber. „Lesen Sie, das habe ich gefunden und da steht genau das drin, was mir die Wahrsagerin vorausgesagt hat." Die Beamten blickten ungläubig auf die herausgerissene Seite einer Illustrierten, auf denen Horoskope standen.

Der Ausdruck in den Augen der Frau und das wirre Zeug, das sie von sich gab, war nicht von dieser Welt – den Beamten war klar, dass sie in die Psychiatrie gehört. Krohmer handelte sofort. Er ging nach draußen und informierte die Behörden, die Frau gehörte dringend in Behandlung. Nicht nur, was sie sagte, klang vollkommen wirr, sondern vor allem wie sie es sagte.

Viktoria und Hans versuchten, vielleicht doch noch etwas Vernünftiges aus der Frau herauszubekommen, was sich als mühsam und schwierig entpuppte. Frau Silberstein wiederholte sich, sprach vollkommen wirres Zeug und schließlich bockte sie und sprach kein Wort mehr.

„Ich trau ihr die Tat nicht zu," sagte Werner, der immer noch mit Leo draußen gestanden und zugehört hatte.

„Ich auch nicht," murmelte Krohmer. Er war sich sicher gewesen, dass sich der ganze Spuk nun auflöst, aber nun standen sie wieder ganz am Anfang und hatten nichts – es war zum Kotzen!

„Chef," rief Frau Gutbrod aufgeregt, während sie mit einem Stück Papier in der Hand auf ihren viel zu hohen Schuhen und dem viel zu kurzen Rock den Gang auf ihn zulief. „Chef, Philipp Graumann konnte festgenommen werden. Die Meldung kam eben rein." Außer Atem überreichte sie Krohmer das Fax.

„Philipp Graumann wurde am Amsterdamer Flughafen Schiphol festgenommen und ist unterwegs zu uns," informierte Krohmer Leo und Werner.

„Endlich! Aber was hatte der in Amsterdam zu suchen? Die italienischen Kollegen suchen den ganzen Gardasee nach ihm ab."

„Das werden wir herausfinden, wenn er da ist. Danke Frau Gutbrod."

Sie strahlte übers ganze Gesicht, denn es war lange her, dass der Chef etwas Freundliches zu ihr gesagt hatte – und dabei war sie sich keiner Schuld bewusst. Sie machte sich auf, wieder in ihr Büro zu gehen, blieb dann aber abrupt stehen.

„Meine Güte, fast hätte ich es vergessen. Ein Florian Fischer wartet auf Sie, ich habe ihn in den Vernehmungsraum 1 gesetzt. Frau Dr. Weidinger ist bei ihm."

„Und das sagen Sie erst jetzt?" rief Leo ärgerlich. Er und Werner machten sich sofort auf den Weg.

„Frau Gutbrod, Sie bleiben hier. Frau Silberstein wird von einem Krankenwagen abgeholt. Sie kümmern sich um die Formalitäten. Sie sind persönlich dafür verantwortlich, dass da nichts schief geht. Informieren Sie die Kollegen Untermaier und Hiebler über die Festnahme von Graumann und die Tatsache, dass Florian Fischer im Haus ist und vernommen wird." Frau Gutbrod nickte und sah ihrem Chef hinterher, wie er ebenfalls davonrannte.

Als Leo und Werner in den Vernehmungsraum 1 eintraten, saßen Florian Fischer und Frau Dr. Weidinger schwatzend zusammen. Leo gab ihr einen Wink, worauf sie mit ihm den Raum verließ.

„Hast du irgendetwas herausbekommen?"

„Nein. Er macht einen ruhigen Eindruck und antwortet klar und nicht ausweichend. Ich denke, dass er nichts zu verbergen hat, aber ich möchte euch nicht vorgreifen. Ich dachte, ich setze mich zu ihm und wir unterhalten uns, bis ihr ihn vernehmt."

„Vielen Dank, das war eine gute Idee. Wir werden Fischer jetzt übernehmen. Wenn du bitte so lieb bist und in den Vernehmungsraum 2 gehst? Dort sitzt eine verwirrte Frau Silberstein, die dringend psychologische Unterstützung braucht. Der Chef hat veranlasst, dass sie in die Psychiatrie gebracht wird, der Krankenwagen ist bereits unterwegs. Sie ist etwas schwierig, Viktoria und Hans sind bei ihr und sind mit ihr überfordert."

„Mache ich gerne."

Frau Gutbrod sah Frau Dr. Weidinger mit großen Augen auf sich zukommen und war überrascht, dass sie freundlich gegrüßt wurde und sie an ihr vorbei direkt in den Vernehmungsraum 2 ging. Sie konnte und wollte Dr. Weidinger nicht aufhalten. Jetzt konnte Frau Gutbrod mit ansehen, wie Frau Dr. Weidinger mit der verwirrten Sandlerin sprach und schnell deren Vertrauen gewann. Annemie gab Viktoria und Hans ein Zeichen, dass sie gehen könnten, was sich die beiden nicht zwei Mal sagen ließen, denn beide fühlten sich in Gegenwart von Frau Silberstein sehr unwohl.

„Ein Herr Graumann wurde in Amsterdam festgenommen und ist unterwegs," empfing Frau Gutbrod die beiden vor der Tür. „Und ich soll Ihnen auch ausrichten, dass ein Herr Fischer im Vernehmungsraum 1 ist."

Viktoria und Hans gingen umgehend dort hin und stellten sich vor die Scheibe neben Krohmer, um Fischers Vernehmung ebenfalls zuzuhören.

„Hat die Frau noch irgendwas von sich gegeben, was wir verwenden können?"

„Leider nein, immer nur das selbe, wirre Geschwätz. Ich glaube, wir können sie von der Liste der Verdächtigen streichen. Übrigens hat sich Frau Dr. Weidinger spontan entschlossen, sie zu begleiten. Frau Silberstein hat sehr schnell Vertrauen zu ihr gefasst und sie angefleht, sie nicht allein zu lassen – und Annemie konnte nicht anders, sie hat wirklich ein gutes Herz, sie ist nicht nur hübsch und klug, sondern auch noch warmherzig und einfühlsam."

Viktoria sprach überraschenderweise das erste Mal nicht mit einem Unterton von Frau Dr. Weidinger, in ihrer Stimme lag Bewunderung für die Frau. Aber auch Krohmer und Hans waren der Meinung, dass Frau Silberstein nicht die gesuchte Mörderin sein konnte. Um solche Morde zu begehen, muss man bei klarem Verstand sein, was die Frau ganz bestimmt nicht war.

Wenig später wurde Frau Silberstein unter größtem Protest abgeholt. Beim Anblick der Sanitäter wurde sie panisch und schrie, während sie sich ununterbrochen an Frau Dr. Weidinger festhielt, die ihrerseits kaum eine Chance hatte, die Frau zu beruhigen. Erst, nachdem einer der Sanitäter ihr eine Spritze gab, wurde sie endlich ruhiger. Frau Gutbrod sah dem Treiben erschrocken zu. Am liebsten wäre sie davongelaufen, aber sie blieb stehen und tat das, was der Chef ihr aufgetragen hatte und kümmerte sich um die

Formalitäten. Zum Glück war diese Frau Dr. Weidinger da, die beruhigend auf die Sandlerin einredete und tatsächlich mit ihr ging – für Frau Gutbrod nicht nachvollziehbar und vollkommen überflüssig.

„Wo haben Sie sich die Tage aufgehalten? Wir haben überall nach Ihnen gesucht, Sie wurden sogar zur Fahndung ausgeschrieben."

„Was? Wieso das denn? Ich brauchte nach der ganzen Aufregung um den Mord an meinem Vater etwas Abstand. Ich war angeln. Das mache ich immer, wenn ich allein sein möchte. Ich habe meine Plätze, wo ich wirklich allein bin. Ich war am Mondsee in Österreich, dort gibt es herrliche Fische und ich kenne dort mehrere Plätze, wo ich auch jetzt noch im November unentdeckt angeln kann, obwohl das nur bis Oktober erlaubt ist. Die Kripo Mühldorf möchte mir doch da keinen Strick daraus drehen?"

„Das interessiert uns überhaupt nicht, darum geht es nicht."

„Ich lebe und sterbe fürs Angeln und liebe die Ruhe und Stille. Diese Zeit gehört ganz allein nur mir und ich schalte prinzipiell mein Handy aus. Das hat schon Ärger mit meinem Chef gegeben, der mich einmal versucht hat, zu erreichen – aber da mache ich keine Kompromisse, beim Angeln gibt es kein Handy. Ich nehme alles mit, was ich brauche und schlafe im Zelt oder in irgendeiner Pension, das ergibt sich schon irgendwie, ich bin nicht anspruchsvoll. Aber jetzt sagen Sie schon, was Sie von mir wollen."

„Meine Kollegin und ich haben dummerweise von einer Holzperle eines Rosenkranzes in ihrer Anwesenheit gesprochen, mit der wir es in einem anderen Mordfall zu tun haben," gab Leo freimütig zu.

„Ja, das habe ich mitbekommen. Natürlich habe ich mich gewundert, was das mit meinem Vater zu tun hat, aber eigentlich geht es mich ja nichts an."

Das kam so offen und ehrlich, dass Leo und Werner überrascht waren – Florian Fischer zeigte keine Anzeichen einer Lüge.

„Haben Sie irgendjemand davon erzählt?"

„Sicher. Noch am gleichen Tag habe ich mich mit meinem Bruder und meiner Schwägerin getroffen, und denen habe ich davon erzählt. Aber auch die konnten sich keinen Reim darauf machen und konnten sich nicht erklären, was das mit dem Mord an unserem Vater zu tun hat."

„Und außer Ihrem Bruder und der Schwägerin?"

„Nein, ich schwöre, sonst habe ich mit niemandem darüber gesprochen, warum auch? Nach der Beerdigung war ich fix und fertig und habe meinen Arbeitgeber angerufen und um einige Tage Urlaub gebeten, der davon natürlich nicht gerade begeistert war. Aber er hat mir schließlich doch freigegeben. Ich habe meine Sachen gepackt und bin zum Mondsee gefahren, um dort zu angeln. Seitdem habe ich mit niemandem mehr gesprochen und konnte endlich über alles nachdenken. Es geht mir deutlich besser und ich sehe den Tod meines Vaters jetzt etwas nüchterner. Nachdem ich wieder in Deutschland war, habe ich mein Handy eingeschaltet und war erschrocken über die vielen Anrufe und Nachrichten. Natürlich bin ich umgehend hierhergefahren."

„Sie können gehen, aber halten Sie sich zu unserer Verfügung."

„Was jetzt?" fragte Krohmer, als sie in der Kantine saßen und Kaffee tranken. „Fischer ist für meine Begriffe nicht unser Mann."

„Dann werden wir uns um Graumann kümmern. Er dürfte in Kürze eintreffen."

Tatsächlich war Graumann eine Stunde später im Präsidium und wurde in den Verhörraum gebracht. Leo und Werner wollten auch diese Vernehmung vornehmen. Die anderen hatten nichts dagegen.

Anfangs war Philipp Graumann zugänglich, schien nicht zu verstehen, warum er festgenommen wurde. Der großgewachsene, schlanke Mann trug einen Anzug und sah aufgrund des Äußeren dem Fahndungsbild nicht sehr ähnlich. Zum Glück funktionierten vor allem bei internationalen Flughäfen die Personenfahndungen hervorragend.

„Ich bin ein unbescholtener Bürger und habe mir nie etwas zu Schulden kommen lassen. Wie ein Schwerverbrecher wurde ich am Flughafen abgeführt und gegen meinen Willen hierher gebracht. Ich verlange auf der Stelle, dass Sie mir sagen, was Sie mir vorwerfen."

Leo und Werner sagten bis dato kein einziges Wort.

„Wir suchen Sie in Verbindung mit mehreren Mordfällen."

„Gleich mehrere Mordfälle? Und wen soll ich getötet haben?"

„Fangen wir mit Bruder Benedikt an. Wo waren Sie am Mittwoch gegen 5 Uhr?"

„Da war ich auf dem Weg nach Italien. Ich wollte einfach nur Urlaub machen. Das ist mein gutes Recht und meines Wissens nach nicht strafbar." Er wusste, wer Bruder Benedikt war, das konnte man in seinem Gesichtsausdruck lesen.

„Können Sie Ihre Italien-Reise irgendwie belegen?"

Philipp Graumann schüttelte den Kopf. Sie fragten ihn nach den Alibis für die Tatzeit von Xaver Fischer und Alfons Kronwinkler. Graumann war zwar zu den fraglichen Zeiten seinen Angaben nach am Gardasee, konnte das aber nicht beweisen.

„Sie haben keine Hotelrechnung, Restaurant-Quittung, irgendetwas in dieser Richtung?"

„Nein. Den Namen des Hotel habe ich vergessen und da ich nichts von der Steuer absetzen kann, werfe ich Rechnungen oder Quittungen prinzipiell sofort in den Müll." Graumann sprach ruhig und gelassen, gab sich harmlos, was die Beamten alarmierte: der Mann war mit allen Wassern gewaschen und sie mussten höllisch aufpassen, keinen Fehler zu machen.

„Ganz schlecht, Herr Graumann. Ich glaube Ihnen kein Wort. Sie können uns nicht erzählen, dass Sie den Namen Ihres Hotels nicht mehr kennen. In welchem Ort ist das Hotel?" Werner hatte einen Zettel und einen Stift in der Hand und Graumann wurde klar, dass jetzt alle Unterkunftsmöglichkeiten durchgeforstet werden.

„Also gut, ich war nicht am Gardasee," sagte Graumann und fuhr sich immer öfter durchs Haar. Sein Lächeln war nun nicht mehr so souverän, obwohl er sich alle erdenkliche Mühe gab, charmant und sympathisch zu wirken. „Ich habe eine Liaison mit einer verheirateten Frau und habe die letzten Tage mit ihr in einer kleinen Pension am Tegernsee verbracht. Sie werden verstehen, dass ich weder den Namen der Frau, noch den der Pension preisgeben kann. Nicht auszudenken, welche Schwierigkeiten die Dame sonst bekommt. Ihr Mann ist nicht gerade zimperlich."

„Darauf können wir keine Rücksicht nehmen," sagte Leo genervt, der diesem aalglatten Typen kein Wort glaubte. „Hier geht es um drei Morde. Also raus mit der Sprache."

„Von mir erfahren Sie nichts, ein Gentleman genießt und schweigt." Graumann lehnte sich zurück und verschränkte die Arme vor der Brust. Er fühlte sich sehr sicher.

Leo ging zu einer anderen Taktik über. Er fragte Graumann über Details aus seiner Vergangenheit, vor allem der Zeit bei der Pflegefamilie.

„Ich habe nichts Negatives über diese Zeit zu berichten," sagte Graumann. Leo bohrte mehr und mehr nach, stellte immer direktere Fragen und ganz langsam bröckelte die Fassade – vor allem, nachdem Leo Details aus den Gesprächen mit Tobias Marchl und Michael Bauer erwähnte.

„Ja verdammt, die Zeit in dieser Pflegefamilie war beschissen. Sind Sie jetzt zufrieden? Die Vergangenheit möchte ich vergessen, nie wieder möchte ich daran erinnert oder damit konfrontiert werden, weil das alles nichts Gutes in mir auslöst. Es hat viele Jahre gedauert, bis ich fähig war, ein normales Leben zu führen, einfach nur zu schlafen. Können Sie sich vorstellen wie es ist, keine Nacht schlafen zu können? Immer wieder mit Alpträumen aufzuwachen? Ist es das, was Sie wissen wollen? Ich verstehe nicht, worauf Sie raus wollen."

„Gut, wie Sie wollen! Dann kommen wir jetzt zu unseren Fakten. Wir haben das Ehepaar Schustereder exhumieren lassen." Leo machte eine Pause und Werner musste sich zusammenreißen, um sich nichts anmerken lassen. Was hatte Leo vor? Er blieb ruhig und überließ seinem Kollegen die weitere Vernehmung, denn er hatte offensichtlich einen Plan, den er auf keinen Fall durchkreuzen wollte, obwohl sich Leo mit seiner eben getätigten Aussage auf ganz schön dünnem Eis bewegte. Die Kollegen hinter der Scheibe konnten kaum glauben, dass der Schwabe diese Taktik einschlug. Krohmer stöhnte für alle merklich auf, denn die Aussage des Mannes wurde aufgezeichnet und Leo ging offenbar mal wieder seine eigenen Wege. Denn eigentlich hatten sie vereinbart, kein Wort über diese Exhumierungen zu sagen. Niemand sagte ein Wort. Alle warteten darauf, was jetzt passieren würde.

„Das glaube ich Ihnen nicht," sagte Philipp Graumann sichtlich nervös. „Und was soll Ihnen das schon bringen? Sie werden bei beiden nichts finden."

„Sie hätten für die Bestattung Ihrer Pflegemutter keinen Billigdiscounter nehmen sollten. Dieser Billigbestatter hat geschlampt und deshalb sind an der

Leiche deutliche Spuren zurückgeblieben." Das hatte gesessen und Graumann war nun sprachlos. Was sollte er jetzt tun?

„Was faselt Schwartz von diesem Billigbestatter? Er hat kein Wort darüber gesagt. Zu Ihnen etwa?"

„Gestern Abend hat er mit diesem Bestattungsunternehmen gesprochen. Aber mehr weiß ich auch nicht. Das ist wahrscheinlich wegen der Aktion in der Magdalenenkirche vollkommen untergegangen. Und dann auch noch die Vernehmung von Frau Silberstein. Leo hatte keine Zeit, uns zu informieren."

„Mir hat er gestern Abend davon erzählt, aber wenn ich ehrlich bin, habe ich nicht richtig zugehört. Sorry, aber ich war einfach zu müde." Viktoria schämte sich jetzt, denn Leo gegenüber hatte sie so getan, als würde sie sich für dieses Gespräch mit dem Bestattungsunternehmen interessieren.

„Wie dem auch sei, ich bin gespannt darauf, was Graumann zu sagen hat," sagte Krohmer und bat die Kollegen darum, ab sofort zu schweigen, damit er jedes Wort hören konnte.

„Was haben Sie gefunden?" fragte Graumann nach einer langen Pause sehr leise.

„Der Bestatter hat die Leiche nicht gereinigt. Am Mund von Frau Schustereder waren Kleberückstände und wir konnten einen Fingerabdruck sicherstellen. Es wird ein Leichtes für uns sein, die dazugehörige Person zu finden."

Das hatte gesessen. Leo log, ohne mit der Wimper zu zucken. Werner musste sich beherrschen, nicht überrascht zu sein, sondern sah Graumann fest in die Augen.

„Was faselt Schwartz denn da von einem Fingerabdruck? Ist der vollkommen verrückt geworden? Wir haben keinen Fingerabdruck verdammt nochmal. Wenn Graumann mit einem findigen Anwalt kommt und der diese Aussage überprüft, sind wir geliefert." Krohmer war nervös und wollte in den Vernehmungsraum stürmen, aber Hans hielt ihn zurück.

„Bleiben Sie hier und lassen Sie Leo nur machen. Er weiß schon, was er tut. Sehen Sie sich die Reaktion von Graumann an, Leo liegt vollkommen richtig."

Tatsächlich war die Farbe aus Graumanns Gesicht verschwunden und er starrte Leo ungläubig an. Er fuhr sich mehrfach durchs Haar und fing an, mit beiden Beinen zu zappeln.

„Ja, ich habe die beiden auf dem Gewissen," schrie er schließlich, „und sie haben es beide verdient. Sie können sich nicht vorstellen, was ich früher erleiden musste. Franz und Berta waren Teufel!"

„Ich würde mir gerne ein Bild davon machen. Erzählen sie!" forderte Leo ihn auf. „Neben der harten Arbeit gab es keine Liebe oder Dankbarkeit. Wieder und wieder hat Franz mich wegen Kleinigkeiten verprügelt, gedemütigt und auf seine eigene Art und Weise bestraft. Die Berta hat ihn auch noch dazu ermuntert. Ich habe die beiden gehasst! Wissen Sie, wie oft ich ohne Essen ins Bett musste? Wie oft ich draußen nur im Schlafanzug in der Kälte stehen musste? Auch im Winter? Wie ich immer und immer wieder mit dem Lederriemen geschlagen wurde, wobei Franz erst genug hatte, wenn ich nicht mehr geweint habe? Er hat mich immer nur dort geschlagen, wo man es nicht gesehen hat, damit niemand Verdacht schöpft. Sportunterricht war mir untersagt, angeblich wegen einem Herzleiden. Die beiden haben mir erzählt, dass ich einen Herzfehler habe, unter dem ich nie gelitten habe. Wissen Sie, dass ich noch viele Jahre später tatsächlich davon ausgegangen bin, dass ich einen Herzfehler habe? Ich durfte nicht in den Sportunterricht, damit man die Misshandlungen nicht sieht. Das war der wahre Grund, das muss man sich mal vorstellen, das ist doch Wahnsinn! Kein Fußball, kein Schwimmbad, keine Geburtstagsfeier, keine Freunde einladen, nichts wurde uns erlaubt. Wissen Sie, dass ich heute immer noch unter diesen Misshandlungen leide? Dass ich mich nur schwer konzentrieren kann? Dass ich nicht fähig bin, irgendjemandem zu vertrauen? Ich kann noch nicht einmal schwimmen. Und wenn es dunkel und kalt ist, bekomme ich Herzrasen und Panik – das ist doch kein Leben!"

Leo und Werner waren betroffen, denn Graumann sprach ruhig, wodurch das Gesagte noch viel schlimmer klang.

„Was ist mit Tobias Marchl? Durfte auch er nicht in den Sportunterricht?"

„Natürlich nicht, angeblich wegen seinem Asthma und auch das war gelogen. Er hat es mir selbst erzählt. Ich habe ihn letztes Jahr zufällig getroffen und bin immer noch erschrocken, was aus ihm geworden ist, ein pedantischer, pingeliger Kontrollfreak, auch ein Ergebnis von unseren lieben Pflegeeltern. Niemand wollte uns helfen, überall wurden wir nur abgewimmelt, keiner hörte uns zu. Keiner hat uns geglaubt, dafür haben die lieben Pflegeeltern schon gesorgt, die uns überall nur schlecht gemacht haben. Ja, sie waren sehr gute Schauspieler und konnten Menschen manipulieren."

„Warum Bruder Benedikt?"

„Ich hatte ihn angefleht, uns zu helfen und er kam tatsächlich zu uns. Aber er hat sich einlullen lassen. Er hat mir vor meinen Pflegeeltern eine Predigt gehalten, hat mir Vorhaltungen gemacht und mir gesagt, was ich für ein schlechter Mensch bin, dass ich nicht lügen darf und dem Herrgott dankbar sein muss, dass ich aus meiner fürchterlichen Familie gerettet wurde und bei diesen lieben Menschen untergekommen bin - und ist dann einfach wieder davon. Können Sie sich vorstellen, was dann los war? Ich kann Ihnen die Narben der Bestrafung zeigen, sie erinnern mich jeden Tag daran. Ich habe nach Bruder Benedikt gesucht, wollte ihn zur Rede stellen und ihn zwingen, sich bei mir zu entschuldigen. Ich habe ihm eine Nachricht zukommen lassen, aber dann stand dieser Österreicher vor mir. Natürlich war das nicht der richtige Bruder Benedikt, dessen war ich mir bewusst, denn ich werde nie sein Gesicht vergessen. Ich wollte von dem Österreicher wissen, wo ich den richtigen Bruder Benedikt finde. Aber er tat so, als würde er mich nicht verstehen und wollte mir offensichtlich nicht helfen. Ein Wort gab das andere, es kam zu einem Gerangel und er fiel von der Brüstung. Es war ein Unfall, das müssen Sie mir glauben, das wollte ich nicht. Ich bin sofort runter gelaufen und habe nach ihm gesehen, aber da war nichts mehr zu machen, er war tot."

„Und da haben Sie ihm die Perle in die Hand gedrückt und sind auf und davon?"

„Ja. Den richtigen Bruder Benedikt konnte ich vorerst vergessen, denn hier würde es in Kürze von Polizei nur so wimmeln, um den würde ich mich später kümmern. Ich musste diesen Polizisten ausfindig machen, der mich damals an meine Pflegeeltern ausgeliefert hat. Ich habe ihn angefleht, mich laufen zu lassen, aber er wollte mir nicht helfen."

„Wie haben Sie ihn ausfindig gemacht?"

„Reiner Zufall. Ich habe im Netz einen Beitrag gefunden, in dem sich ein Polizist über die vielen illegalen Seiten auslässt und habe mich anfangs sehr dafür interessiert, dass ein engagierter Polizist sich für so etwas stark macht. Der Name sagte mir nichts, schließlich kannte ich ihn nicht. Ich bin auf seine Seite und Sie können mir glauben, wie erschrocken ich war, als ich das Foto dieses Mannes gesehen habe: das war der Mann, der mich an diese Teufel ausgeliefert hat, der mich und Tobias im Stich gelassen hat. Alfons Kronwinkler, der Internet-Cop, der sich für die Schwachen stark macht! Dass ich nicht lache! Ihm habe ich viele Demütigungen und Misshandlungen zu verdanken, die mir erspart geblieben wären, wenn er mich laufenlassen hätte. Im Internet spielt sich dieser Kronwinkler als Menschenfreund auf – einfach nur lächerlich! Es war ganz einfach, seinen Wohnort herauszufinden."

„Und da haben Sie ihm aufgelauert und ihn einfach erschlagen?"

„Nein, das hatte ich nicht vor. Ich wollte mit ihm sprechen, auch von ihm wollte ich zumindest eine

Entschuldigung für sein damaliges Verhalten. Er hat so getan, als ob er sich an den Fall wirklich erinnern würde, aber ich war mir sicher, dass er mich nicht erkannt hat. Er hat mich auf den nächsten Tag vertröstet und mich einfach stehen lassen. Dann hatte ich plötzlich diesen Stein in der Hand und habe zugeschlagen."

„In Kronwinklers Unterlagen haben wir eine Notiz gefunden, deshalb sind wir ja erst auf Sie aufmerksam geworden. Offenbar hat er sich für Internetseiten interessiert, in denen sich User über Selbsttötung austauschten. Auf einem der Seiten hat er den Namen Ihrer Pflegeeltern und die der drei Pflegekinder handschriftlich notiert. Offenbar hat er sich doch an den Fall erinnert, warum sonst hätte er die Namen notiert."

„Das ist ja lächerlich. Wenn er sich wirklich dafür interessiert hätte, hätte er damals etwas unternommen, hätte barmherzig gehandelt und mich und Tobias einfach laufen lassen." Es folgte eine kurze Pause und Graumann überlegte. „Aber es stimmt, ich habe mich auf verschiedenen Seiten mit Gleichgesinnten ausgetauscht und habe dort meine Geschichte erzählt. Vermutlich hat sich Kronwinkler daran erinnert und deshalb die Namen meiner Pflegeeltern und den der Kinder notiert, offenbar hat er sich doch an den Fall erinnert und sogar recherchiert. Aber jetzt brauchte er auch nicht mehr reagieren, dafür war es zu spät, er hatte damals die Chance gehabt, wirklich zu helfen. Und durch seine Notiz ist die Polizei erst auf mich aufmerksam geworden? Dann hat er mich ein zweites Mal ans Messer geliefert! Er hat seinen Tod definitiv verdient!"

„Und was ist mit Xaver Fischer?"

„Der wäre der nächste auf meiner Liste gewesen, aber da kam mir einer zuvor, mit seinem Tod habe ich nichts zu tun."

„Warum die Holzperlen?"

„Das ist ein Symbol, verstehen Sie das nicht? Viele Jahre habe ich unter den Misshandlungen gelitten, habe versucht, mit den verschiedensten Therapeuten und den unterschiedlichsten Methoden das Erlebte zu verarbeiten. Bis ich in einem Internet-Forum einen Blog gefunden habe, wo sich Menschen getroffen haben, die Ähnliches erlebt haben. Einer der Betroffenen hat mich auf die Idee gebracht, dass ich etwas unternehmen muss, um endlich damit abschließen zu können. Aber nicht so, dass ich mir selbst etwas antue, denn ich habe nichts getan. Ich musste mich an dem Menschen rächen, der mein Leben ruiniert hat. Ich war mir sicher: wenn ich Franz bestrafe, geht es mir endlich gut und ich kann ein normales Leben führen. Der Gedanke ging mir nicht mehr aus dem Kopf und ich habe über Wochen einen Plan entwickelt, wie ich Franz töten kann. Und ja, ich wollte etwas symbolisches, etwas persönliches an der Leiche hinterlassen. Alles, was mir von meiner Mutter geblieben ist, bevor mich das Jugendamt gegen meinen Willen zu den Schustereders gebracht hat, ist mein Rosenkranz. An diesen Rosenkranz habe ich mich geklammert, wenn es mir nicht gut ging, wenn ich traurig und verzweifelt war. Bei Franz wollte ich symbolisch etwas Wichtiges, Persönliches von mir hinterlassen, eine Perle meines Rosenkranzes, an dem ich mich in den schlimmsten Stunden meines Lebens immer festgehalten habe und der mir das Wertvollste auf der Welt war. Als ich Franz getötet habe, legte ich ihm einfach eine Perle meines Rosenkranzes in die Hand. Und das habe ich auch bei Berta so gemacht. Und bei Bruder Benedikt, symbolisch für alle diese scheinheiligen und verlogenen Klosterbrüder, und natürlich auch bei diesem Pseudo-Polizisten. Anfangs dachte ich ja, die Berta kommt mir auf die Schliche, wenn sie die Perle bei Franz findet, schließlich hat sie jahrelang meinen Rosenkranz gekannt. Aber ich habe nichts gehört. Offenbar ist die Perle komplett untergegangen oder sie konnte nicht zugeordnet werden. Eigentlich selbst Schuld, denn wenn man mir gleich auf die Schliche gekommen wäre, würden die anderen noch leben. So aber konnte ich ungehindert meinen Weg weiter gehen. Ich habe das für mich als Schicksal gesehen."

„Wie haben Sie Franz und Berta umgebracht?"

„Geben Sie zu, das haben Sie nicht rausbekommen, das war genial!"

„Es stimmt, da waren Sie echt schlau," sagte Leo lächelnd, der inzwischen ein beinahe freundschaftliches Verhältnis mit dem Mörder aufgebaut hatte.

„Ich habe meine Pflegeeltern beobachtet und einen Moment abgewartet, in dem der Franz allein zuhause war. Berta ging immer dienstags zum Bibelnachmittag, als wenn sie besonders gläubig gewesen wäre. Als Berta aus dem Haus war, habe ich geklingelt und Franz hat mir die Tür geöffnet. Anfangs war Franz misstrauisch, denn es war das erste Mal nach all den

Jahren, dass ich ihn besucht habe. Ich habe mich überschwänglich bei ihm für mein früheres Verhalten entschuldigt und ihm dafür gedankt, was er nicht alles Gutes für mich getan hat. Es hat viel Überwindung gekostet, ihn in Sicherheit zu wiegen, bis er schließlich meine Entschuldigung großmütig annahm und mich hereinbat. Genau das war mein Plan. Er hat uns Bier eingeschenkt und in einem unbeobachteten Moment habe ich ihm KO-Tropfen in sein Glas geschüttet, nur ganz wenig, denn er sollte nur leicht benommen sein. Durch Selbstversuche habe ich die richtige Dosierung rausbekommen. Nachdem Franz getrunken hat, hat es nicht lange gedauert, bis er umgekippt ist. Ich bin raus zu meinem Wagen und habe Klebeband, Verdünnung und meine Kühlbox geholt, in der ich Eiswürfel hatte, die ich vorher an der Tankstelle gekauft habe."

„Eiswürfel?"

„Als Symbol für die Kälte, die ich die Jahre über erleiden musste. Ich habe seinen Mund mit Eiswürfel gefüllt und mit Klebeband zugeklebt – und dann habe ich gewartet, bis er langsam wieder zu sich kam. Er sah mich an und ich brauchte nur noch die Nase so lange zuzuhalten, bis die Drecksau langsam erstickt ist. Er hat gerade noch gemerkt, was passiert ist, konnte aber nicht mehr reagieren. Diese Angst in seinen Augen werde ich niemals vergessen. Dass das so gut geklappt hat, hätte ich mir in meinen kühnsten Träumen nicht vorstellen können. Und das Gefühl der Erlösung war genial, ich fühlte mich in diesem Moment, als alles Leben aus Franz entwich, befreit und beschwingt. Ja, ich hatte mich befreit und mir ging es so gut wie noch nie. Aber leider hielt dieses Gefühl nicht lange an. Nach einigen Monaten kam das düstere Gefühl in mir wieder hoch und ich verstand, dass ich weitermachen musste. Es mussten alle bestraft werden, die schlecht zu mir waren und mir nicht geholfen haben. Es lag nahe, dass die nächste auf meiner Liste die gute Berta war, die ihren Franz bei seinen Bestrafungen nicht nur angefeuert, sondern auch unterstützt hat. Also ging ich bei ihr ähnlich vor. Bei ihr war es sogar noch einfacher. Diese hinterfotzige Schlange hat sich richtig gefreut, als ich vor ihrer Tür stand. Kein Wort der Reue oder ein Wort der Entschuldigung kam über ihre Lippen. Sie tat so, als wäre nie etwas vorgefallen. Auch ihr habe ich die KO-Tropfen ins Glas getan und den Mund mit Eiswürfeln gefüllt. Und als sie langsam zu sich kam, habe ich auch bei ihr einfach nur die Nase zugehalten. Sie war die schlauere von beiden und hat die Symbolik der Eiswürfel verstanden, das konnte ich in ihren Augen lesen. Natürlich habe ich auch ihr eine Holzperle meines Rosenkranzes in die Hand gelegt, etwas Persönliches von mir für sie. Und auch bei ihr hatte ich das befreiende Gefühl, mir ging es richtig gut."

„Wie haben Sie das mit dem Klebeband gelöst?"

„Bei Franz habe ich das Klebeband abgezogen, eingesteckt und dann die Stelle mit Verdünnung gereinigt, aber das hat fürchterlich ausgesehen. Ein zweites Mal konnte ich das nicht machen und habe deshalb für Berta einen neutralen Reiniger mitgenommen. Der war nicht so aggressiv, hat aber nicht so gut funktioniert, es blieben zu viele Rückstände haften. Ich habe schließlich aufgegeben und bin auf und davon. Wer sollte mich denn damit in Verbindung bringen? An einen Fingerabdruck habe ich nicht gedacht. Schließlich habe ich Handschuhe getragen."

Erst jetzt bemerkte Philipp Graumann, dass er geleimt wurde. Er starrte Leo ungläubig an. „Sie haben keinen Fingerabdruck von mir?"

Leo schüttelte den Kopf.

„Nein, haben wir nicht. Aber wir haben Ihr Geständnis, das reicht uns."

„Das ist nicht zulässig, das dürfen Sie nicht," schrie Graumann. „Sie können mich doch nicht einfach mit einer Lüge zu einem Geständnis bringen."

„Sie sehen doch, dass ich das kann."

Graumann war vollkommen außer sich, sprang auf, wobei sein Stuhl nach hinten flog und ging auf Leo los. Werner hatte so etwas Ähnliches bereits kommen sehen und war schneller. Rasch packte er Graumann, drückte ihn in die Ecke und legte ihm Handschellen an. Nun öffnete sich die Tür und Krohmer, Hans und Viktoria traten erschrocken ein, die alles hinter dem venezianischen Spiegel beobachtet hatten.

„Setzen Sie sich!" befahl Krohmer und setzte sich ihm gegenüber. „So, wie ich Sie verstanden habe, wollen Sie uns weismachen, dass Bruder Benedikts Tod ein Unfall war und der Mord an Alfons Kronwinkler im Affekt erfolgt ist."

„Richtig – das wird doch zu meinen Gunsten ausgelegt?"

„Das können Sie vergessen, zumal Sie beiden Toten eine ihrer Holzperlen in die Hand gelegt haben.

Das waren beides feige Morde, alles andere ist gelogen."

„Nein, glauben Sie mir doch, ich wollte nur, dass sie sich bei mir entschuldigen. Ich hatte nicht vor, sie zu töten, Sie müssen mir glauben."

„Das glaubt Ihnen kein Mensch. Warum wohl hatten Sie die Holzperlen Ihres Rosenkranzes dabei? Nein, Sie hatten vor, die beiden zu ermorden. Jetzt Hand aufs Herz: waren Sie mit ihrem Rachefeldzug am Ziel angekommen oder wollten sie weiter morden?" fragte Krohmer den fixierten und keuchenden Graumann.

Es entstand eine längere Pause, in der Graumann überlegte, was er nun sagen sollte, denn aus dieser Nummer kam er nicht mehr raus. Er musste eine andere Taktik einschlagen.

„Nein, ich war noch lange nicht fertig. Es gab noch so viele Menschen, an denen ich mich rächen wollte. Ich wollte so lange weitermachen, bis die Perlen des Rosenkranzes aufgebraucht wären – und dann hätte ich meinen Seelenfrieden gefunden und hätte mich selbst umgebracht," zischte Graumann.

Krohmer sah ihm direkt in die Augen; er glaubte dem Mann kein Wort.

„Sie sind wirklich nicht dumm, Herr Graumann. Mit dieser Einschätzung lag unsere Profilerin absolut richtig. Ich weiß genau, was Sie vorhaben, aber das wird Ihnen nicht gelingen. Versuchen Sie jetzt nicht, einen auf psychisch krank zu machen, um so dem Gefängnis zu entkommen. Das würde Ihnen so passen, es sich in einer psychischen Klinik gemütlich zu machen und darauf zu hoffen, nach einigen Jahren wieder auf freien Fuß zu kommen. Sie waren während Ihrer Morde vollkommen zurechnungsfähig. Sie sind nicht krank, Sie sind nur zerfressen von Selbstmitleid und Rachsucht, besitzen kein Mitgefühl. Ich werde meine Kontakte spielen lassen und auf keinen Fall zulassen, dass Sie sich Ihrer gerechten Strafe entziehen und einen auf unzurechnungsfähig machen."

„Was wollten Sie eigentlich in Kanada?" fragte Leo, der das Flugticket von den begleitenden Polizisten überreicht bekommen hatte.

„Es wurde mir zu heiß hier. Ich war in der Magdalenenkirche und wollte mir diesen Bruder Benedikt vornehmen. Aber die Kirche war voller Bullen und ich bekam es mit der Angst zu tun. Ich wollte für einige Wochen weg, nachdenken und dann entscheiden, ob und wie ich weitermache. Aber dann wurde ich festgenommen, aus der Traum!"

Hans rief einen Kollegen, der Graumann unverzüglich in eine der Zellen sperrte, die sich im Keller des Polizeipräsidiums befinden.

„Läuft das Band noch?" fragte Krohmer und Werner nickte. „Auch egal, dann ist meine Drohung eben aufgezeichnet." Krohmer musste gehen und sich beruhigen, denn diese Dreistigkeit des Mörders hätte ihn beinahe dazu verleiten lassen, ausfällig zu werden. Zu dem, was auf dem Band aufgezeichnet wurde, musste er stehen, das würde bestimmt großen Ärger geben. Dass die letzten Minuten von Hans längst gelöscht wurden, wusste er nicht.

„Danke für deine Hilfe Werner, das hätte ins Auge gehen können," sagte Leo erleichtert.

„Was musst du den Mann auch so dreist anlügen?"

„Hat doch prima geklappt. Den Serienmörder haben wir aus dem Verkehr ziehen können. Jetzt müssen wir nur noch Fischers Mörder finden. Wer fährt mit mir nach Unterneukirchen?"

„Ich würde gerne," sagte Werner, der nach den beiden Vernehmungen mit Leo Blut geleckt hatte und scharf darauf war, zu erfahren, wer sonst noch von den Holzperlen wusste. Viktoria stöhnte auf.

„Meinetwegen, geht schon. Dann erledige ich mit Hans den Schreibkram."

Hartmut Fischer war noch in der Arbeit, deshalb fuhren sie direkt ins Sägewerk Krug in Unterneukirchen. Frau Krug war hocherfreut, als sie Leo bemerkte.

„Herr Schwartz, Sie schon wieder? Was führt Sie zu mir?"

„Wir müssen dringend mit Hartmut Fischer sprechen."

„Der Hartl ist hinter der Halle. Aber nach dem Gespräch mit ihm schauen Sie bitte noch bei mir im Büro vorbei. Ich koche uns auch frischen Kaffee, den Sie so gerne mögen. Versprochen?"

„Tut mir leid, die Zeit habe ich leider nicht. Aber ich komme gerne später irgendwann auf Ihr Angebot zurück."

„Die steht immer noch auf dich, die benimmt sich immer noch wie eine läufige Hündin," lachte Werner, dem das Interesse von Frau Krug an seinem schwäbischen Kollegen schon beim Adlerholz-Fall aufgefallen war.

„Jetzt fängst du auch noch damit an," stöhnte Leo genervt. „Viktoria hat schon so eine blöde Bemerkung gemacht. Frau Krug ist eine freundliche Frau, die es im Leben nicht immer leicht gehabt hat. Ich mag sie und bewundere ihren Fleiß und die faire Einstellung ihren Angestellten gegenüber."

„Du merkst das wirklich nicht, oder?"

„Was denn?"

Die Unterhaltung wurde unterbrochen, denn sie hatten Hartmut Fischer entdeckt, der gerade im Gabelstapler saß und eine Palette Holzbretter anhob. Werner und Leo machten auf sich aufmerksam. Harmut Fischer stoppte sofort seine Arbeit und sprang aus dem Sitz des Gabelstaplers.

„Suchen Sie mich? Haben Sie schon herausgefunden, wer meinen Vater auf dem Gewissen hat?"

„Noch nicht, aber wir sind nahe dran. An dem Tag, als Ihr Vater ermordet wurde, hat ihr Bruder Florian Sie besucht?"

„Stimmt. Er hat uns haarklein erzählt, wie er unseren Vater gefunden hat, das war echt gruselig. Dann haben wir noch über die bevorstehende Beerdigung gesprochen, deren Planung ich übernehmen wollte. Flori war damit einverstanden. Mehr war nicht."

„Hat er von Holzperlen gesprochen?"

Hartmut Fischer überlegte lange.

„Ja, er hat so etwas erwähnt. Aber ich habe nicht zugehört, meine Frau hat sich mehr dafür interessiert. Ich habe unsere Kleine zu Bett gebracht und als ich zurückkam, war das Thema durch. Was ist mit dieser Holzperle? Sind Sie deswegen hier?"

„Haben Sie sonst noch jemandem gegenüber diese Holzperle erwähnt?"

„Nein verdammt, warum sollte ich auch? Was ist denn an dieser Holzperle so wichtig?"

„Wo finden wir Ihre Frau?"

„Um die Uhrzeit ist sie ganz sicher zuhause. Aber was wollen Sie von meiner Frau?"

„Dasselbe wie von Ihnen: Antworten auf unsere Fragen, das ist unser Job."

Leo und Werner saßen im Wagen vor dem schönen, großen Einfamilienhaus am Rande von Unterneukirchen und zögerten noch, auszusteigen.

„Was ist, wenn sie was damit zu tun hat? Nach allem, was sie mir erzählt hat, hätte sie Grund dazu, ihren Schwiegervater zu hassen. Aber eine junge Mutter?" Leo wäre am liebsten davongefahren; er fühlte sich nicht wohl in seiner Haut.

„Mir passt das auch nicht, aber wir müssen unsere Arbeit machen. Vielleicht haben wir Glück und es ist alles anders, als wir es uns gerade ausmalen."

Mit dem lachenden Kind auf dem Arm öffnete Katja Fischer die Haustür und bat die beiden herein, denn es war heute wieder sehr kalt. Sie setzten sich ins warme Wohnzimmer, wo es nach frisch gekochtem Essen roch und wieder ein warmes Feuer im Schwedenofen brannte. Über den Boden waren Massen von Spielsachen verteilt, in deren Mitte Frau Fischer ihre kleine Tochter nun setzte.

„Wie kann ich Ihnen helfen?"

„Ihr Schwager Florian hat Ihnen gegenüber von einer Holzperle gesprochen?"

„Ja, er hat so etwas erwähnt. Die Polizei hat wohl bei einem anderen Mordfall eine Holzperle eines Rosenkranzes gefunden. Ich fand das interessant und habe nachgebohrt, aber mehr konnte er mir auch nicht sagen. Sie müssen wissen, dass ich ein großer Krimi-Fan bin und mich für solche Dinge interessiere. Was hat es nun mit dieser Holzperle auf sich, dass Sie deshalb extra herkommen?"

In ihren Augen war kein Zucken und die ganze Körpersprache verriet nichts, was auch nur annähernd auf ein schlechtes Gewissen hindeuten könnte. Hatte sie wirklich nichts damit zu tun oder war sie nur eine gute Schauspielerin?

„Mit wem haben Sie über diese Holzperle noch gesprochen?"

„Nur mit meinem Vater. Er hat uns besucht, kurz nachdem Florian gegangen war. Aber warum fragen Sie mich das?"

„Weil wir immer noch den Mörder Ihres Schwiegervaters suchen."

Die Adresse von Katja Fischers Eltern war schnell ausgemacht. Sie klingelten an der Wohnungstür des gepflegten Mehrfamilienhauses mitten in Altötting, vor dem ein sauberes Paar Herrenschuhe stand. Eine Frau Mitte Sechzig öffnete zaghaft.

„Mein Name ist Schwartz, Kriminalpolizei Mühldorf. Sind Sie Frau Radu?" Leo und Werner erkannten die Frau, die auch an Fischers Beerdigung teilgenommen hatte.

„Ja, bin ich Dakaria Radu," sagte die Frau erschrocken mit einem sehr deutlichen Akzent. „Aber was wollen Polizei?"

„Wir möchten Ihren Mann sprechen."

Mit einer ausladenden Geste bat sie die Männer in die gemütliche, altmodische Wohnung und führte sie in das enge Wohnzimmer. Die Möbel waren rustikal, die dicken, bunten Teppiche, Kissen in verschiedenen Formen und Farben, Kerzenleuchter und Vasen in Massen und die vielen Fotos an den Wänden ließen die beiden Polizisten staunen, denn jeder noch so kleine Winkel des Zimmers war genutzt worden und mit Dekoartikeln aller Couleur vollgestellt. Im dicken Ledersessel saß ein Mann Ende 60, der sofort aufsprang, als die beiden eintraten. Dakaria Radu sprach wild gestikulierend auf ihren Mann ein. Leo und Werner verstanden kein Wort.

„Ich bin Adrian Radu, bitte setzen Sie sich," sagte er freundlich und nur mit einem sehr leichten Akzent. Herr Radu setzte sich wieder und seine Frau stand hinter ihm.

„Wir kommen eben von Ihrer Tochter Katja. Sie hat Ihnen in Verbindung mit dem Mord an ihrem Schwiegervater Xaver Fischer von einer Holzperle eines Rosenkranzes erzählt?"

Frau Radu verstand kein Wort und sah abwechselnd die Polizisten und dann ihren Mann an, während sie nun wie ein aufgescheuchtes Huhn durchs Wohnzimmer lief. Sie hatte den Namen ihrer Tochter und den von Xaver Fischer verstanden. Ihr Mann blieb relativ ruhig. Was ging hier vor sich? Hier passierte etwas vor ihren Augen, das sie kaum glauben konnte. Ihr Mann sah auf den Boden und fuhr sich ständig mit der Zunge über die Lippen, was sie sehr gut kannte und sie deshalb panisch werden ließ.

„Das ist richtig. Wenn Sie erlauben, würde ich gerne ganz von vorn erzählen. Ist das möglich? Ich würde gerne alles erklären."

„Natürlich, erzählen Sie, wir haben Zeit."

Adrian Radu versuchte, seine Frau dazu zu bewegen, Kaffee zu machen. Aber sie dachte gar nicht daran, sondern setzte sich und starrte ihren Mann an.

„Ich wollte mit Xaver Fischer sprechen, denn er behandelte nicht nur seine Söhne schlecht, sondern auch meine Tochter. Dass er mich verachtete und sich über mich lustig machte, war mir schon immer egal. Aber es war mir nicht egal, wie er Katja und unsere Enkelin behandelte. Er hat sich nie um sie gekümmert oder sich für sie interessiert, sondern hat sie immer nur beleidigt und gedemütigt, auch in unserem Beisein. Meine Frau spricht zum Glück nicht gut Deutsch und hat vieles nicht verstanden. Meine Katja kam letzte Woche zu uns und hat mir erzählt, dass sie ihren Schwiegervater zum Geburtstag unserer Enkelin eingeladen hat, und dabei hat er sie wieder beleidigt und beschimpft. Katja war außer sich und es dauerte lange, bis ich sie beruhigen konnte. So konnte das nicht weitergehen, wir sind schließlich eine Familie und eine Familie muss zusammenhalten. Freunde gibt es wie Sand am Meer, aber eine Familie gibt es nur einmal, die muss man hüten wie einen Schatz. Ich habe mir vorgenommen, mit Xaver zu sprechen und habe meinen ganzen Mut zusammengenommen. Da ich weiß, dass Xaver ein Frühaufsteher ist, bin ich sofort ganz früh los. Er war bei der Gartenarbeit und ich bat um ein Gespräch. Aber er hat mich nur beleidigt. Xaver hat gesagt, ich bin ein rumänischer Bauer und müsste eigentlich seine Arbeit machen – und dabei hat er mir eine große Astschere in die Hände gedrückt. Als ich nichts mehr sagte, meinte er, wir Rumänen sind wie alle anderen Ausländer nur Schmarotzer und wollen nicht arbeiten. Das stimmt nicht, ich habe immer gearbeitet und niemals Geld vom Staat angenommen, dafür bin ich viel zu stolz. Aber Xaver hat nicht aufgehört zu schimpfen. Ich blieb ganz ruhig und habe mich nicht provozieren lassen, ich dachte, wenn er sich wieder beruhigt, können wir normal miteinander sprechen. Dann ist er persönlich geworden. Er hat gesagt, es ist für ihn unerträglich, dass wir Gesindel zu seiner Familie gehören und er sich für uns schämt. Unsere Enkelin hat er als Bastard beschimpft, aus der auch niemals etwas werden würde. Das durfte er nicht, Xaver durfte nicht meine Tochter und meine Enkelin beleidigen. Ich wurde wütend. Und dann hat er etwas gesagt, dass ich nicht akzeptieren konnte. Er hat gesagt, dass meine Dakaria zwar dumm und naiv wäre, aber sie wäre für ihr Alter noch durchaus hübsch. Rumänische Frauen seien alle nur fürs Bett zu gebrauchen und ich soll sie doch mal bei ihm vorbeischicken, dann würde er wenigstens auch einen Nutzen aus dieser rumänischen Bauernfamilie ziehen. Das war zu viel, so durfte er nicht von meiner Dakaria sprechen. Sie ist ein liebenswerter Mensch, immer freundlich und hilfsbereit, sie hat es nicht verdient, dass man sie eine Hure nennt. Xaver hat sich umgedreht und mich einfach stehenlassen. Dann habe ich mit der Baumschere, die ich immer noch in meinen Händen hielt, ausgeholt und habe zugeschlagen."

Frau Radu schrie auf, rannte auf ihren Mann zu und sah ihm in die Augen. Adrian Radu beruhigte seine Frau.

„Als ich verstanden habe, was ich getan habe, bekam ich Panik. Natürlich wollte ich sofort die Polizei rufen, aber was sollte dann aus meiner Dakaria werden? Sie ist wie ein hilfloses Reh, die ohne mich nicht leben kann. Da bin ich auf die Idee gekommen, alles als einen Unfall zu tarnen."

„Was haben Sie mit dem Mordwerkzeug gemacht?"

„Die Baumschere liegt in meinem Keller, ich werde sie ihnen später übergeben."

„Und die Holzperle?"

„Ich habe am Abend meine Tochter Katja besucht und ich bin sehr erschrocken, als ich gehört habe, dass die Polizei nicht an einen Unfall glaubt, sondern von einem Mord ausgeht. Und dann hat sie erzählt, dass bei einem anderen Mordopfer die Holzperle eines Rosenkranzes gefunden wurde." Er stand auf, ging zum Wohnzimmerschrank, öffnete eine Schublade und übergab Leo einen Rosenkranz. „Da habe ich eine Holzperle aus dem Rosenkranz meiner Frau genommen und am Tatort hinterlegt. Ich dachte, wenn die Polizei an keinen Unfall glaubt, kann ich die Spur auf einen anderen Täter lenken, der bereits einen Mord begangen hat. Dafür möchte ich mich entschuldigen, das war nicht richtig von mir. Ich hätte sofort zu meiner Tat stehen sollen."

Frau Radu ging auf ihren Mann zu und nahm ihn in die Arme. Hatte sie verstanden, was ihr Mann getan hatte? Und hatte sie auch verstanden, warum er Xaver Fischer getötet hatte? Beiden liefen die Tränen übers Gesicht, aber Adrian Radu schob seine Frau zur Seite und wischte sich die Tränen mit seinem Hemdsärmel vom Gesicht.

„Sie können mich jetzt verhaften. Muss ich irgendetwas mitnehmen?"

„Nein, Sie brauchen nichts. Verabschieden Sie sich von Ihrer Frau," sagte Leo betroffen, der sogar nachvollziehen konnte, wie sehr dieser Fischer den Mann vor sich gereizt und provoziert hatte, bis er schließlich die Fassung verlor und zuschlug. Trotzdem war es Mord und sie mussten den netten, sympathischen Mann als Mörder verhaften.

Während sich das Ehepaar Radu verabschiedete, verließ Werner das Wohnzimmer und führte ein Telefongespräch im Flur, das einige Minuten dauerte. Als er hörte, was Adrian Radu erzählte, konnte er dessen Reaktion nachvollziehen. Wenn jemand seine Frau auf so billige und herablassende Art und Weise beleidigen würde, könnte er sich vorstellen, dass auch er die Fassung verlieren könnte. Er musste dem Mann helfen und er wusste auch schon wie.

„Herr Radu, ich habe eben einen sehr guten Anwalt für Sie organisiert, er wird sich so schnell wie möglich mit Ihnen in Verbindung setzen und sich Ihrem Fall annehmen."

„Einen Anwalt? Wir können uns keinen Anwalt leisten. Ich möchte das Geld, das wir gespart haben, nicht für einen Anwalt verschwenden. Dakaria muss davon leben, sie braucht das Geld."

„Sie brauchen einen Anwalt Herr Radu," sagte Leo, der sich sicher war, dass der Fall für den Mann viel glimpflicher ausgeht, wenn er vernünftig vertreten wird.

„Machen Sie sich über das Finanzielle keine Sorgen, der Anwalt wird Sie nichts kosten," beruhigte Werner.

Adrian Radu verstand nicht und ließ sich von den Beamten abführen, wobei sie auf Handschellen verzichteten. Frau Radu wollte sie begleiten, aber ihr Mann schob die nun schluchzende Frau in die Wohnung zurück. Nachdem sie das Tatwerkzeug aus dem Keller geholt hatten, fuhren Sie mit Herrn Radu nach Mühldorf, wo seine Aussage aufgenommen wurde. Leo hatte die Kollegen informiert, während Werner sich um Herrn Radu kümmerte. Er bestand darauf, das selbst zu machen und auf seinen Anwalt zu warten. Er hatte bis dato noch kein Wort darüber verlauten lassen, wer der Anwalt war, den er kontaktiert hatte.

„Dr. Grössert? Was machen Sie denn hier?" fragte Rudolf Krohmer erstaunt, als er den Anwalt am Eingang des Polizeipräsidiums zufällig antraf.

„Ich habe einen Mandanten. Mein Sohn hat mich angerufen und mich darauf hingewiesen, dass hier ein Mann dringend meine Hilfe braucht. Und da ich ihm und vor allem Ihnen Herr Krohmer noch einen Gefallen schuldig bin, werde ich diesen Mandanten nicht nur ordentlich vertreten, sondern dazu kein Honorar verlangen. So wie ich Sie kenne, sind wir damit noch nicht ganz quitt, aber ich möchte, dass Sie das als Anzahlung für meine ausstehende Schuld an diesem Adlerholz-Fall ansehen."

„Ich nehme das zur Kenntnis und freue mich, dass Sie unser Arrangement nicht vergessen haben. Vielen Dank Dr. Grössert. Kümmern Sie sich um Herrn Radu."

Krohmer verstand nun und war Werner Grössert dankbar, dass er seinen Vater für Herrn Radu engagiert hatte. Als nun die anderen Dr. Grössert sahen, wussten nun auch sie Bescheid – Adrian Radu war in besten Händen, denn Dr. Grössert war zwar als Person ein Kotzbrocken, aber er war als Anwalt mit allen Wassern gewaschen. Alle standen beieinander und sahen aus dem Fenster, als Herr Radu in Begleitung seines Anwaltes in die U-Haft gebracht wurde.

„Wie geht es Babette Silberstein?"

„Schlecht, sehr schlecht. Die Frau ist vollkommen verwirrt und ist zum Glück jetzt in guten Händen." Annemie hatte Frau Silberstein nicht nur in die Klinik begleitet, sondern war geblieben, bis sie dort untersucht und schließlich untergebracht war. Erst vor einer Stunde war sie wieder zurück und war erleichtert, dass dieser Serienmord und auch der Mord an Fischer aufgeklärt waren.

„Gute Arbeit Leute," sagte Krohmer und klatschte in die Hände. „Sie haben den Serienmörder aus dem Verkehr gezogen und auch den Mörder von diesem Fischer verhaftet. Dadurch bleibt mir einiges erspart, denn ich muss mich wegen diesen Exhumierungen nicht nochmal mit dem Staatsanwalt auseinandersetzen und kann endlich wieder ruhig schlafen. Die Vorstellung eines Serienmörders hat mir den Schlaf geraubt. Und bei Ihnen möchte ich mich ganz besonders bedanken Frau Dr. Weidinger, Sie waren von Anfang an auf dem richtigen Weg und Sie haben uns sehr geholfen. Sie dürfen gerne jederzeit wieder zu uns kommen und uns helfen. Ich hatte sowieso noch nie was dagegen," sagte Krohmer mit einem Augenzwinkern.

„Da bin ich ganz Ihrer Meinung Chef," sagte Viktoria. „Auch ich hatte noch nie etwas gegen die Hilfe dieser Frau."

Ein schallendes Lachen ging durch das Büro, wodurch nicht nur der Ärger der letzten Tage, sondern auch alle Anspannung abfiel.

„Ich gebe ja zu, dass ich unausstehlich war und ich möchte mich entschuldigen. Hast du noch Zeit für ein Abendessen? Ich würde dich wirklich gerne einladen, schon allein, um mein schlechtes Gewissen zu beruhigen. Ich bezahle."

„Einverstanden. Aber nur, wenn die anderen auch mitkommen, damit es richtig schön teuer wird und du noch lange daran erinnert wirst."

„Als Lektion für mich? Ich verstehe. Also gut, die anderen sind natürlich auch eingeladen."

„Ich bedanke mich, möchte aber ablehnen," sagte Werner. „Meine Frau hat die letzten Tage auf mich verzichten müssen, ich habe etwas gutzumachen."

„Und ich habe eine Verabredung, schließlich ist mein Privatleben auch etwas zu kurz gekommen," sagte Hans, der schon seit einer halben Stunde ständig auf die Uhr blickte.

„Was hast du vor? Du machst mich schon die ganze Zeit fast wahnsinnig," sagte Leo, dem die Nervosität seines Freundes und Kollegen aufgefallen war.

„Hat der Chef nichts gesagt? Ich habe die restliche Woche und auch die nächste Woche Urlaub."

„Schon wieder? Wer hat das genehmigt?" rief Viktoria.

„Ich habe das genehmigt, wenn Sie erlauben," sagte Krohmer gereizt, der sich nicht gerne etwas vorschreiben ließ. „Herr Hiebler hat noch jede Menge Resturlaub und ich bin froh, wenn er den so langsam aber sicher reduziert. Lassen Sie den Mann doch in Urlaub fahren, er hat es sich verdient."

„Schon gut. Und wo geht es hin?"

„Das bleibt mein Geheimnis."

„Dann bleiben nur noch wir vier? Gut für mich, dann wird es nicht so teuer."

„Freu dich nicht zu früh," lächelte Annemie. „Ich werde Herrn Fuchs und Frau Gutbrod dazu bitten, schließlich waren die beiden auch an der Lösung des Falles mehr oder weniger beteiligt. Wenn es möglich ist, wäre es nur fair, auch Frau Krohmer einzuladen, die ebenfalls Teil des Falles ist. Oder liege ich da falsch?"

„Keineswegs. Ohne meine Frau geht nichts, da liegen Sie goldrichtig."

„Und wir sollten Richard nicht vergessen," sagte Leo. Und als er in die fragenden Gesichter ringsum sah, fügte er hinzu: „Ich meine Dr. Leichnahm. Auch er hat uns sehr geholfen."

„Stimmt, den habe ich komplett vergessen. Haben wir uns ihm gegenüber erkenntlich gezeigt?"

„Wir haben ihm gedankt, aber ich finde, das ist nicht ausreichend. Über die Einladung zum Abendessen hinaus wäre es nur fair, wenn wir ihm morgen beim Umzug helfen würden."

„Und was ist mit Bruder Siegmund und den Kapuzinern? Sind die nicht auch Teil dieses Falles?"

„Darum werde ich mich kümmern," lächelte Krohmer. „In den nächsten Tagen werde ich bei den Kollegen einen Spendentopf rumgehen lassen und bitte Sie alle, sich großzügig daran zu beteiligen. Natürlich werde ich privat noch eine ordentliche Summe drauflegen, damit wir uns nicht schämen müssen. Das Geld werde ich Bruder Paul und seinen Mitbrüdern zukommen lassen, die Geld wirklich gut gebrauchen können und ganz bestimmt etwas Sinnvolles damit anstellen. Und bei Bruder Siegmund dachte ich an eine Polizeimütze als Anerkennung für seinen Mut und seinen Einsatz."

„Das trifft sich gut," sagte Leo lachend. „Ich habe doch mit Herrn Küstermann von diesem Online-Bestatter gesprochen. Er ruft mich ständig an um mich zu bitten, die Sache mit Frau Schustereder nicht publik zu machen, denn sein Mitarbeiter aus Burghausen hat seine Fehler zugegeben und wurde bereits entlassen. Ich habe ihm schließlich zugesagt, die Sache unter den Tisch fallen zu lassen, wenn er dem Kapuzinerkloster Altötting dafür eine satte Spende zukommen lässt."

„Sie sind wirklich ein Phänomen, Herr Schwartz. Vorausschauend und mit allen Wassern gewaschen, Respekt." Krohmer war stolz auf seinen Mitarbeiter, der mit dieser Aktion die Exhumierungen nicht mehr erwähnen musste, daneben wird dem Kapuzinerkloster geholfen – genial. Er war zufrieden, er war sehr zufrieden.

„Sehr schön. Dann werde ich die anderen alle einladen und wir machen uns einen schönen Abend." Viktoria lud die anderen zum Abendessen ein, was allgemein sehr erfreut angenommen wurde. Natürlich stand von Anfang fest, dass auch Tante Gerda mitkommen würde, schließlich gehörte sie zur Familie.

Hans verabschiedete sich bei Annemie und er musste zugeben, dass ihm der Abschied schwer fiel, er hatte sich an die Frau echt gewöhnt. Aber er musste los. Er hatte noch etwas vor, das ihm schon lange unter den Nägeln brannte.

Er klingelte an der Wohnungstür und als die Tür geöffnet wurde, verschaffte sich Hans rüde Zugang und warf die Tür hinter sich ins Schloss. Der verblüffte Michael Bauer stand vor ihm und noch bevor er ein Wort sagen konnte, schlug ihm Hans mit voller Wucht zuerst ins Gesicht und dann in den Magen. Für einen Moment blieb Michael Bauer die Luft weg, aber Hans nahm darauf keine Rücksicht und drückte den Mann gegen die Wand.

„Jetzt hör mir gut zu, du kleine miese Ratte. Du hattest eine schreckliche Kindheit, aber die ist lange her. Wenn du mit den Erinnerungen nicht fertig wirst, such dir psychologische Hilfe oder mach Sport, bei dem du dich abreagieren kannst. Aber du schlägst nie wieder deine Frau und lässt deinen Frust an ihr aus. Wenn du deiner Frau Gabi noch ein einziges Mal weh tust, komme ich wieder und dann lernst du mich kennen. Sollte ich auch nur einen blauen Fleck oder auch nur die kleinste Verletzung an ihr feststellen, bekommst du mächtig Ärger. Du verstehst mich doch, oder?" Michael Bauer nickte hastig. „Gut, wir verstehen uns. Du behandelst deine Frau ab sofort mit Respekt und passt auf sie auf, vor allem hörst du sofort auf, sie psychisch unter Druck zu setzen und ihr Märchen zu erzählen. Und du suchst dir einen Job. Hast du in zwei Wochen keinen Job, meldest du dich bei mir, dann werde ich dich irgendwo unterbringen. Ich werde regelmäßig kontrollieren, was hier vor sich geht und wenn ich nicht zufrieden bin, dann muss ich deutlicher werden."

Erst jetzt bemerkte Hans, dass Gabi an der Wohnzimmertür stand. Sie weinte und konnte kaum glauben, was da eben passierte. Hans ließ Michael Bauer los.

„Wenn er dir etwas antut, rufst du mich an. Ich bin rund um die Uhr erreichbar. Wenn er sich keinen Job sucht, rufst du mich auch an, dann muss ich mich nochmal mit deinem Mann unterhalten. Wenn er Probleme hat, einen vernünftigen Therapeuten zu finden, meldest du dich ebenfalls bei mir, ich habe Kontakte und kann helfen. Es wäre gut, wenn dein Mann nicht mehr untätig zuhause sitzt, sich langweilt und sich selbst bemitleidet. Er soll sich beschäftigen, so wie du auch. Fangt am besten mit dem Putzen und Aufräumen der Wohnung an, hier sieht es aus wie Sau, so kann man doch nicht leben. Eure Unterstützung wird nicht mehr nur in Alkohol und Zigaretten investiert, es wird ab jetzt vernünftig gegessen, vor allem du, damit du wieder was auf die Rippen bekommst, du siehst fürchterlich abgemagert und, entschuldige, wenn ich das sage, auch sehr ungepflegt aus. Geh ins Bad und wasch dich, so kann man doch nicht rumlaufen, das kann dir doch selbst nicht gefallen!"

Die harten Worte setzten Gabi Bauer ganz schön zu und sie schämte sich – für die schmutzige Wohnung, für ihr Aussehen und für ihr ganzes Leben.

„Ich möchte, dass du endlich aufwachst Mädchen. Komm zu dir und mach endlich etwas aus deinem Leben. Sieh dich doch um! Nur Dreck und Schmutz, überall, wo man hinsieht. Und dazu misshandelt dich dein Mann auch noch. Hast du dir dein Leben so vorgestellt?" Gabi schüttelte den Kopf.

„Ab sofort hast du die Macht hier in der Hand und du kannst alles zum Guten wenden. Willst du das?" Gabi sah ihn mit großen Augen an und begriff langsam, welche Chance ihr Hans gerade bot. Sie hörte auf zu weinen und beobachtete ihren Mann, wie er in sich zusammengesunken, fast jämmerlich immer noch an der Wand stand. Sie sah ihn jetzt mit anderen Augen und nahm sich fest vor, endlich ihr Leben in die Hand zu nehmen und sich nicht mehr herumkommandieren und schlecht behandeln zu lassen. Ohne einen Gruß verließ Hans die Wohnung.

Hans war weg und Gabi ging ins Bad, duschte und zog sich frisch an. Sie stopfte dreckige Wäsche, von der es jede Menge in der ganzen Wohnung verteilt gab, in die Waschmaschine. Ihr Mann stand immer noch im Flur an der Wand, unfähig, irgendetwas zu tun.

„Was stehst du hier herum? Du hast den Polizisten doch gehört. Ab sofort weht hier ein anderer Wind. Ich lasse mich nicht mehr von dir herumkommandieren und mich schlecht behandeln."

„Was soll ich tun?" starrte er sie mit großen Augen an.

„Sieh dich doch um," schrie sie ihn zum ersten Mal in ihrem Leben an. „Wir leben hier im Dreck, schlimmer als Tiere. Die Wohnung wird tiptop aufgeräumt und geputzt. Aber zuerst wäschst du dich, du stinkst."

Tatsächlich ging Michael Bauer wortlos ins Bad und wenig später hörte sie das Wasser rauschen. Ihr Mann machte wirklich das, was sie von ihm verlangte. Einfach nicht zu glauben!

Ihr Weg führte sie nun ins Wohnzimmer. Sie sammelte Alkoholflaschen ein und mit einer inneren Genugtuung sah sie zu, wie sie deren Inhalt langsam in den Ausguss schüttete. Hans hatte ihr die Augen geöffnet und sie würde alles in ihrer Macht stehende tun, um sich nicht mehr vor ihm schämen zu müssen.

Hans fuhr los und erst jetzt bemerkte er, dass er sich an der Hand verletzt hatte. Zuhause kümmerte er sich um die Verletzung und fing an, einen Koffer zu packen. Er sah auf die Uhr: 21.12 Uhr. Er holte sich ein Bier aus dem Kühlschrank und nahm den Kühlakku aus dem Gefrierfach, mit dem er seine Hand kühlte. Heute lief das letzte Fußball-Länderspiel der Saison Deutschland gegen Spanien, das ihn trotz dem interessanten und spannenden Verlauf nicht wirklich ablenkte: war es richtig, Michael Bauer zu verprügeln und ihm zu drohen? Nahm Gabi ihre Chance wahr und nahm sie jetzt endlich ihr Leben in die Hand? Hans glaubte daran und es war richtig, dass er etwas unternommen hatte, auch wenn er betete, dass seine Kollegen und vor allem der Chef niemals davon erfahren werden. Nach seinem Urlaub war die Verletzung längst verheilt und keiner würde etwas merken. Aber er würde ganz sicher sein Versprechen wahr machen, das Ehepaar Bauer im Auge behalten und wieder einschreiten, wenn Bauer Gabi nochmals misshandelte; das war so sicher wie das Amen in der Kirche. Er konnte nicht aus seiner Haut, so etwas konnte er einfach nicht ungestraft hinnehmen, auch wenn er gesetzwidrig handelte und es ihn seinen Job kosten könnte.

Am nächsten Tag holte Lucrezia Mandola ihren Hans am Flughafen Florenz ab und bemerkte sofort die Verletzung an seiner Hand.

„Was hast du gemacht? Du hast dich doch nicht etwa geprügelt?" Sie musterte ihn und ahnte, woher die Verletzungen stammen könnten. „Du warst doch nicht wirklich bei diesem brutalen Frauenschläger, von dem du mir erzählt hast?"

„Ich war nirgendwo und weiß nicht, von wem du sprichst. Und von welcher Verletzung sprichst du? Ich sehe nichts. Außerdem bin ich schon seit gestern Abend in Florenz bei meiner kleinen, frechen, vorlauten und sehr schlauen Lucrezia – nur für den Fall, dass jemand danach fragt."